KiWi
1777

Das Buch

Einmal im Jahr, zu den Gedenktagen im November, polieren die Franzosen die Gedenksteine der Familiengräber und schmücken sie mit Chrysanthemen, Astern und Alpenveilchen. So auch in Cannes, auf dem historischen Friedhof *Le Grand Jas*. Auf einem der Gräber im israelitischen Feld aber liegt in einer blutroten Lache ein toter junger Mann. Duval übernimmt die Ermittlungen und erfährt schon bald, dass der junge Mann Jude war. War es eine antisemitisch motivierte Tat? Duvals Vorgesetzte wollen davon nichts wissen. Und doch schließt Duval diese Spur nicht aus, und seine Suche im Leben und Umfeld des jungen Mannes lässt eine Vergangenheit wiederaufleben, die manche lieber vergessen wollen.
Aber auch privat hat Duval einiges auszustehen: Familienneuzugang Julie bekommt Zähne, und Freundin Annie hat Probleme, Kind und Beruf unter einen Hut zu bringen.

Die Autorin

Christine Cazon, Jahrgang 1962, hat ihr altes Leben in Deutschland gegen ein neues in Südfrankreich getauscht. Sie lebt mit ihrem Mann und Katze Pepita in Cannes, dem Schauplatz ihrer Krimis mit Kommissar Léon Duval.

Christine Cazon

Lange Schatten über der Côte d'Azur

Der achte Fall für
Kommissar Duval

Kiepenheuer & Witsch

Die Handlung des vorliegenden Romans spielt in Cannes und an anderen Orten in Südfrankreich.
Die Stadt, manche Dörfer und die dort erwähnten Örtlichkeiten, sind real, die Geschichte aber ist fiktiv, ebenso wie die darin vorkommenden Personen. Ihre beruflichen wie privaten Handlungen und Konflikte sind frei erfunden. Jede Ähnlichkeit mit lebenden oder realen Personen wäre rein zufällig und ist nicht beabsichtigt.

Aus Verantwortung für die Umwelt hat sich der *Verlag Kiepenheuer & Witsch* zu einer nachhaltigen Buchproduktion verpflichtet. Der bewusste Umgang mit unseren Ressourcen, der Schutz unseres Klimas und der Natur gehören zu unseren obersten Unternehmenszielen.
Gemeinsam mit unseren Partnern und Lieferanten setzen wir uns für eine klimaneutrale Buchproduktion ein, die den Erwerb von Klimazertifikaten zur Kompensation des CO_2-Ausstoßes einschließt.

Weitere Informationen finden Sie unter *www.klimaneutralerverlag.de*

MIX
Papier aus verantwortungsvollen Quellen
FSC® C083411
FSC
www.fsc.org

Verlag Kiepenheuer & Witsch, FSC-N001512

2. Auflage 2021

Covergestaltung: Barbara Thoben, Köln
Covermotiv: © plainpicture / mia takahara
Foto der Autorin: © Stephan Gabriel
Karte: Oliver Wetterauer
Gesetzt aus der Scala Pro und der Copperplate Gothic
Satz: Wilhelm Vornehm, München
Druck und Bindung: CPI books GmbH, Leck
ISBN 978-3-462-00116-7

Allen Getöteten, allen Überlebenden

Das Geheimnis der Erlösung heißt Erinnerung

Aus dem Talmud

1

»Wir können hier abkürzen«, schlug der kleine Mann vor, nahm überraschend ein paar Stufen zu seiner Rechten und verschwand in einem unscheinbaren Durchgang in der Mauer. Sie liefen jetzt oberhalb auf einem Weg, der parallel zur Hauptallee verlief, der *Allée des Eucalyptus*, wie Duval gelesen hatte, und es ging leicht bergan. *Allée des Mimosas, Allée des Yuccas, Allée des Myrtes.* Sämtliche Friedhofswege waren hier nach Pflanzen benannt, nach Büschen, Bäumen, Blumen. Duval dachte flüchtig an das Grab seiner Großeltern in der *Allée des Orchidées*, das in einer anderen Ecke des *Grand Jas*, des alten Cannoiser Friedhofs, lag. Obwohl es der Friedhofswärter war, der den Weg bestimmte, musste er seine kurzen Schritte den langen von Duval anpassen.

»Wir sind gleich da!«, japste der kleine Mann. »Es ist das Feld neben den Freidenkern. Da vorne noch am Brunnen vorbei und links die Treppen hinab.«

Am Brunnen vorbei. Der Brunnen war ein dekoratives Wasserbecken in Form einer marmornen Jakobsmuschel, in der das Wasser leise gluckerte. Steinerne Engel mit weiten Flügeln wachten mit ihrem sanften, verzeihenden Blick über die Gräberlandschaft. Gramgebeugt, den Kopf in den Händen verborgen, saß ein junger Mann aus weißem Marmor auf einem gemauerten Grab. Aus Marmor auch der Säbel und die Lilie zu seinen Füßen. Am 21. August in einem der unseligen Kriege auf dem Feld der Ehre gefallen. 27 Jahre war er gewesen, so stand es wie ein Aufschrei zwischen seinen Verdiensten, Ingenieur, Ritter der Ehrenlegion, treuer Sohn und junger Ehemann. Eugène Vial ruhte hier, oder das, was nach seinem Heldentod noch von ihm geblieben war. Noch immer schienen Angehörige um ihn zu trauern. Weiße Alpenveilchen, weiß, die Farbe der Unschuld, waren in eine steinerne Schale zu seinen Füßen gepflanzt worden. »Aah!«, machte Duval beeindruckt, als er wieder den Kopf hob.

»Ja«, stimmte der kleine Mann erfreut lächelnd zu. »Der Blick ist auch für mich immer wieder erhebend.«

Sie standen am höchsten Punkt des Geländes und übersahen von hier den unter ihnen liegenden Teil der terrassenförmigen Anlage des Friedhofs. Graue Steinkreuze auf wuchtigen gemauerten Grabanlagen zogen sich den Hügel hinab, bis zum Meer, so schien es. Überall leuchteten schon gelbe, orangefarbene und dunkelrote Astern- und Chrysanthemen-Gestecke in der Sonne. Die Franzosen waren ihren Traditionen treu, und die Angehörigen der Verstorbenen bereiteten sich auf die Novembergedenktage vor. Duval dachte erneut an das Grab seiner Großeltern, noch könnte er rechtzeitig eine Blumenschale auf das Grab stellen. In der Regel dachte er erst am Totensonntag daran und erstand schnell eine überteuerte Blumenschale im kleinen Blumenladen neben dem Friedhof. Wäre er nicht dienstlich heute hier gelandet, hätte er es dieses Jahr vermutlich vergessen. Er war zu sehr mit dem neuen jungen Lebewesen beschäftigt, das seinen Alltag umkrempelte. Seit sieben Monaten war Julie da, und seitdem waren seine Tage erschöpfend voll und lang und die Nächte zu kurz. Er war immer nur sehr müde. Zwar hatte er schon immer in

Etappen schlafen können, auch tagsüber, was ihm die zahlreichen Nachtdienste erleichterte, aber nun nickte er häufig ein, kaum dass er sich hingesetzt hatte. Kinder musste man jung bekommen, nicht mehr in seinem Alter, dachte er. Anstrengend war es auch mit Matteo und Lilly gewesen, aber diese entsetzliche Müdigkeit, die er nicht mehr abschütteln konnte, war ihm neu. Er hob erneut den Blick und seufzte. »War mir gar nicht bewusst, dass man von hier bis aufs Meer schauen kann«, sagte er.

»Es gibt keinen schöneren Ort in Cannes, finde ich«, sagte der kleine Mann stolz, als zeigte er sein eigenes Grundstück. »Deswegen habe ich diesen Weg gewählt. Wir hätten auch unten die Hauptallee weitergehen können, aber es ist nicht dasselbe.«

»Meine Großeltern liegen auch hier«, sagte Duval und suchte mit den Augen die Richtung, wo das Grab liegen könnte.

»Ah, wo genau?«, fragte eilfertig der kleine Mann.

»Allée des Orchidées.«

»Das ist gleich hier unten«, der Mann zeigte in die östliche Richtung. »Neben dem *Carré* 7. Dann kennen Sie den Friedhof ja.«

»Na ja«, wehrte Duval ab. »Was heißt kennen. Wenn ich hierherkomme, was, ich gebe es zu, nicht allzu oft vorkommt, dann gehe ich nur zielgerichtet zu ihrem Grab. Und ich verlaufe mich trotzdem jedes Mal. All diese kleinen Wege mit den beinahe uniformen Gräbern ähneln sich so. Und hier oben war ich noch nie.«

»Wenn man die Geschichte des Friedhofs kennt und weiß, welcher Teil wann angebaut wurde, ist es leichter, sich zurechtzufinden«, erklärte der kleine Mann. »Hier zum Beispiel«, er zeigte nach rechts. »Das war der ursprüngliche Friedhof, er endet hier«, er zeigte auf eine Mauer, »und das *Carré Israélite*«, er zeigte auf das unterhalb der Mauer liegende Grabfeld, »lag damals außerhalb des christlichen Friedhofs. Heute liegt es mittendrin, weil man den Friedhof immer weiter vergrößert hat und noch so viele Grabfelder hinzugekommen sind.«

»Wo ist es?«, fragte Duval.

»Gleich hier.« Der Mann ging vor ihm die Stufen hinab und bog auf halber Höhe der Treppe nach rechts in ein kleines mit einer niedrigen Mauer umgrenztes Areal ab.

»*Carré Israélite* A« stand links an der Mauer.

»Es gibt auch ein *Carré* B?«, fragte Duval.

»Ja«, bestätigte der Mann. »Wie Sie selbst sehen, ist das *Carré* hier ja nicht gerade groß. Es bestand noch Bedarf. Es gibt noch *Carré* B, C und sogar D. Sie liegen aber etwas verstreut. Das *Carré* B zum Beispiel liegt auf der anderen Seite, hinter dem englischen Friedhof, zwischen dem *Carré* 12 und dem *Carré* 14.« Er deutete vage in die nördliche Richtung.

Das *Carré Israélite* unterschied sich kaum von den anderen Grabfeldern. Die Gräber hier sahen genauso aus wie die ihrer katholischen Mitbürger. Graue Steinplatten auf dem Boden, dahinterstehend ein Grabstein, in den Namen eingraviert waren. Nur ein sechszackiger Stern auf dem einen oder anderen Grabstein zeugte davon, dass hier Juden beerdigt waren. Und manche Namen, diese eigentümlichen jüdischen Namen: Herzfelde. Lévy. Grinberg. Zur Rechten, angelehnt an die Südmauer, die den ursprünglichen Friedhof begrenzte, standen Mausoleen in Form kleiner griechischer Tempel mit steinernen Stufen, Säulen und Giebeln. Der Friedhofswärter aber war vor einem der klassischen grauen Gräber mit einer verwitterten Steinplatte stehen geblieben. »Normalerweise werden jüdische Gräber geostet«, erläuterte er, »aber hier sind sie nach Süden ausgerichtet. Es hat mit der Anlage des Friedhofs zu tun«, erklärte er entschuldigend, »aber so haben alle, die hier ruhen, diesen wunderbaren Blick.«

»Bin nicht sicher, ob die, die hier liegen, das noch so schätzen«, meinte Duval trocken und nahm den Blick auf Meer und Himmel in sich auf. »Aber vielleicht die Angehörigen.«

»Nun ja«, machte der Mann und hob die Schultern.

»Das ist es?« Duval zeigte auf das Grab, vor dem sie standen.

»Ja.«

Duval betrachtete zunächst den bräunlichen Fleck auf der Grabplatte. Er erinnerte sich an die Aufnahmen des in gekrümmter Haltung auf dem Grab liegenden toten Mannes, die er bereits in der Akte gesehen hatte, und er hatte den Toten, den er gestern im Kühlraum des Krankenhauses gesehen hatte, wieder vor seinem geistigen Auge. Ein kräftiger junger Mann. Europäischer Typ, helle Haut, kurze dunkle Locken, Dreitagebart. Erschlagen mit einem stumpfen Gegenstand, so viel hatte er dem Obduktionsbericht bereits entnommen. Noch wussten sie nichts über seine Identität. Der Mann war beschnitten. Jude vermutlich oder Muslim. Duval hatte diesen Fall überraschend geerbt, er war die zweite Besetzung, die B-Mannschaft. Roger Galliano, der zunächst mit dem Fall betraut worden war, hatte sich den Knöchel angebrochen und war bis auf Weiteres krankgeschrieben.

Duval beugte sich über die verwitterte Steinplatte und versuchte, die Schrift unter dem dunklen Fleck zu entziffern. Silberstern, las er den untersten Namen: Camilla

Silberstern. Natürlich, es war ein jüdisches Grab. Israelitisch, in der altertümlichen Friedhofssprache. Darüber standen andere Namen. Fünf insgesamt. Pick, las er, und Keller. Die Vornamen erkannte er nicht gleich. Hugo, Marie. Friedrich. Leontine. Klingt alles sehr deutsch, dachte er. *À la mémoire.* Zum Gedenken, entzifferte er die oberste Zeile. Er suchte die Lebens- und Sterbedaten. Hugo Keller war 1878 geboren und 1942 verstorben. Camilla Silberstern war 1917 geboren und ebenfalls 1942 verstorben. Alle waren 1942 verstorben.

»Sie haben ihn hier gefunden?«, wandte er sich an den Friedhofswärter. »Entschuldigung, wenn Sie mir Ihren Namen noch einmal sagen könnten.«

»Philippe Mollard.«

»Monsieur Mollard«, wiederholte Duval. »Sie haben ihn hier gefunden?«

»Jawohl«, bestätigte der kleine Mann. »Ich wollte schließen und machte meine Runde. Ich laufe immer denselben Weg, den, den wir vorhin auch gekommen sind, so fange ich an, und ich sah ihn schon von dort oben.« Er zeigte zum oberen Ende der Treppe, die sie gerade hinuntergegangen waren. »Es war schon dämmrig, es wird ja jetzt schon so früh dunkel«, schob er ein, »erst dachte ich, dass er dort knie und auf dem Grab bete. Er sah so versunken aus. Ich wollte ihn nicht stören und sprach ihn nicht an, machte erst die Runde in die andere Richtung. Als ich wieder hierherkam, war er immer noch in derselben Stellung verharrt. Das kam mir dann doch merkwürdig vor. ›Hallo‹, habe ich gerufen und ›Monsieur, der Friedhof schließt jetzt‹, aber er hat nicht reagiert. Dann bin ich zu ihm gegangen und ...« Der Friedhofswärter schluckte und räusperte sich nervös. Seine Stimme war rau und bebte leicht, als er weitersprach.

»Erst dann habe ich verstanden, dass er nicht betete, sondern dass er tot war.« Er räusperte sich erneut. »Es war …«, er stockte und schüttelte den Kopf, als wollte er ein Bild verscheuchen. »Entschuldigung«, sagte er.

»Kein schöner Anblick«, vermutete Duval.

»Nein.«

»Kannten Sie ihn? Haben Sie ihn schon mal gesehen? Ist es jemand, der häufiger auf dem Friedhof war?«

»Wissen Sie, wie viele Menschen täglich auf den Friedhof kommen?«, fragte Philippe Mollard zurück.

»Nein«, antwortete Duval trocken. »Viele?«

»Früher waren es mehr«, antwortete Mollard unbestimmt. »Aber dennoch, jetzt im November, da kommen die Leute.«

»Er hätte Ihnen doch trotzdem auffallen können, oder?«

»Ja, nein.« Der Mann schüttelte den Kopf. »Ich kenne einige, das ist richtig. Man kennt die Menschen, die hier jemanden beerdigt haben und anfangs jeden Tag kommen und viel Zeit hier verbringen. Meistens ältere Frauen, aber nicht nur. Oft haben sie auch ein Bedürfnis zu reden. Manchmal bitten sie mich oder einen Kollegen, die Blumen auf den Gräbern zu gießen, wenn sie selbst nicht kommen können, aber das können wir nicht leisten. Aber nein, er war mir nicht bekannt.«

Duval sah eine Handvoll kleiner glatter Steine auf dem Grabstein und betrachtete das üppige Keramikblumengesteck am oberen Ende der Grabplatte. Weit geöffnete weiße Rosen. Er machte zwei Schritte im schmalen Grabzwischenraum, bückte sich und versuchte, das Gesteck anzuheben. Es war schwer und ließ sich kaum bewegen. Er ließ den Blick über die anderen Gräber schweifen. Hier und da lagen ebenso ein paar Steinchen.

Im Kies neben dem Grab glitzerte etwas. Er bückte sich, hob einen winzigen Fetzen Aluminiumfolie auf und betrachtete sie.

»Die Möwen«, sagte der Friedhofswärter und seufzte. »Geben Sie es mir, ich werfe es weg.« Er streckte die Hand danach aus.

»Die Möwen?«

»Ja, sie sind schreckliche Räuber, sie reißen auf der Suche nach Futter alles aus den offenen Abfallbehältern. Sie zerfetzen Plastik- und Papierverpackungen, und man findet den Müll dann zwischen den Gräbern. Anscheinend können sie die Mülltonnen des Friedhofs nicht von denen der Kioske unterscheiden.«

»Hm«, machte Duval und steckte das Stückchen Alufolie zur Überraschung des Friedhofswärters dennoch in einen kleinen Plastikbeutel. »Haben Sie irgendetwas verändert?«

»Nein! Natürlich nicht«, entrüstete sich Philippe Mollard. »Ich habe nichts berührt! Das weiß doch heute jedes Kind, dass man nichts anfassen soll. Ich habe meinen Vorgesetzten angerufen und der hat den Notarzt und die Polizei verständigt.«

»Der Mann war verletzt, als Sie ihn fanden?«

»Er war verletzt, aber er war tot. Also von Weitem konnte ich das nicht sehen, aber als ich dann näher kam, wusste ich es. Ich sah das Blut und ...« Philippe Mollard stockte. »Ich habe ihn trotzdem zunächst angesprochen und berührt, aber wissen Sie, wir haben hier jeden Tag mit Toten zu tun, und ich habe in meinem Leben schon so viele Tote gesehen. Ich weiß, wann jemand tot ist.«

»Und Sie haben ihn vorher noch nie hier gesehen?«

»Nein.«

»Ist Ihnen sonst jemand aufgefallen?«

»Auf dem Friedhof?«

»Ja, hier auf dem Friedhof«, wiederholte Duval wie für ein begriffsstutziges Kind. »Oder meinetwegen auch außerhalb des Friedhofs. Der Täter oder auch die Täterin, das wollen wir nicht ausschließen, muss ja auch auf dem Friedhof gewesen sein. Sie haben nichts bemerkt, keinen Streit gehört, laute Stimmen?«

Der Friedhofswärter starrte ihn an, als würde ihm eben erst klar, dass zu einem Ermordeten auch ein Mörder gehörte.

»Vielleicht haben Sie auch jemanden gesehen, der sich auffällig verhalten hat?«, schlug Duval vor.

»Also das ...« Philippe Mollard schaute angestrengt vor sich hin. »Laute Stimmen«, wiederholte er, »nein.« Er schüttelte den Kopf. »Nein«, bekräftigte er. »Aber Sie sehen ja selbst, wie weitläufig das Friedhofsgelände ist, neun Hektar immerhin, und im unteren Teil«, er zeigte in eine Richtung, »da unten hört man nur den Autolärm der benachbarten Schnellstraße. Und der protestantische Teil, der ist zusätzlich durch eine Mauer abgetrennt. Er war früher eigenständig, wissen Sie.« Er zuckte mit den Schultern.

»Kann man vielleicht etwas zu den Menschen erfahren, die hier beerdigt sind?«, wechselte Duval das Thema. Er zeigte auf die verwitterten Inschriften. »Wer hat die Grabkonzession? Kann man das erfahren?«

»Sicher.« Der Mann nickte jetzt beflissen. »Nachher im Büro kann ich Ihnen das raussuchen. Meinen Sie, es gibt einen Zusammenhang?«

»Hm«, brummelte Duval nur und ließ sich nicht weiter darüber aus, was er dachte oder meinte.

Vorbei an Palmen und riesigen Zypressen liefen sie zurück zum Büro der Friedhofsverwaltung. Duval genoss es, immer wieder das Meer zwischen den Grabreihen aufblitzen zu sehen.

»*Le Grand Jas*«, sagte Duval. »Was bedeutet das eigentlich? Ist das ein Flurname?«

»Richtig, *Jas* ist das provenzalische Wort für ein Weidegelände, eine Schäferei«, begann der Friedhofswärter mit viel Elan, als hätte er nur auf eine Frage gewartet, um sein Wissen über die Geschichte des Friedhofs wiederzugeben, der nicht nur seine Arbeitsstätte, sondern auch seine Passion war. »Das Gelände lag Mitte des neunzehnten Jahrhunderts noch weit außerhalb der Stadt, na ja, Stadt sage ich, damals war Cannes ja eher ein Dorf und bestand im Prinzip nur aus dem kleinen Hügel, dem Suquet, und ein paar Häuschen am Hafen. Irgendwann war der Friedhof im Suquet zu klein, und die Stadt suchte ein anderes Gelände und fand es hier. Und mit den reichen Engländern und Russen, die sich seit dem Beginn des neunzehnten Jahrhunderts mehr und mehr hier niederließen und die bedauerlicherweise manchmal auch hier verstarben, viele kamen ja, um ihre Tuberkulose auskurieren zu lassen, aber viele starben eben auch daran, damals hat man noch nicht gewusst, dass das feuchte Klima der Tuberkulose eher abträglich ist … äh, was wollte ich sagen?«

»Die reichen Engländer und Russen starben«, half Duval weiter.

»Richtig, und dann wollten sie hier in großem Pomp beerdigt werden, aber sie waren ja protestantisch oder orthodox, das war damals auf einem katholischen Friedhof noch ausgeschlossen, daher hat die englische Gemeinde ein Gelände neben dem neuen Stadtfriedhof erworben. Damals hieß er der protestantische Friedhof, und alles, die Verwaltung, die Beerdigungen, wurde von den Engländern selbst geregelt. Sie hatten einen eigenen Friedhofswärter, für den haben sie auch das Concierge-Häuschen am Eingang erbauen lassen. Es ist im Stil eines englischen Cottage gebaut, ich weiß nicht, ob es Ihnen schon einmal aufgefallen ist?«

Duval schüttelte den Kopf. »Ich war da noch nie.«

»Nun, bis vor ein paar Jahren gab es sogar noch einen Concierge, der dort lebte, und der in der Zwischenzeit auch für den ganzen Friedhof zuständig war. Aber er war nicht so sehr, nun wie soll ich sagen, nicht so sehr der Arbeit zugetan, dafür umso mehr dem Alkohol.« Er machte ein betont betrübtes Gesicht. »Nach seinem Tod wurde diese Stelle eingespart. Das Häuschen und der protestantische Friedhof stehen heute unter Denkmalschutz, und alles gehört jetzt zum städtischen Friedhof. Aber ehrlich gesagt verirren sich nur hin und wieder ein paar Touristen hierhin, die das Grab von Lord Brougham ansehen wollen oder das Grab des Herzogs von Albanien.«

»Aha«, machte Duval wenig interessiert, aber Philippe Mollard, begeistert von seinen eigenen Ausführungen, merkte es nicht und sprach weiter: »Der Sohn der Königin Victoria«, erläuterte er. »Er war Bluter, wissen Sie, also im Prinzip war seine Mutter, Königin Victoria, sie war hämophil und hat die Krankheit tragischerweise allen ihren Söhnen vererbt. Und ihre Tochter, die zwar selbst nicht erkrankt, aber ebenso Trägerin der Krankheit war, hat es an ihren Sohn weitergegeben, den kleinen Zarewitsch von Russland«, endete er triumphierend.

»Aha«, machte Duval erneut. Er hatte den Ausführungen über die englische und russische Aristokratie nur mit halbem Ohr gelauscht. »Und der liegt auch hier?«

»Bitte?« Der Mann war perplex.

»Der Zarewitsch? Sagten Sie das nicht eben?«

»Nein, der Sohn der Königin Victoria«, setzte der Mann erneut an, »der Herzog von Albanien liegt hier. Der Zarewitsch wurde in Russland, nun ähm – exekutiert, während der Revolution.«

»Natürlich«, beeilte sich Duval zuzustimmen.

»Es liegen aber andere Russen hier. Auch eine junge Prinzessin. Ihr Mausoleum sieht aus wie eine winzige orthodoxe Kapelle mit mehreren geschwungenen Dächern. Wissen Sie, damals gab es noch keine Vorschriften, und man konnte noch so gut wie alles auf diesem Friedhof bauen. Manch eine Familie ließ sich auch eine kleine Pyramide bauen, Ägypten und die Grabmäler der Pharaonen lagen damals sehr im Trend. Man wollte mit diesen Grabstätten für alle Ewigkeit zeigen, wie angesehen jemand war.«

»Verstehe«, sagte Duval und dachte an das Grabmal des gefallenen Soldaten, das er vorhin bemerkt hatte. »Und all diese Gräber bleiben für immer erhalten?«

»Im Prinzip schon. All diese Mausoleen und Gruften, diese pompösen Anlagen, sind mit einer lebenslangen Konzession errichtet worden, niemand dachte damals, dass wir mal zu viele sein und ein Platzproblem haben könnten. Heute ist das alles nicht mehr möglich. Aber es macht den historischen und kulturellen Wert des Friedhofs aus. Der Friedhof in Cannes gilt nach dem Friedhof *Père Lachaise* in Paris als einer der schönsten Frankreichs!« Philippe Mollard klang stolz.

»Tatsächlich?«

»Wenn ich es Ihnen sage!«

»Sehen Sie, hier!« Der Mann zeigte auf einen Aufkleber, der am Grabstein klebte: »Bitte melden Sie sich bei der

Friedhofsverwaltung« stand darauf. »Da ist die Grabplatte abgerutscht. Das ist ein Unfallrisiko. Solange das Grab in Ordnung ist, gibt es von unserer Seite keine Möglichkeit, das Grab zurückzugewinnen. Erst wenn wie hier die Platte absackt oder der Grabstein umfällt oder etwas in dieser Art, dann müssen wir jemanden benachrichtigen, damit er sich um das Grab kümmert. Wenn die Person, die in unseren Unterlagen angegeben ist, sich auf unser Schreiben hin nicht meldet oder auch wenn kein Angehöriger mehr ausfindig zu machen ist, dann bringen wir diese Markierung an dem Grab an. Und erst wenn eine gewisse Frist überschritten ist und sich bis zu diesem Datum niemand gemeldet hat, dann räumen wir das Grab ab. Es ist eine langwierige Geschichte, das dauert mitunter Jahre.«

»Hmhm«, machte Duval. Sie waren am Verwaltungsbüro angekommen, und der Mann öffnete die Tür. »Ich suche Ihnen die Angaben im Computer«, beeilte er sich. »Warten Sie hier«, bat er und ließ Duval vor einem wandgroßen Plan des Friedhofs stehen, während er seine Jacke umständlich an einem Kleiderhaken aufhängte. Er zeigte auf den Plan, in den an vielen Orten große Ziffern eingezeichnet waren. »Sie können sich ein bisschen orientieren.« Er tippte auf eine Stelle. »Hier ist das *Carré Israélite*.«

Duval blickte darauf und nickte. »Können wir auch mal schauen, wer und was beim Grab meiner Großeltern angegeben ist?«, bat Duval.

»Aber sicher. Wissen Sie das Feld und die Grabnummer?«

»Nein, leider.«

»*Allée des Orchidées* haben Sie vorhin gesagt, nicht wahr?«

»Ja.«

»Schauen Sie, es ist hier.« Philippe Mollard zeigte die

Stelle auf dem großen Plan. »Die *Allée des Orchidées* liegt quer zur großen *Allée des Orangers*. Hier!« Er tippte auf den Plan. »Es stehen wirklich Orangenbäume dort, ist es Ihnen schon aufgefallen?«

Duval schüttelte bedauernd den Kopf. »Ich werde darauf achten, beim nächsten Besuch.«

»Familie Duval, richtig?«

»Nein, Gagliardi«, sagte Duval. »Gag-li-ar-di«, buchstabierte er. »Jean und Adèle.«

»Gagliardi«, notierte sich der Mann. »Italienische Vorfahren also.« Stolz auf diese Schlussfolgerung sah er Duval an, der bestätigend nickte.

Philippe Mollard verschwand in einem Büro. »Da habe ich sie schon«, rief er nach kurzer Zeit von dort. »Gagliardi Jean. Geboren 1920, gestorben 1993. Gagliardi Adèle geboren 1924, gestorben 1995. Richtig?«

»Ja«, rief Duval in Richtung des Büros zurück, obwohl er es so genau nicht mehr wusste.

Wenige Minuten später stand Philippe Mollard wieder vor ihm. »Die Konzession läuft noch bis 2025. Sie wurde von Jean Gagliardi erworben und wurde auf Herrn Duval Jean umgeschrieben.«

»Mein Vater«, sagte Duval. »Er ist in der Zwischenzeit auch schon verstorben. Können wir das auf mich umschreiben?«

»Kein Problem.«

Duval gab seine Adresse an.

Der Mann notierte es sich auf ein Blatt Papier.

»Vor Ablauf der Konzession bekommen Sie ein Schreiben, und dann können Sie entscheiden, ob Sie die Konzession verlängern wollen oder nicht. Wenn Sie umziehen sollten, denken Sie daran, uns die neue Anschrift mitzuteilen. Die wenigsten machen das, und es verkompliziert wirklich unsere Arbeit.«

Duval nickte, wenn auch zweifelnd. Bei einem Umzug ausgerechnet dem Friedhofsamt seine neue Anschrift mitzuteilen, gehörte bestimmt nicht zu den Gepflogenheiten der Menschen, und er würde sicher ebenso wenig daran denken. Er hatte allerdings auch nicht vor umzuziehen.

»So, nun suche ich Ihnen noch die Angaben des israelitischen Grabes«, murmelte er und verschwand wieder im Büro.

Duval betrachtete erneut den Friedhofsplan und las die Legende, die zu den Ziffern angebracht war. In der Nähe des Grabes der Großeltern lag das Grab eines Dichters aus dem Ende des 19. Jahrhunderts, von dem er noch nie gehört hatte. Warum erinnerte man sich an manche Künstler auch noch hundert Jahre später und an andere, die zu ihrer Zeit ebenso erfolgreich gewesen sein mögen, überhaupt nicht mehr?

»Hier habe ich es!« Der Mann hielt Duval einen Zettel entgegen. »Ich habe Ihnen alles notiert, die Namen, die auf der Grabplatte stehen und die Dame, die die Konzession hat. Madame Blanche Bergerac. Sie hat ihren Wohnort mit Parc Vallombrosa angegeben. Das war aber schon 1952. Vielleicht lebt sie dort nicht mehr. Vielleicht lebt sie auch überhaupt nicht mehr. Blanche klingt nach Beginn des letzten Jahrhunderts.«

»Blanche Bergerac«, wiederholte Duval und las stumm die Namen auf dem Zettel. »Und wer kümmert sich um das Grab, wenn sie bereits verstorben ist?«

»Niemand.« Der Mann zuckte mit den Schultern.

»Niemand?«

»Es ist ein israelitisches Grab.«

»Aha«, machte Duval verständnislos. »Und das heißt, da kümmert sich niemand?«

»Nein, nein, das heißt, die israelitischen Gräber, also ich meine die Religion sieht vor, dass die Gräber ein Leben lang, ich meine die Ruhezeit ist unbegrenzt, verstehen Sie?«

»Unbegrenzt?«

»Ja. Wie schon gesagt, früher hat man das generell so gemacht. Erst in der heutigen Zeit, wo wir keinen Platz mehr haben, sind die Konzessionen zeitlich begrenzt. Und trotzdem waren wir genötigt, einen neuen Friedhof anzulegen. Draußen in La Bocca. Hier auf *Le Grand Jas* gibt es so gut wie keine Möglichkeit mehr, sich beerdigen zu lassen.«

»Dann danke ich Ihnen.« Er las noch einmal die Namen auf dem Zettel, den er noch immer in der Hand hielt. Alle fünf Personen waren 1942 verstorben.

»Es ist ein Gedenkgrab«, hörte er den Friedhofsangestellten sagen.

»Bitte?«

»Ich meine damit, dass diese Personen nicht hier bestattet sind. Es ist ein Grab zur Erinnerung. *À la Mémoire* steht auch eingraviert auf der Platte. Ich habe es Ihnen dazugeschrieben. Man kann es kaum noch lesen. Aber eine verwitterte Steinplatte ist für uns kein Grund, dieses Grab aufzulösen.«

»Es war Krieg«, ließ Léa Leroc sich hören. »1942 meine ich. Das war mitten im Zweiten Weltkrieg. Meinen Sie wirklich, es gibt einen Zusammenhang zwischen dem Toten auf und den Toten in dem Grab?«

»Ich meine noch gar nichts, Leroc, ich überlege laut. Aber

im Moment ist das der einzige Anhaltspunkt. Irgendwo müssen wir ja anfangen, solange wir nicht wissen, wer der Mann ist. Er ist beschnitten, könnte also ein Jude sein. Ein Jude wird auf einem jüdischen Grab erschlagen. Das wird der jüdischen Kultusgemeinde gar nicht gefallen«, seufzte er. »Und in dem Grab liegt übrigens gar niemand, es ist ein Gedenkgrab, sagte mir der Friedhofsangestellte.«

»Weiß man, wer das Grab hat anlegen lassen?«

»Eine Madame Blanche Bergerac.«

»Klingt nicht jüdisch«, ließ sich Michel LeBlanc hören.

»Nein, das klingt nach guter alter katholischer Familie.«

»Bergerac«, überlegte LeBlanc laut. »Bergerac wie Cyrano de Bergerac?«

Duval sah sofort Gérard Depardieu in der Rolle des Cyrano de Bergerac vor sich. *Ce sont les cadettes de Gascognes …* deklamierte er innerlich. Was hatte er sich geplagt mit dem Auswendiglernen des Textes im Gymnasium, jetzt, dreißig Jahre später, könnte er ihn noch wiedergeben, zumindest in groben Zügen. »Ich dachte eher an den Richter«, sagte er jedoch laut. »Ludovic Bergerac, er ist Richter am Landgericht in Grasse. Ich glaube zu wissen, dass auch der Vater schon Richter war oder noch ist. Aber ich hatte bislang noch nicht mit ihm zu tun.«

»Er ist Staatsanwalt«, korrigierte Villiers und hämmerte auf der Tastatur herum. »Jep«, machte er dann. »Staatsanwalt Charles Bergerac, Château Vallombrosa.«

»Château Vallombrosa«, wiederholte Duval. »Na, das ist doch hübsch. Dieses Gemäuer wollte ich mir schon immer mal ansehen. Blanche ist vielleicht die Mutter oder Großmutter des einen oder des anderen. Dann lassen Sie uns doch da mal hinfahren.«

Nur ein paar Minuten später standen sie an der Kreuzung, wo sich der *Boulevard Georges Clemenceau* in die *Avenue Picaud* verwandelte und man zur Rechten auf den *Boulevard Vallombrosa* stieß. Von hier erblickte man bereits die Türme des am Hang liegenden Châteaus. Das dunkle neogotische Bauwerk mit Türmchen, Giebeln und Kaminen thronte zwar am Fuß des hügeligen Viertels *La Croix des Gardes,* überragte dank seiner Höhe aber dennoch die weißen Apartmenthäuser, mit denen man in den letzten hundert Jahren den Hügel mehr und mehr zugebaut hatte. Das Château gehörte heute einer wohlhabenden Eigentümergemeinschaft.

Parallel zur *Avenue Picaud* verlief die Mauer, die das Gelände des Schlosses nach Süden hin begrenzte, kurz darauf bogen sie rechts in die *Avenue Jean de Noailles* ab. Keine fünfzig Meter davon lag die offizielle Zufahrt zum Schloss und dem Parc Vallombrosa, beides wurde jedoch von einem großen zweiflügeligen Tor versperrt. Verärgert starrte Duval auf den Codetaster und drückte auf gut Glück mehrere Zahlenkombinationen ein. Vergeblich. Keine Klingel. Keinen Hinweis auf eine Concierge oder einen Hausverwalter. Duval seufzte. Er lehnte am Wagen und trommelte ungeduldig auf das Autodach.

»Haben Sie wirklich geglaubt, man könne einer Familie von Richtern und Staatsanwälten einfach so einen Besuch abstatten?«, wagte Villiers einzuwenden.

»Ich suche ja weder Richter noch Staatsanwalt, sondern Madame Blanche Bergerac«, gab Duval ungerührt zurück. »Wo kommen wir denn da hin, wenn das nicht mehr möglich ist?«

Er blickte sich um. Fast direkt gegenüber lag der Zugang zur Bibliothek der Stadt. Mediathek hieß sie heute, weil man auch Filme und CDs ausleihen konnte. Noch so ein

Märchenschloss, dachte Duval. Neoklassizistisch oder wie auch immer dieser Stil mit den Säulen genannt wurde. Die Reichen der Zeit hatten sich überall Fantasievillen gebaut. Auch die Mediathek lag in einem riesigen Park. Hier allerdings war der Zugang öffentlich. Das Tor stand weit offen und Bänke und Stühle luden sogar dazu ein, dort zu verweilen.

Er war einmal mit den Kindern dort gewesen, und sie hatten ein paar Filme ausgeliehen. Vor allem Lilly war beeindruckt gewesen vom Inneren der Mediathek, von den hohen Räumen, sie war auf Zehenspitzen über das alte knarzende Parkett gelaufen, hatte die Malereien an den Wänden und Decken bestaunt und lange durch die hohen Fenstertüren in den Park geschaut. Sie schien sich in eine Prinzesinnenrolle zu träumen, fast hatten sie vergessen, weshalb sie gekommen waren.

»Was machen wir?«, fragte Villiers in Duvals Gedanken hinein.

»Wir warten. Irgendwann kommt immer jemand rausgefahren.«

Aber es kam niemand. Niemand fuhr hinein und niemand hinaus. Das Château schien in einen Dornröschenschlaf gefallen zu sein.

»Sind Sie sicher, dass da jemand wohnt?«, fragte Duval jetzt mürrisch und zog den Reißverschluss seiner Lederjacke zu. Die Sonne war hinter einer Wolkendecke verschwunden, und es wurde deutlich kühler. Er gähnte. Dieses sinnlose Herumsitzen machte ihn müde.

»Es ist wie überall in Cannes im Winter.« Villiers zuckte mit den Schultern. »Niemand da. Ein Teil der Wohnungen im Château gehört wohl reichen Ausländern, Russen, habe ich gehört, die kommen nur hin und wieder. Aber Bergerac soll da ganzjährig leben. Ich habe von seinen Empfängen im Park gelesen. Legendär.«

»Aha«, sagte Duval. »Legendär. Wundert mich nicht bei diesem Ambiente.« Er sah auf seine Uhr. »Wir fahren nach Grasse«, entschied er dann. »Die Marnier erwartet sowieso unseren Bericht, und vielleicht können wir Bergerac dort in einem Aufwasch mitnehmen.«

»Sie wollen was?« Richterin Monique Marnier begann hysterisch zu lachen. »Sind Sie von Sinnen, Duval? Ein Mann wird tot auf einem Grab gefunden, und Sie glauben, die Familie, die dieses Grab angelegt hat, ist der Täter? Ich meine, wenn ein Mann tot auf einem Kanaldeckel der Stadt Cannes gefunden wird, dann ist ja auch nicht das Wasserwerk der Stadt Cannes der Schuldige, oder sehe ich da etwas falsch?«

»Wer spricht denn von Täter, *Madame la Juge,* es ist ein Anhaltspunkt«, verteidigte sich Duval. »Ich finde es bemerkenswert, dass eine Madame Bergerac dieses Grab angelegt hat …«

»Aber das interessiert uns doch nicht, Duval«, unterbrach ihn die Richterin sofort, »die Leute können tun und lassen, was sie wollen, so lang es rechtens ist zumindest, jedermann kann ein Grab anlegen, und wenn es ein Grab in einem jüdischen Feld des alten Friedhofs ist, es geht uns nichts an.«

»Der Tote ist vielleicht auch Jude«, setzte Duval erneut an, »laut Obduktionsbericht ist er beschnitten …«

Madame Marnier unterbrach ihn mit einem mürrischen Räuspern und zog die Augenbrauen hoch. »Umso schlimmer. Mord mit rassistischem Hintergrund.« Sie verdrehte die Augen. »Muss ich Ihnen sagen, was das bedeutet? Das wird die Jüdische Kultusgemeinde auf den Plan rufen und im Anschluss sofort den Innenminister. Und wenn wir Pech haben, meldet sich der Präsident höchstpersönlich, weil er gerade ein Treffen mit dem israelischen Außenminister angesetzt hat, der ihm unangenehme Fragen stellen wird zur Sicherheit der Juden in Frankreich. Das ist ein Minenfeld, Duval!«

Duval seufzte unhörbar. Die politische Linie in Frankreich lautete: Frankreich ist weder rassistisch noch antisemitisch, in der Folge gab es auch keine rassistisch oder antisemitisch begründete Kriminalität. Er dachte an den Fall der Mireille Knoll, einer alten jüdischen Dame, Überlebende der Shoa, die 2018 in ihrer Wohnung von einem oder eventuell auch zwei jungen muslimischen Nachbarn, sie beschuldigten sich gegenseitig, brutal erstochen und teilweise verbrannt wurde. Erst zwei Jahre später konnte sich die Justiz dazu durchringen, diesen Mord nicht nur als niederträchtig, sondern als antisemitisch einzustufen.

»Wissen Sie, dieses Grab«, insistierte Duval erneut, »alle, derer dort gedacht wird – es handelt sich vermutlich um Deutsche, deutsche Juden, die Namen klingen zumindest deutsch –, sind 1942 verstorben«, setzte Duval an.

»Deutsche, die 1942 ums Leben gekommen sind.« Madame Marnier verzog abfällig das Gesicht. »Duval, wir leben im 21. Jahrhundert! 1942, ich bitte Sie.« Sie schüttelte den Kopf. »Es sind grauenhafte Dinge in diesem Krieg vorgefallen, viel zu viele Menschen sind unschuldig ums Leben gekommen, auch Franzosen übrigens. Erinnern Sie sich, wie die Deutschen die aus Paris fliehenden Franzosen auf den Landstraßen mit Auffliegern niedergemäht haben? 1940 war das! Und dann waren wir von den Deutschen besetzt, vergessen Sie das nicht! Eine Handvoll Deutsche, die 1942 ums Leben gekommen sind ...« Sie schüttelte erneut den Kopf. »Hören Sie auf! Das ist bald hundert Jahre her. Es ist Geschichte.«

»Solange wir nicht wissen, wer der junge Mann ist ...«

»Eben, genau, kümmern Sie sich darum. Ich muss Ihnen doch nicht erklären, wie man mit unbekannten Toten verfährt. Kriegen Sie raus, wer der tote Mann ist und finden Sie den Täter, vielleicht war es ein Stelldichein unter Männern, das aus dem Ruder gelaufen ist, war ja ein hübscher Bursche«, sie sah noch einmal auf die Fotografien auf ihrem Schreibtisch. »Oder vielleicht war es auch eine missglückte Drogenübergabe?«, schlug sie vor.

»Auf dem Friedhof?«, platzte Villiers heraus.

Madame Marnier sah ihn kalt an. »Warum nicht auf dem Friedhof. Es gibt keinen ruhigeren und unverdächtigeren Ort.«

»Nein, aber es wurden keine Drogen und auch kein Geld bei dem Mann gefunden«, erklärte Villiers.

»Es wurde auch keine Brieftasche und kein Mobiltelefon gefunden«, erwiderte Madame Marnier kühl. »Beides wird er aber besessen haben, glauben Sie nicht? Ermitteln Sie in diese Richtung und basta«, sagte sie. Sie klopfte mit ihrem Ring autoritär auf den Tisch, wie sie es immer tat, um ihre Anweisung zu unterstreichen. »Und es wäre schön, wenn wir diesen Fall schnell abschließen könnten, ich würde die Feiertage nämlich gerne einmal ungestört verbringen. An Weihnachten habe ich dieses Jahr die Familie zu mir eingeladen, und danach habe ich ein paar freie Tage auf Martinique geplant. Sie verstehen«, sie sah Duval und Villiers an.

Villiers verzog unbestimmt das Gesicht. Duval dachte an Annie und Julie und seine eigene Familie. Er würde Weihnachten auch gerne ungestört verbringen, und ein paar ruhige Tage zwischen den Jahren täten ihm gut, aber vor allem würde er gern mal wieder ein paar Nächte durchschlafen. Julie zahnte. Den ersten winzigen Zahn unten hatte sie schon, der zweite kündigte sich an. Sie weinte und schrie schon wieder genauso viel wie am Anfang. Er schnaufte.

»Hören Sie schon auf, Duval«, Madame Marnier bezog das Schnaufen auf sich. »Und schauen Sie mich nicht so an, ich sehe ab-so-lut keinen Anlass dafür, dass Sie Bergerac mit dieser absurden Idee belästigen. Bergerac stammt aus einer alten und soliden Juristenfamilie.«

»Unantastbar wollen Sie sagen.«

»Gute und seriöse Diener der Justiz, will ich sagen. Ludovic Bergerac macht seine Arbeit gut, wir brauchen Leute wie ihn. Und selbst wenn in den Vierzigerjahren ein Familienmitglied vielleicht der Vichy-Regierung nahegestanden hat, damit ist er bei Gott nicht allein. Aber wie lange ist das her! Und wer kann etwas für seine Großeltern. Wir leben im 21. Jahrhundert, Duval. Wir haben doch heute andere Sorgen. Also, meine Herren ...« Es war offensichtlich, dass dies das Ende der Unterredung war.

Duval und Villiers erhoben sich. *»Au revoir, Madame la Juge!«*

Aber Madame Marnier hatte schon einen anderen Aktenordner aufgeschlagen und sah nicht mehr auf.

»Was machen wir?«, fragte Duval als sie vor dem Gerichtsgebäude standen. Er warf einen Blick auf seine Uhr. »Gehen wir was essen?«

»Warum nicht.«

»Sie hat nicht ganz unrecht«, meinte Villiers. »Wenn jemand auf einem Fußballfeld ermordet wird, muss es auch nichts mit dem Schiedsrichter zu tun haben.«

»Muss nicht, kann aber«, gab Duval zurück. »Spielt Olympic Marseille?«, fragte er süffisant, »oder weshalb kommt Ihnen Fußball in den Sinn?«

»Commissaire, Sie interessieren sich nicht für Fußball, es ist eine Schande! OM spielt jede Woche! Und ja, am Sonntag gegen Lyon, wenn Sie es genau wissen wollen.«

»La Meissounière?«, schlug Duval vor.

»Warum nicht.«

Der Kellner mit dem kunstvoll gezwirbelten Schnurrbart wies ihnen einen Tisch im hinteren Drittel an. Am letzten Tisch ganz hinten links saß wie immer der Großvater von Claire, der Besitzerin und Köchin, die ihr Restaurant vorübergehend in die Obhut eines italienischen Kochs gegeben hatte. In den letzten Monaten hatte man zusehen können, wie ihr Bauch runder wurde, in der Zwischenzeit hatte sie bestimmt entbunden. Duval fragte sich zum ersten Mal, ob Annie und Claire sich kannten. Sie hatten schätzungsweise das gleiche Alter, und vielleicht fanden sie sich in derselben Babyschwimmgruppe im städtischen Schwimmbad Montfleury wieder, zu der Annie einmal in der Woche ging.

Die Karte hatte sich trotz des italienischen Kochs nicht verändert, noch immer gab es zwei täglich wechselnde

Tagesgerichte, dazu eine Handvoll Bistro-Klassiker, *Magret de Canard, Andouillette,* Kalbsleber, Nieren oder ein ordentliches Steak und ebenso klassische Desserts, Crème brûlée, Mousse au Chocolat und Tiramisu. Letzteres war deutlich geschmackvoller geworden, ansonsten hielt der italienische Koch sich exakt an die französischen Vorgaben der Chefin.

»Kalbsleber«, bestellte Duval, Villiers entschied sich für das Steak mit Fritten.

»Möchten Sie etwas Wein?«, fragte der Kellner.

»Rosé?« Duval sah Villiers an.

Der nickte.

»Ein Viertel Rosé und eine Karaffe Wasser bitte.«

»Sehr gerne.«

Schon eine Minute später stellte der Kellner Wein, Wasser und mit einer schwungvollen Geste die obligatorische hausgemachte Tapenade mit kleinen gerösteten Brotscheiben auf den Tisch.

»Nehmen Sie.« Duval schob beides zu Villiers.

»Danke.«

Nacheinander strichen sie die Tapenade aus grünen Oliven auf kleine Brotscheiben und kauten sie krachend. »Immer wieder fein«, sagte Duval anerkennend.

»Sie haben sich gut an den Süden gewöhnt, oder?«, stellte Villiers fest.

»Hm. Ich denke schon. Mit dem Essen habe ich jedenfalls keine Probleme.«

»Und sonst?«

»Womit ich Probleme habe?«

»Ja.«

»Keine Ahnung. Sagen Sie es mir.«

»*La tchatche*«, gab Villiers zurück. »Das gemütliche Plaudern liegt Ihnen nicht.«

»Da könnten Sie recht haben.« Duval verzog das Gesicht zu einer Grimasse.

Sie hatten noch nicht alle Brotscheiben verschlungen, da stand schon ihr Essen auf dem Tisch, und sie widmeten sich schweigend der Nahrungsaufnahme.

Villiers sah hin und wieder auf sein Mobiltelefon und tippte kurze Botschaften.

»Alles in Ordnung?«, fragte Duval.

»Jaja, alles gut. Audrey plant das Weihnachtsessen. Ich meine, wir haben erst Anfang November.« Er verdrehte die Augen.

»Wie alt ist Ihre Kleine jetzt?«

»Émilie ist vier. Sie ist unglaublich. Plappert ununterbrochen. Un-un-ter-brochen: So was haben Sie noch nicht erlebt.«

»Vom wem hat sie das nur?«, scherzte Duval.

Villiers sah ihn verblüfft an. Dann lachte er. »Finden Sie?«

Duval grinste.

»Rede ich zu viel?« Er ließ das Besteck sinken.

»Nei-in«, machte Duval gespielt ernsthaft.

Villiers schwieg einen Moment betroffen.

»He«, machte Duval. »Alles gut. Ich habe mich daran gewöhnt.«

Villiers starrte ihn immer noch an.

»Essen Sie weiter, Villiers, alles gut. Entschuldigen Sie, ich wollte Ihnen nicht zu nahetreten.«

»Na dann.« Villiers nahm das Besteck wieder auf. »Sie haben mir schon Angst eingejagt.« Er rollte gespielt dramatisch mit den Augen und grinste. »Ich merke es nicht. Ich bin so. Kann nicht anders.«

»Ich weiß. Schon in Ordnung, entschuldigen Sie.«

»Ich bin wie ich bin.« Er zuckte mir den Schultern. »Wie läuft's mit Ihrer Tochter?«

»Spricht noch nicht«, gab Duval trocken zurück. »Schreit aber viel.«

Villiers lachte. »Mein Mitgefühl. Ist ätzend, ich kenne das. Geht aber vorüber.«

»Das hoffe ich«, seufzte Duval.

»Ein Dessert für die Herren?«, unterbrach der Kellner die Unterhaltung.

»Nicht für mich«, sagte Villiers, »ich nehme nur einen Kaffee, bitte.«

»Ich nehme gerne ein Tiramisu und einen Kaffee.«

»Den Kaffee zum Dessert oder anschließend?«

»Bitte zum Dessert.«

»Sehr gerne.«

»Coucou«, rief Duval schon von Weitem. »Na, was macht unsere Krawall-Maus?« Duval gab Annie einen Kuss und strich Julie, die in einer Babyschale lag, zärtlich über das helle Flaumhaar und küsste sie auch. Sofort begann sie zu zappeln und zu quietschen.

»Danke, jetzt ist sie wieder wach«, stöhnte Annie und schaukelte die Babyschale mit einer Hand. »Gerade schlief sie so schön. Kannst du die Tür nicht etwas weniger energisch schließen?« Streng sah sie ihn an. Julie spuckte den Schnuller aus und begann zu nörgeln. »Ach, Julie, *schsch,* alles gut, schlaf weiter«, versuchte sie ihre Tochter zu beruhigen und schob ihr den Schnuller wieder in den Mund.

»Äähn«, quiekte Julie verärgert, zappelte wild mit den Beinen und spuckte den Schnuller erneut aus.

»Hier, nimm sie.« Annie nahm Julie aus der Schale und drückte sie Duval in den Arm. Julie starrte ihn erschrocken an, japste kurz, holte Luft und setzte zu einem ausdauernden Schreien an. »Uäääää-äää-äää«, plärrte sie.

»Ich konnte sie heute nicht eine Minute irgendwo absetzen oder legen, ohne dass sie geheult hätte«, beklagte Annie sich. »Echt, ich kann nicht mehr.«

»Sie kriegt Zähne«, erklärte Duval und schaukelte Julie hin und her, die weiterhin weinte. »Uäää-ää-äää.«

»Ich WEISS, dass sie Zähne kriegt«, sagte Annie scharf. »Ich kann trotzdem nicht mehr.«

Duval hielt seine weinende Tochter im Arm, sie war warm und schwer und roch schlecht. »Sie stinkt«, sagte er, verzog das Gesicht und hielt Julie etwas von sich weg.

»Oh Mann, Léon, mach eine Therapie, ich kann das nicht ertragen, wie du dich jedes Mal anstellst. Ja, sie stinkt. So ist es nun mal, wenn sie die Windel vollhat. Du kannst ihr gern die Windel wechseln, du weißt, wie es geht. Ich muss jetzt dringend in der Agentur anrufen, ich habe eine SMS von Eric bekommen, irgendetwas läuft dort gerade schief, ich muss in Ruhe ein Telefonat führen.« Sie schloss energisch die Tür.

Duval seufzte, und Julie sah ihn forschend an. »Sie ist müde, die Mama«, erklärte er ihr. Er roch vorsichtig erneut an ihrem Windelpopo und verzog angewidert das Gesicht. »Und du stinkst wirklich. Gut«, entschied er. »Dann wollen wir mal.«

Julie quengelte und drehte und wand sich auf der Kommode hin und her. Mit Todesverachtung entfernte Duval ihr einhändig die Windel, wischte ihr sorgfältig den Po sauber, während er sie mit der anderen Hand festzuhalten versuchte. Er konnte es, besonders geschickt war er trotzdem nicht; dass er die meiste Zeit dabei die Luft anhalten musste, um nicht zu würgen, war durchaus ein Handicap. Offensichtlich war die kleine Julie froh, die volle Windel los zu sein, sie hatte aufgehört zu weinen, quiekte und strampelte heftig mit den Beinen. Eine neue Windel aber wollte sie so bald nicht. Ärgerlich zappelte sie herum und strampelte wütend und quietschte empört, als Duval versuchte, ihr eine frische Windel anzuziehen.

»Na gut«, gab Duval auf. »Dann lassen wir mal etwas Luft an den roten Popo. Jetzt ist er ja sauber, und du riechst wieder gut.« Er nahm sie hoch, legte sie mit dem Kopf gegen seine Schulter, es schien ihr zu gefallen, sie brabbelte leise, und Duval war ein paar Minuten gerührt und sehr stolz, wie gut er das hingekriegt hatte. Dann spürte er, wie seine Halsbeuge feucht wurde.

Es ekelte ihn. Er verstand es auch nicht, warum das so war, aber all das Gesabber, laufende Nasen, stinkende Kinderkacke, auch das Herumgematsche im Essen ekelte ihn. Und wenn Annie sich den Gemüsebrei, mit dem Julie fröhlich herumgespielt und ihn dann aber verschmäht hatte, gedankenlos selbst in den Mund steckte, ekelte ihn auch das. Einmal hatte er Matteo als Baby beinahe fallen lassen, nur weil der ihm die Milch auf die Schulter gerülpst hatte. Hélène hatte es ihm nie verziehen.

Duval versuchte, das warme schwere Kind, das gerade ganz zufrieden brabbelte und mit Spuckebläschen seinen Hals vollsabberte, dieses Mal nicht fallen zu lassen und stopfte stattdessen eilig ein Mulltuch zwischen seinen Hals und Julies Mund. Dann erstarrte er. Julie pinkelte ihm warm und entspannt über den Arm.

Sie hatten sich entschieden, Julie nicht bereits mit knapp drei Monaten in die Krippe zu geben, wie sie es eigentlich vorgehabt hatten und wie es alle berufstätigen jungen Eltern taten. Entweder, sie hatten einen Platz in einer Kinderkrippe ergattert, oder sie zahlten eine *nounou*, eine Tagesmutter. Beides fraß zwar fast vollkommen eines der Einkommen, aber es war der Preis, der für eine berufliche Freiheit gezahlt wurde.

»Sie ist noch so winzig«, sagte Annie, nachdem ihr offizieller Mutterschaftsurlaub beendet war. »Sie ist gerade zehn Wochen alt! Nicht mal drei Monate!«, klagte sie. »Sie kennt mich kaum, uns meine ich, und da soll ich sie schon weggeben? Wenn ich gewusst hätte, wie es ist, dann hätte ich versucht, wenigstens drei von den sechs Wochen *congé maternelle* von vor der Geburt nach hinten zu legen.« Duval schloss für sich aus, sich in einer Elternzeit um Julie zu kümmern, etwas, was es in der *Police Nationale* noch nie gegeben hatte, nicht vorgesehen war und was er, wollte er sich nicht lächerlich machen, auch nicht einzuführen beabsichtigte. Aber Annie war schließlich dauerhaft bei ihm eingezogen und hatte ihre Wohnung untervermietet. Und er hatte versprochen, präsenter zu sein. Bislang gelang es ihm, wie er fand, erstaunlich gut. Wenn er auch die Müdigkeit mehr spürte als bei seinen ersten beiden Kindern, so hatte er andererseits das Gefühl, erst jetzt die richtige Reife für ein Kind zu haben. All die Strenge, die er bei Matteo und Lilly eingefordert hatte, dieses »Kinder haben in ihrem eigenen Bett zu schlafen«, existierte plötzlich nicht mehr. Wenn Julie nachts schrie, und sie hatte viel geschrien in den ersten Monaten, sich dann aber zwischen ihnen im Bett beruhigte, war er so erleichtert, dass er keinen Gedanken mehr daran verschwendete, sie, kaum war sie eingeschlafen, konsequent zurück in ihr Bettchen zu legen. Zugegeben, anfangs hatte er es noch versucht, war das nicht eine ungeschriebene Erziehungsregel? Und hatten sie es nicht auch mit Matteo und Lilly so gehalten? Na also! Schaffte man sich nicht undisziplinierte und aufsässige Prinzen und Prinzessinnen, wenn man ihnen jetzt schon nachgab? »Du verwöhnst sie«, hatte er Annie anfangs kritisiert. »Ich verwöhne sie nicht, ich gebe ihr Sicherheit«, hatte Annie zurückgegeben. »Sie kann ihr Missfallen doch nicht anders ausdrücken als durch Schreien. Soll denn das Erste, was sie lernt, sein, dass niemand kommt, wenn sie schreit? Diese Idee, dass man Kinder schreien lassen soll, ist so schrecklich«, ereiferte sich Annie und warf einen Erziehungsratgeber wütend in die Ecke. »Was für ein Bild von Kindern diese Menschen haben, dieser Doktor Sowieso und diese Madame Psychologin. Als wären Kinder, kaum, dass sie auf der Welt sind, Feinde, denen man gleich mal zeigen muss, wer der Herr im Haus ist. Brrr, es schüttelt mich.«

Vielleicht waren es Annies Erklärungen, vielleicht war es seine Altersmilde, vielleicht auch nur seine Müdigkeit, die ihn gnädiger werden ließ, sanfter und nachsichtiger. Wenn Julie nun gemeinsam mit ihnen in dem großen Bett lag und selig schlief, na dann schlief sie eben selig bei ihnen im Bett. Das war doch die Hauptsache, und ruhige Nächte waren so angenehm.

Sichtlich verstört kam Annie zurück. »Weißt du was, Sie haben meinen Chef abgesägt! Und mich mit ihm!«

»Wie das? Ihr seid gefeuert?«

»Nein, das können sie nicht machen. Vertraglich geht

das nicht. Aber Eric ist nicht mehr Chef der Agentur. Sie haben einen neuen jungen Schnösel eingestellt, Eric war ihnen vermutlich zu unabhängig und zu ungehorsam.«

»Und du?«

»Mich haben sie als seine Assistentin auch abgesägt, logisch. Er hat mich immer verteidigt, sagte, ich könne sehr gut von zu Hause arbeiten und tue das auch. Aber der neue Chef will seine Assistentin im Büro haben und keine Mama, die von zu Hause arbeitet. Mich haben sie von allem Aktuellen abgeschnitten und mir stattdessen eine Beilage angeboten, die alle paar Monate erscheint. Cannoiser Bürger erinnern sich an ihren ersten Schultag oder solche Scherze.« Sie verdrehte die Augen.

»Ist doch nicht so schlecht«, meinte Duval. »Das kannst du doch in Ruhe recherchieren und gut von zu Hause machen, oder?«

»Es ist lächerlich! Das ist eine Arbeit für eine Praktikantin«, schimpfte Annie.

2

Am nächsten Tag fand man das Foto des Toten neben einem kurzen Artikel in der Zeitung. Vorsichtshalber wurden weder der Fundort, das israelitische Grabfeld, erwähnt, noch die Tatsache, dass der Tote beschnitten war. Mehrere Anrufe von aufgeregten Friedhofsbesuchern gingen ein, die sich sorgten, ob sie auf dem Friedhof noch in Sicherheit seien. Andere erzählten in weitschweifiger Dramatik, wie sie einmal auf dem Friedhof von einem bedrohlich wirkenden Mann angesprochen worden seien oder dass eine Grabschale mit wundervollen Blumen vom Grab verschwunden sei. Die Polizisten seufzten. All diesen Geschichten, die häufig der Fantasie des Anrufers oder einem Kriminalfilm entstammten, mussten trotzdem ernst genommen, recherchiert und in die Akte aufgenommen werden. Am Nachmittag aber erhielten sie einen Anruf aus einem Altersheim in Nizza. Die Direktorin war sicher, in dem Toten auf dem veröffentlichten Foto den Angehörigen eines ihrer Bewohner erkannt zu haben. Léa Leroc hatte den Anruf entgegengenommen und machte sich Notizen.

»Simon Wolff, mit zwei f?«, fragte sie nach. »Silberstern. So wie man es spricht? Und der Vorname? Jakob. Ich verstehe. Und Ihr Name? Ich weiß, ich heiße auch Léa«, sagte sie. Sie stutzte. »Ich glaube nicht. Also, ich weiß es nicht hundertprozentig, aber ich glaube nicht. Sagen Sie mir noch die Adresse? 32, Avenue Général Estienne. Wo ist das etwa? In Cimiez. In Ordnung. Haben Sie schon mit ihm gesprochen?«

»Commissaire«, rief sie über den Gang. »Silberstern, so hieß doch eine der Personen in dem Grab, auf dem der Tote gefunden wurde, oder?«

»Es liegt niemand in dem Grab, aber der Name steht auf der Grabplatte. Camilla Silberstern.«

»Ich habe gerade den Anruf aus einem Altersheim in Nizza bekommen«, begann sie, »ein jüdisches Altersheim«, ergänzte sie. »Die Direktorin ist sicher, in dem jungen Mann einen Angehörigen einer ihrer Bewohner erkannt zu haben. Der Bewohner, ein älterer Herr, heißt auch Silberstern. Jakob Silberstern. Der Tote ist vermutlich sein Enkel, sagt sie. Er heißt Simon Wolff mit zwei f. Ich habe die Adresse«, sie wedelte mit einem Zettel herum.

»32, Avenue Général Estienne, dort ist das Altersheim.«

»Hat sie schon mit dem Bewohner gesprochen?«

»Nein.«

Das Altersheim Villa Jacob befand sich im Stadtteil Cimiez, weit oben, am Ende einer kleinen ruhigen Straße, umgeben von alten Villen und modernen Apartmenthäusern. Von den Balkons des etwas klobigen Gebäudes aus den Achtzigerjahren, die alle Richtung Süden zeigten, hatte man sicherlich einen großartigen Blick über Nizza und die *Baie des Anges,* die Engelsbucht.

»Nette Gegend«, sagte Duval. »Also, für ein Altersheim.«

»Ich weiß nicht«, die Polizistin machte ein skeptisches Gesicht. »Schöner Blick, und das ist alles? Irgendwie weit weg vom Leben. Wäre es nicht besser mitten in der Innenstadt, in der Altstadt vielleicht, umgeben von Leben und Läden? Warum glaubt man, dass die Alten es immer so ruhig haben wollen?«

»Vielleicht wollen sie es ruhig haben, vielleicht ist das realistisch? Den Blick hätte ich auf jeden Fall auch gerne.«

Nachdem sie die Sicherheitsschleuse hinter sich gebracht hatten, begrüßte sie eine junge, dynamisch wirkende Frau in einem klassischen dunkelblauen Rock und weißer Bluse, die langen Haare trug sie offen. Im großen und hellen Eingangsbereich saßen mehrere ältere Damen in blauen und grauen Ohrensesseln und starrten die Besucher neugierig an. Eine Dame erhob sich umgehend, rückte ihre Handtasche, die sie quer über den Körper trug, zurecht und trippelte mit einem Rollator davon.

»Ich bin Léa Salomon«, stellte die Direktorin sich vor.

»Wir haben telefoniert, Léa Leroc«, sagte Léa, »und Commissaire Duval«, stellte sie den Commissaire vor.

»Angenehm. Wenn Sie mir in mein Büro folgen wollen.« Sie machte eine Geste in Richtung einer offenen Tür neben dem halbhohen Empfangstresen, an dem ein älterer Mann Papiere ausfüllte. »Meine Mitarbeiterin ist gleich für Sie da«, wandte sich die Direktorin an ihn. Er nickte.

»Sie glauben also«, Duval legte mehrere Fotos des Toten auf den Schreibtisch der Direktorin, »einen Angehörigen einer ihrer Bewohner erkannt zu haben.«

Die Direktorin betrachtete die Fotos und nickte. »Ja. Ich bin sicher, es ist Simon Wolff. Der Enkel von Jakob Silberstern. Er ist erst seit Anfang des Jahres bei uns. Sein Enkel hat alles für ihn geregelt. Er ist unser Ansprechpartner. Gewesen«, fügte sie hinzu. »Was ist geschehen? Ein antisemitischer Mord?«

»Ob Mord oder Totschlag oder ein Unfall – wir wissen es noch nicht. Wir stehen noch ganz am Anfang der Ermittlungen. Er wurde auf dem Friedhof in Cannes tot aufgefunden.«

»Auf dem jüdischen Friedhof?« Sie riss die Augen auf.

»Nicht ganz, auf dem Friedhof in Cannes befinden sich die israelitischen Grabfelder innerhalb des katholischen Friedhofs. Es gibt auch einen protestantischen Teil«, fügte er erklärend hinzu. »Er wurde auf einem Grab in einem der israelitischen Grabfelder gefunden, um genau zu sein.«

»Also doch ein antisemitischer Mord«, stellte sie fest.

»Beides wissen wir noch nicht.«

»Pfh«, machte sie spöttisch. »Sie wissen es noch nicht«, wiederholte sie. »Ich bitte Sie! Alle Morde an Juden sind antisemitisch begründet. Aber niemand will offiziell zugeben, dass es in Frankreich wieder einen erstarkenden Antisemitismus gibt, dass er im Prinzip nie verschwunden war, nur wurde es politisch unkorrekt, daher zeigte man es weniger offen. Aber vorhanden ist der Antisemitismus immer noch. Wissen Sie, wie viele Juden Frankreich in den letzten Jahren verlassen haben, weil sie sich hier nicht mehr sicher fühlen?«

Duval bemühte sich um einen neutralen Gesichtsausdruck. »Das wissen Sie sicher besser als ich. Im Moment folgen wir jeder Spur, und ob es sich um einen Mord handelt, kann ich bisher noch nicht bestätigen. Wir stehen noch ganz am Anfang unserer Ermittlungen. Bis eben wussten wir nicht einmal den Namen des Toten. Können wir jetzt mit Herrn Silberstern sprechen?«

»Ich wünschte mir, dass bei diesem Gespräch jemand von seiner Familie anwesend sein könnte. Er ist ein alter Herr, und er war sehr innig verbunden mit seinem Enkel. Es wird ein Schock sein.«

»Na, jetzt sind wir schon mal hier. Es muss nicht lange dauern, aber ich würde doch gerne schon heute mit ihm sprechen. Ist er sehr gebrechlich? Verwirrt?«

»Das nicht gerade, aber wenn ihn etwas überfordert, verliert er den Faden.«

»Vielleicht können Sie dabei sein?«

»Ich werde Sie ankündigen«, entschied die Direktorin, »und ich schaue, dass eine Krankenschwester sich später um ihn kümmert.«

»Ich verstehe das nicht«, wiederholte der alte Herr und wirkte nun doch leicht verwirrt. »Sie sagen, Simon ist tot?«

»Ist das Ihr Enkel?« Léa hielt ihm erneut die Fotografie des Toten entgegen.

Jakob Silberstern nahm ihr die Fotografie aus der Hand und betrachtete sie erneut. Dann strich er mit einer Hand zärtlich darüber.

»Ja, das ist mein Simon«, sagte er leise. »Mein kleiner Simon. Was ist denn passiert?«

»Wir wissen es noch nicht, Monsieur Silberstern. Können Sie uns etwas über Ihren Enkel erzählen? Was hat er beruflich gemacht? Hatte er viele Freunde? Hatte er Ärger? Wissen Sie das?«

»Sie sind von der Polizei?«

»Ja, Monsieur Silberstern.«

»Haben Sie ihn abgeholt?«

»Bitte?«

»So fängt es an. Sie holen einen ab. Und dann …«

»Sie täuschen sich in der Zeit«, sagte Léa streng. »Heute wird niemand mehr einfach so abgeholt.«

»Na«, machte der Mann und wiegte skeptisch den Kopf. »Das hat man damals auch geglaubt. Und dann ...«

»Alles ist gut, Monsieur Silberstern«, unterbrach die Direktorin mit lauter, aber ruhiger Stimme. »Alles ist gut. Niemand wird abgeholt. Sie sind in Sicherheit, hören Sie? In Sicherheit!« Sie warf Duval und Leroc einen strengen Blick zu. »Wollen Sie das wirklich fortsetzen?«, fragte sie halblaut.

»Monsieur Silberstern«, Duval sprach jetzt auch etwas lauter, »wir wüssten gerne mehr über Ihren Enkel. Können Sie uns etwas über ihn erzählen?«

»Simon?«

»Ja, Simon.«

»Er ist ein guter Junge, kommt mich immer besuchen. Obwohl er so viel arbeitet. Sehr fleißig.«

»Ja, das will ich gern glauben. Was hat er denn gearbeitet?«

»Na, in der Textilbranche, *Prêt-à-porter.*« Ohne Zögern kam das. »Wir sind alle im *Prêt-à-porter.* Mode. Schon immer. Das heißt, Cora hat ein Atelier für Maßanfertigungen, aber es ist nicht leicht, davon zu leben. Die meiste Zeit macht sie Änderungen und Retouschen. Simon hat jetzt seine eigene Marke. Schöne Hemden. Pullover. Ich habe auch welche, aber ich trage sie selten. Ich finde sie zu schick für den Alltag. Er hat einen Laden, aber er verkauft auch per Korrespondenz.«

»Per Korrespondenz?«, fragte Léa.

»Online«, vermutete Duval.

»Ah.«

»Wo hat er denn seinen Laden?«

»Na, in Juan-les-Pins.«

»Und wissen Sie den Namen? Oder haben Sie die Adresse?«

»Ich habe seine Karte. Da steht alles drauf.« Der Mann erhob sich, zog die Schublade einer Kommode auf und suchte darin herum.

»Ich war schon eine Weile nicht mehr hier«, die Direktorin sah sich im Zimmer um. »Sie haben es schön eingerichtet«, sagte sie. »Das Bild habe ich noch gar nicht gesehen, Monsieur Silberstern«, die Direktorin betrachtete interessiert das Gemälde, das über der Kommode hing. Nicht sehr groß, vielleicht 40 mal 40 Zentimeter in einem wulstigen goldenen Rahmen. Es war das Porträt eines kleinen schmollmundigen Jungen in einem blauen Hemd. Der Junge saß an einem lichtüberfluteten Tisch, lächelte und streichelte verzückt eine Katze. »Oder haben Sie es umgehängt?«

Der alte Herr blickte von der Schublade auf. »Das hat mir Simon vor Kurzem mitgebracht«, sagte er und lächelte.

»Schönes Geschenk«, bestätigte die Direktorin.

»Hier, das ist es.« Monsieur Silberstern hielt die Karte in der Hand. »*Le Chevalier.* So heißt die Marke und auch die Boutique. Jetzt hat er auch einen Laden in Monaco.«

»In Monaco?«

»Ja. Bitteschön.« Er hielt Duval die Visitenkarte entgegen.

»Darf ich die behalten?«, fragte Duval.

»Natürlich.« Er winkte ab. »Ich habe noch mehrere.«

»Da steht nichts von Monaco«, wandte Duval ein.

Der alte Herr machte ein unwissendes Gesicht.

»Vielleicht eine alte Karte«, vermutete Léa Leroc.

»Können Sie uns sonst noch etwas erzählen, über Ihren Enkel, meine ich. Hatte er eine Frau? Eine Freundin? Andere Freunde?«

»Ich weiß nicht. Ich habe ihn schon lange nicht mehr mit einer Freundin gesehen. Eine Zeit lang war er mit einem netten Mädchen zusammen, wie hieß sie noch?« Er blickte die Direktorin hilfesuchend an. Die schüttelte bedauernd den Kopf.

»Sie war sehr hübsch. Ich mochte sie gerne.«

»Vielleicht fragen Sie Ihre Tochter?«, schlug die Direktorin ihm vor. »Wir sollten sie auf jeden Fall verständigen.« Sie sah zu Duval. »Haben Sie noch Fragen? Sonst schlage ich vor, dass wir es für heute dabei belassen, und Sie melden sich in den nächsten Tagen noch einmal? Kann man denn der Familie schon etwas sagen wegen der Beerdigung?«

Duval schüttelte bedauernd den Kopf. »Nicht, solange die Ermittlung nicht abgeschlossen ist – aber könnten Sie uns eine Adresse oder Telefonnummer der Familie geben?«

»Ich denke schon. Wir haben die Nummer seiner Tochter als zweite Notfallnummer. Madame Wolff. Sie lebt in Paris, wenn ich mich richtig erinnere. Eigentlich war Simon Wolff unser Ansprechpartner für alles.«

»Ihre Tochter wohnt in Paris, Monsieur Silberstern, nicht wahr?«, wandte sie sich mit lauter Stimme an den alten Mann.

»Meine Tochter?«

»Ja, wo lebt sie? In Paris?«

»Ja. Paris. Wollen Sie sie anrufen?«

»Das werden wir tun. Sie sollten sie auch anrufen, Monsieur Silberstern! Haben Sie sie heute schon gesprochen?«

»Cora? Ich weiß nicht.«

»Jetzt rufe ich Ihnen Lila, damit sie einen Moment bei Ihnen bleibt, ist Ihnen das recht, Monsieur Silberstern?«

»Lila kommt?« Der Mann lächelte erfreut.

»Ich werde sie Ihnen schicken.«

»Gut dann«, wandte sie sich an Duval und Leroc.

»Auf Wiedersehen, Monsieur Silberstern!«, sagte Duval.

»Wiedersehen!« Léa stand schon an der Tür.

»Auf Wiedersehen!« Der alte Herr hob grüßend die Hand.

»Lila ist eine der älteren Pflegerinnen; sie haben sich gegenseitig ins Herz geschlossen. Ich denke, es wird ihm guttun, mit ihr zu sprechen. Vielleicht ein Fotoalbum anzusehen.«

»Jetzt sind wir doch mittendrin in einer jüdischen Geschichte«, sagte Léa. »Dabei sollten wir das doch vermeiden.« Sie verzog das Gesicht. »Wissen Sie, dass die Direktorin mich vorhin gefragt hat, ob ich jüdischer Abstammung sei?«

»Tatsächlich?«

»Ja, weil Léa ein jüdischer Name sei.«

»Und? Haben Sie jüdische Verwandte?«

»Keine Ahnung. Léon ist auch jüdisch, ich habe das nachgeprüft.«

»Na so was«, sagte Duval. »Was ermitteln Sie denn da? Einen Fall in einem Fall?«

»Ich weiß nicht. Ich denke über meine Familie nach. Haben Sie den Stein im Garten des Altersheims gesehen?«, fragte Léa, als sie wieder im Wagen saßen.

»Ja«, sagte Duval. »Was ist es? Ein Gedenkstein?«

»Ja. Er erinnert an die Bewohner des ehemaligen jüdischen Altersheims, die man deportiert hat.«

»Aha.«

»Ich habe ihn fotografiert.«

»Warum?«

»Nur so. Wegen der Namen. Und überhaupt.« Sie betrachtete das Foto. »Alle deportiert«, sagte sie. »1943. Ich weiß gar nichts über diese Zeit«, sagte Léa nachdenklich.

»Die Deutschen hatten Frankreich besetzt«, half Duval aus.

»Ja, und sonst?«

»Sie hatten es auf die Juden abgesehen.«

»Ja, das weiß ich. Warum eigentlich?«

»Keine Ahnung, ideologische Gründe. Ich glaube, man unterstellte den Juden eine Art Weltverschwörung. Man glaubte, sie wollten die Welt beherrschen mit ihrem Geld. Und man glaubte, dass sie den Krieg angezettelt hätten. So wie man heute Bill Gates unterstellt, dass er auf das Gesundheitswesen Einfluss nimmt und die Weltbevölkerung dezimieren will.«

»Das ist doch Quatsch«, wehrte Léa ab.

»Ja, aber es gibt einen Haufen Leute, die das allen Ernstes glauben, und Sie sehen ja, was das für eine wütende Bewegung in der Bevölkerung auslöst. Da kommt man mit vernünftigen Argumenten nicht gegen an. Ich denke, dass die Abneigung gegen Juden damals ideologisch geschürt wurde, wenn man öffentlich nur immer wieder dasselbe sagt, wird es irgendwann auch geglaubt. Dass alle Juden reich sind, dieses Vorurteil hält sich bis heute hartnäckig in den Köpfen der Menschen.«

»Hm«, machte Léa. »1943.« Sie überlegte. »Ich weiß echt gar nichts. Wo die Deutschen waren und so. Ich weiß nur, dass 1944 das *Débarquement* war, und auch nur, weil das jedes Jahr gefeiert wird und wir strammstehen müssen.«

»In der Normandie am 11. Juni und im Süden ab dem 15. August«, ergänzte Duval. »In Cannes wird es jedes Jahr am 24. August gefeiert.«

»Ja, klar, weiß ich auch. 1944«, sinnierte sie. Sie sah auf das Foto. »Und 1943, ein Jahr vorher, haben die Deutschen hier im Süden Juden deportiert. Heißt es nicht immer, der Süden war die freie Zone? Weswegen alle in den Süden wollten? Welches Jahr steht auf dem Grabstein im Grand Jas 1942 oder 1943?«

»1942«, bestätigte Duval.

»Die Deutschen waren also schon 1942 hier«, überlegte Léa laut. »Das Altersheim aber wurde 1943 von den Deutschen heimgesucht.« Sie betrachtete erneut das Foto.

»Vielleicht hat der Tod der Menschen in dem Gedenkgrab ja auch gar nichts mit den Deutschen zu tun. Vielleicht sind sie bei einem Schiffsunglück ums Leben gekommen? Oder sie hatten einen Autounfall. Das kann doch auch sein«, schlug Duval vor.

»Das kann natürlich auch sein.«

»Steht ein Silberstern darauf?«

»Nein. Bluhm, Cahn, Carcassonne, Haimovitch, Rosenthal, Salomon, Yahiel«, las sie vor. »Warum haben Sie ihn nicht nach den Namen auf dem Grab gefragt? Diese Frau Silberstern ist doch bestimmt Familie.«

»Das können wir immer noch machen. Läuft uns ja nicht davon. Lassen Sie uns in Juan-les-Pins mal den Laden aufsuchen.«

Der Laden an der angegebenen Adresse aber war geschlossen, und die Schaufenster waren mit Leintüchern verhängt.

Das war nicht weiter verwunderlich, außerhalb der Sommersaison lohnte es sich für viele der kleinen Läden nicht, geöffnet zu sein. Es gab nur wenige Wintertouristen. In der zentralen Einkaufsstraße, in der es im Sommer vor Menschen wimmelte, war es wie ausgestorben. Nur zwei Modeboutiquen und ein Schuhladen in der nächsten Nachbarschaft waren geöffnet. Vor einer der Boutiquen saßen zwei junge Frauen in Korbsesseln, rauchten, lasen auf ihren Smartphones und genossen offensichtlich die herbstlichen Sonnenstrahlen. Beide trugen ein kunstvoll um die Schultern geschlungenes helles Fleece-Cape und sahen überhaupt sehr identisch aus. Eigentlich unterschieden sie sich nur durch die Haarfarbe.

»Entschuldigen Sie«, begann Duval, »der Laden hier nebenan, ist er schon lange geschlossen?«

»Wollen Sie ihn mieten?« Eine der jungen Frauen schob ihre Sonnenbrille in die schwarz gefärbten Haare und sah Duval aus sehr blauen Augen an.

»Nein. Es handelt sich doch um den Laden von Simon Wolff?«

»Na ja«, antwortete die Blondgesträhnte und sah zunächst nur halb von ihrem Smartphone auf. »Simon hatte ihn mehrere Saisons gemietet, aber jetzt hat er einen Laden in Monaco. Seitdem steht der Laden leer. Ich habe ihn schon eine Weile nicht mehr hier gesehen.«

Die Schwarzhaarige musterte Duval. »Suchen Sie einen Laden oder Simon?«

Duval zeigte seinen Dienstausweis.

»Ach du Scheiße.« Die Schwarzhaarige biss sich sogleich auf die Lippen. »Ist was passiert? Mit Simon?«

Nun blickte auch die Blonde endgültig von ihrem Smartphone auf und starrte Duval und Leroc an.

»Simon Wolff wurde am Freitag tot in Cannes aufgefunden.«

Die Schwarzhaarige kiekste erschrocken auf. »Nein!«

»Wir ermitteln in diesem Fall«, setzte er hinzu.

»Echt?«, machte nun auch die Blondgesträhnte. »Simon? Warum sagt uns das denn niemand?«

»Furchtbar! Was ist denn passiert?«

»Ich kann das nicht glauben! Gerade jetzt, wo sein Geschäft anfing zu laufen?!«

Beide Frauen sprachen gleichzeitig.

»Was für Geschäfte machte er denn?«

»Na Textil, also Klamotten, wie alle hier. Anfangs machte er Sport- und Beachwear. Er wollte aber schon lange in ein anderes Segment aufsteigen. Luxus. Hat sich super schicke Hemden fertigen lassen mit aufwendiger Stickerei und so. Die hat er hier auch eine Saison lang angeboten, um es zu testen, aber die Klientel in diesem Viertel ist eher auf trendy eingestellt. Und lässig. Sommerurlaub am Strand eben. Leinenhemden. Seine Hemden waren zu *schickos* für hier. Bisschen zu protzig auch. Und zu teuer. Ein Hemd für zweihundert Flocken.« Die Blondgesträhnte verdrehte die Augen. »Kann man vielleicht abends im Casino tragen, aber es hat nicht so eingeschlagen. Er wollte nach Monaco. Und das hat er ja wohl auch geschafft, das letzte Mal, als ich ihn sah, sprach er davon, und dass er wieder ein Shooting machen würde, dieses Mal vor dem Hôtel de Paris mit einem anderen Model und einem Luxusauto. Sein Konzept hat dort wohl gepasst. Monaco ist eben ein anderes Pflaster.«

»Wissen Sie, wie seine Boutique dort heißt?«

Die Blondgesträhnte überlegte. »Weißt du es nicht?« Sie sah die Schwarzhaarige an, die den Kopf schüttelte. »Das musst du doch wissen, Mel!«

»Ich habe keine Ahnung!« Die Schwarzhaarige mit den blauen Augen betonte jedes Wort und sah ihre blonde Freundin wütend an. »Ich glaube, er ist Miteigentümer eines traditionellen Herrenausstatters«, ergänzte sie dann doch. »In Monte Carlo. An den Namen erinnere ich mich nicht.«

»Na, das ist doch schon etwas. Danke. Fällt Ihnen sonst noch ein Detail ein? Freundin? Lebensgefährtin?«

Die Schwarzhaarige wurde sichtlich verlegen.

Die Blondgesträhnte gab ihr einen leichten Tritt. »*Allez!* Sag es!«

»Wozu?«, jaulte die Schwarzhaarige wütend auf. »Es ist vorbei. Schon lange. Es war nie wirklich etwas Richtiges.«

»Mélanie war viele Jahre Simons ... ähm ... Freundin«, erklärte die Blondgesträhnte nun.

»Hör auf, du weißt gar nichts!«, schimpfte Mélanie. Sie war unter dem Make-up rot geworden.

»Bis er sie abserviert hat wegen einer Tussi aus der besseren Gesellschaft«, setzte die Blondgesträhnte noch eins drauf.

»He, geht's noch!«, empörte sich die schwarzhaarige Mélanie lautstark. »Was bildest du dir ein, das alles zu erzählen? Außerdem ist es vorbei!« Trotzdem sammelten sich Tränen in ihren sehr blauen Augen, und sie versteckte sie schnell hinter ihrer Sonnenbrille.

»Bitte, Mademoiselle!« Duval reichte der schwarzhaarigen Mélanie seine Karte. »Verzeihen Sie, wir müssen Ihr Privatleben nicht auf der Straße besprechen. Ich wusste nicht ...«, er ließ den Satz in der Luft hängen. »Aber alle Informationen sind wichtig. Ich möchte Sie bitten, uns zu kontaktieren. Sie können auch mit meiner Kollegin sprechen, wenn Ihnen das lieber ist.« Léa Leroc holte ihrerseits eine Visitenkarte aus ihrer Brieftasche und reichte sie der jungen Frau.

Mélanie nahm beide Karten, blickte kurz darauf und steckte sie ein. »In Ordnung. Ich rufe Sie an.«

»Herrenausstatter in Monaco gibt's viele«, seufzte Léa, die während der Rückfahrt in ihrem Smartphone suchte. »*Armand Thiery* und *Jules* können wir wohl ausschließen. *Façonnable* und all die anderen Ketten auch. Die restlichen rufe ich morgen an.« Sie klickte weiter auf dem Smartphone herum.

»Ach was«, sagte sie kurz darauf. »Muss ich gar nicht mehr. Ist auf seiner Homepage. *Au Grand Paris.* Er hat tatsächlich einen Onlineshop und eine fette Homepage.« Sie betrachtete eine Diashow. »Der hat sich ganz schön ins Zeug gelegt. All die hübschen Jungs in edlen Hemden, Champagner trinkend auf der Terrasse des Jachtclubs, in einem Maserati vor dem Hôtel de Paris, Monaco, das Meer ...« Sie hielt Duval das Smartphone hin. Er warf einen kurzen Blick auf eines der Fotos.

»So viel Aufwand für ein paar Hemden?«

»Muss wohl, wenn man sie in Monaco verkaufen will, ich weiß nicht, wie es auf dem Hemdenmarkt so aussieht, aber ich würde denken, es gibt schon alles. Wenn man da trotzdem noch einen Fuß in die Tür kriegen will, muss man schon was dafür tun.«

»Sportlich, klassisch, *business* und eine eigene Linie für Monaco, Herrenhemden der Marke *Le Chevalier* unterstreichen dezent die unverwechselbare Persönlichkeit des Mannes und sind Ausdruck eines sich niveauvoll akzentuierenden Selbstbewusstseins«, las Léa vor. »Was muss ich mir denn bitteschön unter einem ›niveauvoll akzentuierten Selbstbewusstsein‹ vorstellen?«

»Steht das da tatsächlich?«

»Ja!«

Duval lachte auf. »So ein Quatsch.«

»Vermutlich muss man das Hemd tragen, um es zu spüren«, spottete Léa.

»Wie heißt der Laden?«

»Au Grand Paris.«

»O.k. Rufen Sie da nachher mal an.« Er warf einen Blick auf seine Uhr. »Oder morgen.«

»Mache ich«, sagte Léa.

Annie amüsierte sich über ihn, weil er, wenn er sich allein mit Julie glaubte, ohne es zu merken, einen zärtlichen und verliebten Ton annahm.

»Na, komm mal her zu deinem Papa, joh, ist doch am besten beim Papa, hmm, schau mal, was wir jetzt machen, wir schaukeln jetzt leicht im Arm, gefällt dir das? Ja? Gefällt dir das? Ja, das gefällt der kleinen Julie, uiii, wie es schaukelt, das ist schön, ja ...«

Er räusperte sich, als er Annie entdeckte. »Was gibt's?«

»Du bist zu süß.«

»Hm«, brummelte er verlegen und schaukelte Julie etwas weniger entschieden.

»Wie geht's mit dem neuen Fall?«

Er verzog das Gesicht und zuckte mit den Schultern. Er wollte nicht von Mord und Totschlag sprechen, solange er seine Tochter im Arm hatte. Vorsichtig legte er Julie in ihre

Babyschale, und ausnahmsweise protestierte sie nicht. Er zog Annie in eine andere Ecke des Zimmers.

»1942«, sagte er dann, »fällt dir dazu was ein?«

»In welchem Zusammenhang?«

»Auf einem Grabstein stehen fünf Namen, alle fünf Personen sind 1942 gestorben.«

»Juden?«

»So sieht es aus, ja.«

»La Rafle du Vél d'Hiv«, sagte sie wie aus der Pistole geschossen.

»Das war 42?«

»Ja, im Sommer. Am 16. und 17. Juli, um genau zu sein. Es gibt jedes Jahr eine Gedenkveranstaltung.«

La Rafle du Vélodrome d'Hiver, eine Massenfestnahme von jüdischen Männern, Frauen und Kindern in Paris, die man zunächst im sogenannten Wintervelodrom, einer Radrennbahn, versammelt hatte, von wo sie später in Vernichtungslager im Osten deportiert wurden. Duval hatte den Spielfilm gesehen, der vor ein paar Jahren darüber gedreht worden war. Der Film hatte einen großen Teil der Kinobesucher zu Tränen gerührt, weshalb er von anderen als zu melodramatisch und grundsätzlich als »zu viel« abgetan wurde. Gefallen hatte auch nicht allen, dass man öffentlich sagte, es habe unter den Franzosen ebenso Antisemitismus und Denunziation gegeben. Es war das erste Mal, dass man öffentlich von der Beteiligung der französischen Polizei sprach, die diese Razzia durchgeführt hatte. Man habe nur unter deutschem Befehl gehandelt, hieß es aus Polizeikreisen, und man hörte nicht auf zu erzählen, dass viel weniger Juden verhaftet worden seien als erwartet, weil die Polizei Warnungen herausgegeben hatte, und viele jüdische Männer sich so versteckt hatten.

»Alle glaubten damals, dass man nur die Männer mitnehmen würde«, sagte Annie, als hätte sie seine Gedanken gelesen, »niemand konnte sich vorstellen, dass man auch Frauen und Kinder verhaftete. Aber das taten sie. Sie verhafteten auch die Kinder. Auch die Kleinsten kamen nicht davon.« Sie blickte zu Julie. »Selbst so kleine unschuldige Wesen hat man verhaftet, zunächst in Übergangslager gebracht und später nach Auschwitz deportiert und dort umgebracht.«

»Na gut, das war in Paris«, setzte Duval an. »Aber in Cannes war doch die freie Zone. Deswegen haben doch alle versucht, in den Süden zu kommen.«

Annie seufzte. »Du weißt nicht viel, was?«

»Ich frage dich ja.«

»Es gab diese Ausstellung des Stadtarchivs vor nicht allzu langer Zeit, über das besetzte Cannes.«

»Nicht gesehen.« Duval zuckte mit den Schultern.

»Gut«, setzte Annie an, »na, die ›freie Zone‹ hieß offiziell ›nicht besetzte Zone‹, das heißt nur, dass der Süden zunächst nicht von den Deutschen besetzt war. Dafür gab es aber die Regierung in Vichy, die mit den Deutschen zusammenarbeitete, und die Repressionen gegen die Juden galten hier auch. Irgendwann waren die Deutschen dann aber auch bei uns im Süden. Daher die Ausstellung ›Besetztes Cannes‹. Da sieht man deutsche Soldaten auf der Croisette und sieht sie auch die unseligen Bunker bauen.«

»Auf der Croisette?«

»Unter anderem.«

»Echt?«

»Ja, alle paar Hundert Meter ein Betonbunker. Der Zugang zum Meer war für die Bevölkerung gesperrt, und zwar mit Betonwänden, und die Strände waren vermint. Nach dem Krieg wurden die Betonklötze glücklicherweise abgebaut, anders als in der Normandie und in der Bretagne. Aber auf der Île Sainte-Marguerite kannst du die Reste heute noch bewundern.«

»Stimmt«, nickte Duval. Er hatte die Betonbunker dort schon gesehen.

»Im Süden gab es auch Razzien«, sprach Annie weiter. »Und Lager. Hast du noch nie von Les Milles gehört und von Gurs und Rivesaltes?«

»Rivesaltes kenne ich nur als Süßwein«, gab Duval zurück.

Annie verdrehte die Augen. »Das Lager Rivesaltes liegt im Weinanbaugebiet Rivesaltes bei Montpellier. Les Milles ist nicht weit von hier, bei Aix-en-Provence. Gurs ist in den Pyrenäen.«

»Nie gehört«, sagte Duval.

»Echt nicht?«

»Nein.«

»Léon!«

»NEIN!«

»Letztes Jahr wurde in Nizza eine Stele eingeweiht, zur Erinnerung an all die Juden, die mit dem Zug von Nizza nach Drancy verschleppt worden sind. Ich habe einen Artikel darüber geschrieben, kannst du dich nicht erinnern?«

Duval schüttelte den Kopf. »Eine Stele? Wo?«

»Oben auf dem Schlossberg, vor dem jüdischen Friedhof. Dort sind alle Namen eingraviert. Serge Klarsfeld war da, das habe ich dir erzählt!«

Duval machte ein unwissendes Gesicht.

»SERGE KLARSFELD, du weißt aber schon, wer das ist?«

»Ja, natürlich. Ein Nazi-Jäger. Eichmann und so.«

»Na ja, das greift etwas kurz«, empörte sich Annie. »Er hat DIE Standardwerke zur Judenverfolgung geschrieben. Er ist selbst Jude und hat gerade so überlebt, weil die Familie sich versteckt hat. Sein Vater jedoch wurde verhaftet und deportiert und kam in Auschwitz um. Und es war nicht Eichmann, aber Klaus Barbie und viele andere.«

»O.k.«, nickte Duval. Man sah ihm an, dass ihm der Name nichts sagte. Irgendeine Nazigröße vermutlich.

»Das gibt's doch nicht.« Annie sah ihn verärgert an. »Das willst du nicht wissen, oder was? Betrifft nämlich die Polizei!«

»Psst«, machte Duval. »Nicht so laut!«

»Na, eigentlich wundert es mich nicht. Wusstest du, dass sogar noch Mitterrand jede Mitverantwortung bei den Deportationen der Juden abgelehnt hat?«, zischte Annie empört.

»Das wusste ich nicht, aber Mitterrand war in der Résistance, er fühlte sich vermutlich wirklich nicht verantwortlich, und dann war er eng mit René Bousquet befreundet. Vermutlich auch deswegen.«

»Er war mit René Bousquet befreundet?« Annie riss die Augen auf. »Das ist ja ein Ding, das kann ich gar nicht glauben, bist du sicher?«

»Ja, bin ich. Dafür wurde Mitterrand in den späten Jahren immer mal kritisiert.«

»Aber René Bousquet war Chef der französischen Polizei und hat die Razzia im *Vél d'Hiv* organisiert! Ich verstehe das nicht, wie kann man denn in der Résistance sein und einen Freund auf der Gegenseite haben?«

»Das Leben ist eben nicht nur Schwarz und Weiß, Annie, das weißt du doch«, seufzte Duval. »Du machst auch manchmal Kompromisse, um an Informationen zu kommen, oder?«

»Das ist doch etwas vollkommen anderes«, wehrte sie ab.

»Na gut«, lenkte Duval ein, »dann sprechen wir von mir, dann wird vielleicht klar, was ich meine: In der Polizeiarbeit arbeitest du oft mit halbseidenen Typen zusammen und versprichst ihnen freies Geleit, wenn sie dir helfen, einen ›großen‹ Fisch zu fangen. Manchmal findet man so einen Typen der anderen Seite sogar sympathisch und kann ihn respektieren. Aber viel häufiger macht man sehr faule Kompromisse, die man dir später, wenn dein Vorgesetzter, die Situation oder die Politik sich geändert haben, ankreidet. Weißt du, was ich meine?«

»Ja, klar, aber ...«

Duval ließ sie nicht ausreden. »Im Krieg ist es noch viel heikler. Dauernd ist man in einem Loyalitätskonflikt, ständig arrangiert man sich, offen oder versteckt, um etwas zu erreichen oder schlicht, um zu überleben. Man lügt und spielt Spielchen und wählt im Zweifelsfall das kleinere Übel. Später, wenn der Krieg und die Gefahr vorbei sind, kann man vieles leicht kritisieren, aber währenddessen ist es oft so unübersichtlich ...« Er zuckte mit den Schultern. »Vielleicht hat Bousquet Mitterrand auch privat einen Dienst erwiesen, dafür blieb dieser ihm gewogen, so etwas erfährt man ja in der Regel nicht. Mich erinnert das an Élie Semoun und Dieudonné.«

»Verstehe ich nicht«, sagte Annie. »Was haben die beiden Komiker denn damit zu tun?«

»Du bist zu jung«, sagte Duval. »Ich erinnere mich noch gut, wie die beiden, der Jude und der Araber, zusammen aufgetreten sind. Die waren superwitzig zusammen *und* gute Freunde!«

»Dieudonné und Semoun?« Annie riss die Augen auf. »Echt?«

»Ja. Die kennen sich aus Schulzeiten. Die waren genial zusammen. Die haben Witze über Antisemitismus und Rassismus gerissen, sich gegenseitig hochgenommen mit ihren Vorurteilen, damals konnte man darüber noch lachen. Aber die Zeiten haben sich geändert, Dieudonné hat sich zu einem radikalen Antisemiten entwickelt, ich weiß nicht, was da passiert ist.«

»Na, alles hat sich verändert. Das ist ein gesamtgesellschaftliches Problem. Weltweit vielleicht. Und Dieudonné hat gesagt, man muss einen Juden, der ein Arschloch ist, auch ein Arschloch nennen dürfen, ohne dass es antisemitisch ist. Arschloch ist Arschloch.«

»Auf jeden Fall sind beide allein viel weniger witzig«, befand Duval.

»Dieudonné hat Auftrittsverbot«, warf Annie ein, »und alle seine Konten in den sozialen Medien sind gesperrt worden.«

»Absolut zu Recht, wenn du meine Meinung hören willst, das war keine Comédie mehr, das war nur noch antisemitische Agitation mit verstecktem Hitlergruß. Das geht gar nicht. Und trotzdem hat Élie Semoun in einem Interview, vor nicht allzu langer Zeit über Dieudonné gesagt, Freundschaft gelte bei ihm fürs Leben!«

»Hm«, machte Annie nachdenklich.

»Ich erzähle das nur im Zusammenhang mit Mitterrand und Bousquet. Mitterrand war eben auch loyal in der Freundschaft und hat seinen Freund geschützt.«

»Möglich«, murmelte sie und tippte auf der Tastatur ihres Notebooks. »Bousquet, da habe ich ihn.« Sie las, was sie im Internet fand. »Ha! Der hat im richtigen Augenblick die Gesinnung gewechselt, scheint es. Bousquet hat sogenannte ›echte falsche‹ Papiere an die Résistance geliefert, und zwar für …?« Sie sah Duval erwartungsvoll an.

»Mitterrand?«

»Ja!«

»Das erklärt alles. Er war schlau genug, auch mit der anderen Seite zu arbeiten. So sichert man sich ab.«

»Das erklärt auch, dass man ihn 1949 trotz seiner Taten freigesprochen hat«, sagte Annie, »er bekam mildernde Umstände wegen seines Engagements in der Résistance! Er hat Mitterrand und eine Handvoll französischer Männer in der Résistance gerettet, da kann man ein Auge zudrücken wegen der paar Tausend Juden.« Annies Ton war sarkastisch. »Erst Serge Klarsfeld hat Ende der Achtzigerjahre einen Prozess gegen ihn auf den Weg gebracht, der ewig verschleppt wurde und dann nicht mehr stattgefunden hat, weil Bousquet am Vorabend des Prozesses von einem vermutlich wahnsinnigen Schriftsteller erschossen wurde. Eigenartig, oder? Vorher hat er aber wieder schön Karriere gemacht.«

»Ich sag's dir, der stand unter dem Schutz von Mitterrand. Weshalb der Prozess vermutlich auch so lange hinausgezögert wurde.«

»Hm«, murmelte Annie, die gleichzeitig im Internet über die Razzia im *Vél d'Hiv* las. Sie stöhnte auf. »Wusstest du, dass es Pierre Laval war, der damalige Ministerpräsident, der entschieden hat, man solle auch die Kinder deportieren? Hier, hör mal zu: Aus Gründen der Menschlichkeit hat der Ministerpräsident durchgesetzt, dass Jugendliche und Kinder unter 16 Jahren ihre Eltern begleiten dürfen.« Sie sah Duval an. »Stell dir das vor ›Aus Gründen der Menschlichkeit *dürfen* Kinder ihre Eltern ins KZ begleiten‹«, wiederholte sie angewidert. »Was für eine Schande. Das hat er den Deutschen vorgeschlagen, zunächst war das nicht geplant. Und natürlich haben sie so einem Vorschlag zugestimmt. Aber im Prinzip hatten die Verantwortlichen der Razzien nur keine Lust, sich um all die Waisen zu kümmern, nachdem man ihre Eltern nach Auschwitz gebracht hat.«

»Ich wusste nur, dass Laval für eine starke Kollaboration mit den Deutschen war. Noch stärker als Pétain. Aber Laval haben sie nach dem Krieg immerhin hingerichtet, oder?«

»Ja, aber vorher lebten er und Pétain noch wie die Könige auf Schloss Sigmaringen in Deutschland. Kurz bevor Deutschland dann am Ende war, wurde Laval nach Barcelona ausgeflogen und nach einem gewissen Hickhack schließlich ausgeliefert. Dann hat er vergeblich versucht, sich das Leben zu nehmen und musste erst wieder gesund gepflegt werden, bevor er wegen Hochverrats am 15. Oktober 1945 hingerichtet wurde. Wenigstens das. Es gibt Momente, da finde ich die Todesstrafe angemessen.«

»Und das aus deinem Mund«, sagte Duval mit leichter Ironie.

»Na, hör mal zu: Im Großraum Paris sollte die französische Polizei, *die französische Polizei*«, wiederholte sie eindringlich, »die in ganz Frankreich der Vichy-Regierung unterstellt war, am 16. und 17. Juli 22 000 Juden verhaften. Am Ende fanden sie 13 152 Menschen. Familien mit Kindern – insgesamt etwa 8000 Menschen – wurden ins *Vél'd'Hiv* in der Nähe des Eiffelturms gebracht«, las sie vor.

»Du vergisst zu sagen, dass nicht alle mitgemacht haben«, unterbrach Duval. »Viele haben jüdische Familien gewarnt, manche haben bei der Razzia Kinder entkommen lassen, indem sie sie noch schnell zu einer Besorgung geschickt haben.«

»Ja«, sagte Annie, »die Résistance-Geschichten werden immer gerne erzählt, aber die meisten haben mitgemacht, und das erzählt keiner! Alle sagen sofort: ›Aber die Polizisten haben Juden gewarnt, Kinder gerettet und geweint, und überhaupt haben sie nur auf Befehl der Deutschen gehandelt‹, aber niemand sagt, wie gewissenhaft die allermeisten ihren dreckigen Job gemacht haben. Ohne die französische Polizei hätten die Deutschen niemals so schnell so viele Juden deportieren können!«

Duval schnaufte.

»Warte, ich lese dir das weiter vor«, sagte sie: »›Das *Vélodrome d'Hiver* war eine beliebte Sporthalle für Spektakel und Versammlungen aller Art.‹ O.k., das wissen wir schon«, unterbrach sie ihre Lektüre. »›Man hatte zwar akribisch die Erfassung und Verhaftung der Menschen geplant, für ihre Unterbringung aber kaum Vorkehrungen getroffen. Als sich die Mitte des riesigen Stadions und die drei Zuschauerränge mit den hastig zusammengetriebenen Menschen füllten, gab es nichts zu essen und kaum Wasser. Die wenigen Toiletten waren schon bald unbenutzbar, sodass die von der Julisonne aufgeheizte Halle von beißendem Gestank erfüllt war. Die Schreie der bedrängten Menschen blieben der Nachbarschaft und den Passagieren der nahen Metro-Hochbahn nicht verborgen.‹«

»Ich weiß das alles, ich habe den Film gesehen«, wehrte Duval ab.

Aber Annie ließ sich nicht beirren. »›Bis zu sechs Tage waren die Verhafteten in der Winterrennbahn mitten in Paris mehr oder weniger auf sich gestellt. Nur ein Dutzend Schwestern des Roten Kreuzes und einige Ärzte erhielten die Erlaubnis, sich um die Eingesperrten zu kümmern. Mindestens zehn Menschen hatten sich im

Stadion das Leben genommen, andere waren unter den erbärmlichen Umständen ihren Krankheiten erlegen, als die Opfer schließlich in zwei Barackenlager auf dem Land, etwa 80 Kilometer südlich von Paris gebracht wurden. Die Erwachsenen deportierte man keine zwei Wochen später nach Auschwitz. Ihre Kinder wurden wochenlang sich selbst überlassen, nur ein paar noch nicht deportierte Frauen und einige Rotkreuzhelferinnen kümmerten sich um sie. Ende Juli übermittelte Adolf Eichmann, Hauptkoordinator der massenhaften Ermordung der Juden in Europa, die offizielle Genehmigung, auch Kinder zu deportieren.‹«
Annie sah auf. »*Voilà!* Und das verdanken wir der guten Idee unseres damaligen Ministerpräsidenten Pierre Laval. Je mehr ich lese, desto mehr könnte ich kotzen«, sagte sie. »Ein Franzose!«

»Ein Antisemit«, sagte Duval.

»Ja, aber ein *Franzose*! Stell dir mal vor, ein Franzose, der sagt: ›Vergesst bei den Deportationen nicht, die Kinder mitzunehmen!‹ Léon! Denk mal an Lilly und Matteo und Julie! Was für ein Grauen.«

Wie aufs Stichwort begann Julie zu weinen. »Oh, mein kleiner Schatz, entschuldige«, sagte Annie sofort in einem süßlichen Ton, »über solche Sachen sollten wir gar nicht reden, wenn du dabei bist.« Sie hielt ihr spielerisch die Ohren zu und küsste Julie, »Dududududuuu«, schäkerte sie und küsste ihr die Hände und das Gesicht und schnupperte an ihr. »Du riechst so gut, hmmmm«, machte sie.

»Ja, jetzt ja«, sagte Duval trocken. »Vorher stank sie.«

»Oh, und du hast heldenhaft wieder eine Windel gewechselt, super«, spottete Annie. »Weißt du, wie oft ich das tue?«

»Wie war dein Tag?«, wechselte Duval das Thema. »Hast du was geschrieben?«

»Aah, frag mich nicht«, stöhnte Annie. »Ich kann nicht, ich schaff's einfach nicht mit ihr, vor allem, wenn sie so quengelt. Ich kann mich auf nichts konzentrieren, und diese Quengelei, es macht mich so mürbe. Und schon wieder muss ich ein Fläschchen machen und Windeln wechseln, und wenn sie dann endlich mal schläft, dann krieg ich nichts mehr hin, so müde bin ich und will auch nur schlafen. Ich bin so neidisch auf deinen Job. Du gehst morgens weg und kommst abends wieder, und du machst Erwachsenendinge und redest mit Erwachsenen, und ich habe nur dieses quengelige Kind zum Reden«, ereiferte sie sich.

»Sie quengelt doch grad gar nicht«, befand Duval.

»Ja, jetzt hat sie mal zwanzig Minuten nicht gequengelt«, gab Annie missmutig zu. »Aber sonst ständig.«

»Kannst du nicht eine Freundin anrufen? Oder mit Julie zu einer Freundin fahren?«

»Die arbeiten doch alle! Ich soll auch arbeiten. Verstehst du das nicht?«

»Doch«, sagte Duval, »doch ich verstehe das, aber du hast den Krippenplatz damals abgesagt. Damit hättest du, wie es geplant war, wieder arbeiten können.«

»Sie war noch so klein«, entschuldigte sie sich. »Ich konnte es nicht! Ich hätte immer ein schlechtes Gewissen gehabt, sie so klitzeklein schon abzugeben. Ich habe sie so sehr gewollt, und dann gebe ich sie gleich wieder weg!«

»Ich weiß. Und jetzt ist es so.« Duval seufzte. Sie hatten das Thema schon so oft durchgesprochen.

»Vor September nächsten Jahres wird es keinen Platz geben«, hörte er Annie gerade sagen.

»Die Krippe?«, fragte er.

»Ja, die Krippe, hörst du mir überhaupt zu?«

»Jaja, natürlich.«

»Gut, also: Ich dachte, du könntest vielleicht doch noch versuchen, Elternteilzeit zu beantragen.«

Duval antwortete nicht einmal, so absurd schien ihm diese Idee.

»Nun?«, fragte sie.

»Ausgeschlossen«, sagte er dann. »Wie denkst du dir das? Ich bin Flic in verantwortlicher Position, ich bin nicht irgendein kleiner Beamter in der Stadtverwaltung.«

Annie schnaufte unzufrieden.

»Warum keine Tagesmutter? Oder ein Kindermädchen, das zu uns nach Hause kommt?«, schlug er vor.

»Kann ich nicht«, sie schüttelte kategorisch den Kopf. »Seitdem ich *Dann schlaf auch du* von Leïla Slimani gelesen habe, kann ich mir weder das eine noch das andere vorstellen.«

»Es ist ein Roman, Annie!«

Duval erinnerte sich, dass Annie ihn genötigt hatte, den Roman, für den die Autorin vor ein paar Jahren den Prix Goncourt, den höchsten französischen Literaturpreis, erhalten hatte, zu lesen. Darin hatte ein perfektes Kindermädchen zwei kleine Kinder eines jungen Pariser Paares gehütet, bis sie sie eines Tages umgebracht hatte. Entfernt glich der Roman seiner kriminalistischen Arbeit, eine Kommissarin versuchte herauszufinden, wie es dazu kommen konnte. Es war ein Roman, aber er bildete die Realität ab. Genau das sagte Annie nun auch.

»Es ist ein Roman, aber dieses kranke System gibt es doch wirklich. All diese armen Frauen, die ihre eigenen Kinder in ihrem Land zurücklassen, um hier dann für Geld die Kinder von anderen Leuten zu erziehen. Ich sehe sie jetzt überall, die *nounous* im Park mit den Kindern. Ich will da nicht mitmachen.«

»Es ist ein bisschen schwierig, Annie, du willst nicht den ganzen Tag mit Julie zusammen sein, aber du willst sie auch niemandem anvertrauen. Die Krippe hast du abgesagt. Und arbeiten willst du auch.«

»Na und, so ist es eben!« Sie klang trotzig.

»Deine Mutter?«, schlug Duval vor.

»Meine Mutter?! Die lebt in Menton! Außerdem hilft sie Maurizio im Restaurant. Wie stellst du dir das vor?«

»War nur so eine Idee. Und wenn ich meine Mutter bitte, hin und wieder für zwei, drei Tage zu kommen?«

Annie verdrehte die Augen. »Bloß nicht.«

»Annie!« Jetzt war Duval genervt. »Dann weiß ich es auch nicht. Du bist mit keiner Lösung einverstanden! Elternzeit werde ich nicht beantragen. Das ist ausgeschlossen.« Er verkniff sich zu sagen, dass er das Kind nicht gewollt hatte, er hatte gewusst, dass ihr Leben, das er so geschätzt hatte, von nun an ein anderes sein würde. Ein Organisationsmarathon über die nächsten Jahre. Dann kam ihm eine weitere Idee. »Und wenn wir Jeanne fragen?« Seine Haushaltshilfe kam einmal in der Woche, um die Wohnung sauber zu machen. »Vielleicht ist sie bereit, sich zusätzlich stundenweise oder ein bis zwei Tage um Julie zu kümmern?«

»Hm«, machte Annie.

»Was?«, polterte Duval los. »Was ist los Annie? Wirfst du mir vor, dass ich eine Haushaltshilfe habe? Dieses System mit Kindermädchen und Hausangestellten hat es schon immer gegeben. Jeanne ist angemeldet, ihre Papiere sind in Ordnung, sie ist inzwischen sogar Französin. Und sehr stolz darauf. Und ihre Tochter ist erwachsen, die wird jetzt nicht mehr vernachlässigt, wenn sie ein paar Stunden am Tag oder ein oder zwei Tage nach Julie schaut. Jeanne hat vielleicht früher auch gelitten, als ihre eigene Tochter klein war, was weiß ich, aber es ist ihr Leben. So ist es eben. Und nächstes Jahr kriegen wir vielleicht wieder einen Platz in der Krippe.«

Annie überlegte.

»Oder hast du was gegen Jeanne?«

»Nein, absolut nicht.«

»Dann lass uns sie fragen.«

3

»Ich habe gleich heute früh bei dem Geschäft in Monaco angerufen, bei dem Simon Wolff Miteigentümer sein wollte«, berichtete Léa Leroc. »*Au Grand Paris*. Ein Herrenausstatter, der seit 1877 in Familienbesitz ist. Total klassisch, ich habe mir das im Internet angesehen. Der Besitzer dort, ein Monsieur Jacques Durif, hat nur gelacht. Simon Wolff hatte gar nichts dort. Keinen Laden, keine Miteigentümerschaft und nichts. Aber Monsieur Durif war angetan von Wolffs Ambitionen, es in Monaco schaffen zu wollen. Er sagte, einmal im Jahr kaufe eine saudische Familie bei ihm im großen Stil ein, und er könne sich vorstellen, dass den Söhnen diese Art Hemden gefiele. Dieses Rittersymbol und der Name *Le Chevalier,* das dem Träger das Gefühl gibt, zur französischen Aristokratie zu gehören. Die Verarbeitung der Hemden war sorgfältig, er verwendete gute Stoffe, gutes Garn, edle Knöpfe. Also, es war kein Billigzeug, das in Massen in China produziert wurde, deshalb hat er eine Auswahl in Kommission genommen und dachte, wenn er diese Hemden an die Familie verkaufen könnte, kämen vielleicht andere Kunden nach. Wenn erst mal einer von denen diese Hemden mit dem ›niveauvoll akzentuierten Selbstbewusstsein‹ trägt«, sie grinste, »dann wird es vielleicht hip in gewissen Kreisen.«

»Was für ein Selbstbewusstsein?«, fragte LeBlanc.

»Niveauvoll akzentuiert«, gab Léa todernst zurück.

»Das spürt man nur, wenn man die Hemden trägt«, witzelte Villiers.

Léa lachte. »Vermutlich.«

LeBlanc sah verständnislos von einem zum anderen.

»Ein Werbetext«, erklärte Duval, dem der gedanklich schwerfällige LeBlanc manchmal leidtat. Manchmal nervte er ihn auch. »Gut, weiter«, sagte er dann, »haben wir sonst noch etwas? Hat sich diese Mélanie gemeldet?«

»Yep«, sagte Léa. »Hat sie. Hin- und hergerissen zwischen Trauer und Wut. Sie hat erzählt, dass sie lange Zeit die Angestellte von Simon Wolff in eben dieser Boutique in Juan-les-Pins war und mehr oder weniger gleichzeitig auch seine Freundin. Wenn ich es richtig verstanden habe, bedeutete es aber nur, dass sie mehr arbeitete und geringer bezahlt wurde. Sie hat den Laden total alleine geschmissen, fühlte sich dafür verantwortlich, als wäre sie die Besitzerin. Da sie Simon aber liebte und an ihn und seinen zukünftigen Erfolg glaubte, und außerdem an eine gemeinsame Zukunft, war es ihr egal. Sie wurde häufig nicht nur nicht bezahlt, sondern hat manches Mal sogar von ihrem Ersparten etwas zugebuttert, wenn es knapp war. Irgendwann hat sie gemerkt, dass Simon eine andere Frau hatte. Dass er nicht nur wegen des Geschäfts so viel unterwegs war, sondern wegen einer gewissen«, sie sah auf ihre Notizen, »Emmanuelle Renaud. Hier müsst ihr euch ein paar üble Beschimpfungen denken, Stil ›bourgeoises Miststück‹ und so weiter. Interessanterweise ist sie gegenüber Simon Wolff dennoch milde, lässt aber kein gutes Haar an ihrer Nebenbuhlerin. Na ja, langes Hin und Her. Sie hat sich von ihm getrennt, oder vielleicht auch er sich von ihr, so klar wurde es nicht, und sie hat trotzdem seine Boutique weitergeführt, zumindest so lange, bis sie eine Stelle in dem Laden nebenan gefunden hat.«

»Und diese Emmanuelle Sowieso. Wissen wir etwas über sie?«

»Renaud«, wiederholte Léa.

»Renault, wie die Autos?«, fragte LeBlanc.

»Nein, R e n a u d«, buchstabierte Léa Leroc. »Renaud, wie der Sänger.«

»Emmanuelle Renaud, Tochter einer bürgerlichen Pariser Familie, die in Cannes einen Zweitwohnsitz hat«, leierte Léa Leroc ihre Informationen herunter. »Kleine Villa in den Hügeln von La Californie, wo die Familie den Sommer verbringt. Das habe ich bislang ungeprüft so von Mélanie Fournier übernommen.«

»Wo wohnt sie derzeit?«, fragte Duval dazwischen.

Léa zuckte die Schultern. »Ich habe sie noch nicht ausfindig machen können. Vielleicht wieder in Paris. Denn so, wie es aussieht, hat sich Simon Wolff von ihr getrennt. Und er saß dann wieder, zur großen Freude von Mélanie, bei ihr auf der Bettkante. Sie hätte ihm wahrscheinlich alles verziehen und hatte wohl immer noch Hoffnung, dass sie wieder richtig zusammenkämen. Aber mein Gefühl sagt mir, dass sie nur ein Notfallprogramm für ihn war. Der ewige Trostpreis.«

»O.k., große Ambitionen, offensichtlich wenig Erfolg mit dem Hemdenbusiness, vielleicht Geldprobleme und zwei Frauen. Und ein familiärer Hintergrund in der Textilbranche«, fasste Duval zusammen. »Was ist mit der Boutique? Haben Sie da was rausgefunden?«

»Die Boutique in Juan-les-Pins hatte er ein paar Jahre lang gemietet, hat den Mietvertrag aber nach der letzten Sommersaison nicht mehr verlängert. Der Eigentümer des

Ladens, ein Monsieur Chehrif, sagt, dass Wolff die Miete immer bezahlt habe, sonst hatte er nichts zu sagen.«

»Haben wir eigentlich eine Wohnung? Wo lebte er denn aktuell? Bei Mélanie?«

»Er hat sich nach der Trennung von der schönen Pariserin wohl eine kleine Wohnung in Cannes gesucht, in der Nähe des *Place de l'Étang. Rue Jean Cresp.* Dort hat er in einem kleinen Apartmenthaus gelebt, Einzimmerwohnungen, die wohl überwiegend als Ferienwohnungen genutzt werden.«

»Gemietet oder Eigentum?«

Léa zuckte mit den Schultern.

»Kriegen Sie das raus. Dann fahren wir dorthin, vielleicht entdecken wir ja etwas, was erklärt, warum man ihm den Schädel einschlagen musste«, sagte Duval. »Und ich habe die Familie in Paris verständigt. Seine Mutter, Cora Wolff, ist Maßschneiderin in Paris, im 13. Arrondissement in der *Rue des Rosiers.* Der Vater lebt nicht mehr. Simon hatte noch einen Bruder und eine Schwester. Sie besitzen neben dem Atelier einen großen *Prêt-à-porter*-Laden im Quartier Sentier. Jüdischer geht's nicht«, seufzte er. »Das wird Madame Marnier nicht gefallen. Cora Wolff kommt mit einem der nächsten Flieger.«

Kurz darauf standen sie vor dem großen Tor, das die Privatstraße verschloss. Der Vermieter, der sich mit einem Ersatzschlüssel eingefunden hatte, öffnete ihnen mittels einer Fernbedienung.

Das kleine Apartment befand sich in einem zweigeschossigen Gebäude, dessen Treppenhaus mit Terrazzo-Böden und grobem Rauputz komplett in Gelb und Schwarz, noch ganz im Stil der Sechzigerjahre gestaltet war. Im ersten Stock, am Ende eines langen dunklen Korridors befand sich das Einzimmerapartment, ein Studio, wie es landläufig hieß. Grober Rauputz auch hier. Zumindest an einer der Wände. Nicht größer als 20 Quadratmeter schätzte Duval. Einfache Einbaumöbel im Eingangsbereich, ein winziges Duschbad, rosafarben gekachelt, in dem es brackig aus dem Abfluss roch, wie Duval mit seiner empfindlichen Nase bemerkte. Eine ebenso winzige, mit einer Theke abgegrenzte Küchenzeile mit einfachen Schränken, zwei Kochplatten, einer Mikrowelle, einer der üblichen Kapselkaffeemaschinen, mehreren schmutzigen Tassen, Tellern und Besteck in der Spüle. Im Mülleimer leere Plastikverpackungen der Tiefkühlkostmarke Picard. Daneben standen drei leere Weinflaschen. Duval besah das Etikett. Ein banaler Roséwein. Im Tiefkühlfach des Kühlschranks lagerten noch zwei weitere Fertiggerichte. Mariniertes Hühnchen mit Basmati Reis und einmal Nudeln mit Crevetten auf thailändische Art. Ansonsten fand sich nur eine angebrochene Flasche desselben Rosé im gähnend leeren Kühlschrank. Nur ein Plastikschälchen mit Oliven, ein anderes mit Hummus leisteten dem Rosé Gesellschaft.

Auf dem großen Balkon, der im Sommer vermutlich als zusätzlicher Raum diente, standen ein Gartentisch und vier weiße Plastikstühle; ein zusammengeklappter Wäscheständer lehnte an einem halbhohen Schrank, in dem sich einfaches Geschirr und Gläser befanden und eine akkurat gefaltete abwaschbare Tischdecke. In einem anderen Fach stand eine Kiste mit Schuhputzzeug, ganz unten ein Plastikeimer, Putzlappen und Reinigungsprodukte.

An der Rauputzwand der kleinen Wohnung stand eine

Ausziehcouch, davor ein niedriger Tisch, rechts an der Wand eine Kleiderstange mit einer Vielzahl an akkurat gebügelten Hemden, ein großes Bügelbrett und eine professionelle Dampfbügelstation und vor allem bis unter die Decke gestapelte Kisten voller in Plastikfolie verpackter, penibel gefalteter Herrenhemden. Weiße Hemden mit blauem Kragen, blauer Knopfleiste und blauen Manschetten, blaue Hemden mit weißem Kragen, rote Hemden mit schwarzem Kragen. Allerhand Farbvariationen wurden durchgespielt. Diverse Größen waren verfügbar.

Auf der Theke der Küchenzeile stand ein Laptop, daneben häuften sich Papiere, geöffnete und ungeöffnete Briefe, Stapel von zusammengefaltetem Verpackungsmaterial und Adressaufkleber. Hier war wohl das Lager und gleichzeitig der Versand des Onlineshops.

»Er war ein umgänglicher Mieter«, bestätigte der Vermieter. »Ruhig, die andere Mieterin, die ganzjährig hier lebt, ließ mich wissen, dass sie ihn sehr charmant fand und höflich. Einmal hatte sie mich angerufen, weil er wohl lange Zeit abwesend war und seinen Müll auf dem Balkon gelassen hatte. Da haben sich die Möwen drüber hergemacht, und es sah katastrophal aus. So etwas zieht in der Folge die Ratten an. Aber na ja«, er zuckte mit den Achseln. »Das ist einmal vorgekommen. Als er hier eingezogen ist, hatte er noch die Boutique in Juan-les-Pins. War immer piekfein angezogen. Manchmal lief es besser, im Winter ohne Touristen schlechter, ich verstehe das, aber meine Miete wollte ich trotzdem haben, also kam ich manchmal abends hierher, und ich hatte den Eindruck, er versteckte sich. Jedenfalls machte er mir nicht auf. Wenn ich ihn dann doch mal erwischte, berichtete er immer langatmig von seinen

Geschäften und schwor, dass er kurz davor war, wirklich viel Geld zu verdienen und zahlte dann manchmal die Miete in bar. Das eine oder andere Mal habe ich ihn in der Boutique aufgesucht, dort hat mir seine Angestellte oder vielleicht seine Freundin, was weiß ich, dann einen Scheck ausgestellt. Eines Tages hatte er die Boutique nicht mehr, am Telefon war immer nur der Anrufbeantworter, und ich erreichte ihn hier auch nicht. Als ich dann drohte, ihm den Gerichtsvollzieher zu schicken, kamen plötzlich Überweisungen aus Paris.«

Die Polizisten nahmen Laptop und Papiere an sich und ebenso die Post, die sich noch im Briefkasten befand.

—

Madame Wolff, die ihren Sohn zunächst im Kühlraum des Krankenhauses identifiziert hatte und dort noch sehr beherrscht war, wurde nun immer wieder von Weinkrämpfen geschüttelt. »Mein Sohn«, schluchzte sie ein ums andere Mal. »Mein Sohn!« Simon Wolff war das älteste ihrer drei Kinder gewesen, ihr Erstgeborener, ihr Sohn schlechthin.

»Warum, warum, warum?«, klagte sie. »Warum er? Warum wir? So viel Leid! Warum?«

Duval hatte ihr ein Glas Wasser gebracht und ein Paket Papiertaschentücher auf den Tisch gestellt, nachdem sie ihre offenbar aufgebraucht hatte. Er ließ sie weinen, bis sie sich beruhigt hatte. Sie schnäuzte sich laut und ausführlich und sah ihn dann mit rot verweinten Augen an.

»Ach, ach, ach«, jammerte sie leise.

»Wird es gehen?«, fragte Duval.

Sie nickte.

»Madame Wolff, bitte erzählen Sie mir etwas über Ihren Sohn. Wir wissen, dass er versuchte, mit einer Hemdenkollektion in Monaco einen Fuß in die Tür zu bekommen. Er konnte davon aber nicht wirklich leben, scheint mir, wenn ich die Kontoauszüge ansehe. Sie haben ihm immer wieder Geld überwiesen, mal 1000 Euro, mal 5000.« Er hielt ihr die Kontoauszüge entgegen, wo die betreffenden Summen unterstrichen waren.

Sie blickte nur kurz darauf und nickte.

»Sie haben während der letzten Monate auch die Miete des kleinen Studios in der *Avenue Jean Cresp* bezahlt?«

Sie nickte wieder. »Simon ist mein Sohn. Ich bin doch seine Mutter. Natürlich helfe ich ihm, wenn er in Not ist. Mein Großer! Alles hätte ich für ihn getan! Ich habe so gewünscht, dass er erfolgreich wird! Ich habe es ihm so gewünscht. Er wollte es alleine schaffen, ohne meine Hilfe, aber er hat mich dann doch immer wieder angefleht, ihm noch einmal zu helfen. Nur einmal noch. Wie oft habe ich das gehört.« Sie seufzte. »Simon, habe ich gesagt, meine grauen Haare verdanke ich nur dir. Aber natürlich habe ich ihm geholfen.«

»Hatte er andere Schwierigkeiten? Leute, die ihm etwas verübelten?«

»Was denn für Schwierigkeiten?« Sie sah Duval empört an.

»Feinde, Madame Wolff. Ihr Sohn ist gewaltsam ums Leben gekommen. Ob es vorsätzlich war oder eine Tat im Affekt, entzieht sich momentan noch unserer Kenntnis. Wir müssen alles in Betracht ziehen.«

»Feinde?!« Wiederholte sie ungläubig. »Simon? Natürlich nicht. Abgesehen von all den Arabern, die uns Juden bis ans Ende der Welt hassen werden, da können wir tun, was wir wollen. Und abgesehen von all den anständigen Bürgern mit ihrem versteckten Antisemitismus, und abgesehen von all dem Plebs mit seinem offenen Antisemitismus. Abgesehen davon haben wir keine Feinde.«

»Ich verstehe Sie«, sagte Duval. »Der Hass auf die Polizei geht auch durch die gesamte Bevölkerung.«

»Das ist nicht dasselbe«, widersprach sie. »Sie können morgen aufhören, Polizist zu sein. Ich werde immer Jüdin bleiben.«

»Damit haben Sie recht«, stimmte Duval zu.

»Schuldete er anderen Menschen Geld, wissen Sie das? Hatte er Spielschulden?«

»Wie bitte? Mein Sohn ist doch kein Spieler! Mein Sohn hat hart gearbeitet. Er hatte kein Glück, mein Großer. Er ist unter einem schlechten Stern geboren. Aber das ist nicht seine Schuld. Und immer hat er sich abgesondert. Wenn wir weiterhin zusammengearbeitet hätten, wie es in Familien üblich ist, dann wäre es anders für ihn gelaufen. Aber er wollte es ja unbedingt allein schaffen. Allein! Wozu hat man denn Familie, frage ich Sie? Man hält zusammen, man steht zusammen. So ist es doch gedacht. Wir sind wenig genug.«

»Hatte er eine Freundin? Lebensgefährtin?«

Sie machte ein tragisches Gesicht. »Ach! Nichts Ernstes bisher. Ich habe ihm immer gesagt, dass er mit den Mädchen herumtändeln kann, wie er will, aber geheiratet wird nur eine Jüdin. Lange hofften wir, dass er mit einer Schulfreundin zusammenkäme, ein anständiges Mädchen, eine gute Familie, Fanny hat Simon angehimmelt, aber er konnte sich nicht entschließen, schließlich hat sie einen Arzt geheiratet, einen Neurochirurgen, ich kann es ihr nicht verdenken, aber es ist jammerschade. Jetzt hat sie schon drei Kinder, und Simon …« Sie brach ab. »Sie waren ein hübsches Paar damals«, erinnerte sie sich. »Sie hätten bestimmt wundervolle Kinder gemacht. Und ich hätte jetzt schon Enkel und wäre Großmutter.«

»Sagt Ihnen der Name Camilla Silberstern etwas?«, unterbrach Duval ihren Redefluss abrupt.

»Camilla Silberstern?«, echote sie. Dann schluckte sie. »Das ist meine Großmutter. Die Mutter meines Vaters«, sagte sie mit belegter Stimme. »Ich kenne sie nicht, sie ist im Krieg umgekommen. Warum fragen Sie das?«

»Weil Ihr Sohn auf einem Grab aufgefunden wurde, wo unter anderem einer Camilla Silberstern gedacht wird.«

»Bitte?« Sie sah Duval verwirrt an.

»Wussten Sie etwas von diesem Grab?«

»Das ist das Erste, was ich höre. Hat Simon das angelegt?«

»Wieso glauben Sie, dass Ihr Sohn es hat anlegen lassen?«

»Hat er es angelegt?«

»Nein. Das Grab gibt es schon seit den Fünfzigerjahren.«

»Pardon?«

»Seit 1952, um genau zu sein.«

»Wo ist es?«

»Auf dem Friedhof *Le Grand Jas,* im israelitischen Grabfeld.«

»Das kann nicht sein.«

»Warum nicht?«

»Meine Großmutter ist hier in Cannes beerdigt?«, fragte sie verstört.

»Nein, es ist ein Grab zu ihrer Erinnerung, ein Gedenkort, wenn Sie so wollen, verzeihen Sie, wenn ich mich nicht verständlich ausgedrückt habe.«

»Ach so.« Sie atmete tief aus. »Ich dachte schon ... unsere Familie ist im Krieg ums Leben gekommen. Mein Vater ist der Einzige, der überlebt hat, weil man ihn als Kind versteckt hat. Mehr weiß ich nicht. Mein Vater hat nie darüber gesprochen und auch nie darüber, was mit seiner Mutter geschehen ist. Ich dachte, er wisse es vielleicht nicht. Wir wissen natürlich, was man mit all den Juden gemacht hat. Aber was mit unserer Familie geschehen ist, darüber wurde nie gesprochen. Was ist das für ein Grab?«

»Ein Ort des Gedenkens für mehrere Personen, warten Sie«, er fischte den Zettel von seinem Schreibtisch und las die Namen vor: »Keller Marie und Keller Hugo, Pick Leontine, Pick Karl und Camilla Silberstern.«

Sie schwieg betroffen. »Keller«, wiederholte sie langsam, »das könnten die Eltern meiner Großmutter sein. Die Eltern von Camilla, die mit einem Aaron Silberstern verheiratet war. Aaron ist früh verstorben. Camilla, meine Großmutter, sie lebte dann wieder bei ihren Eltern mit meinem Vater, mein Vater war noch ein Kind. Und Pick«, sie überlegte. »Ich habe die Namen noch nie gehört. Vielleicht Cousinen? Eine Tante? Die Familie einer Schwester vielleicht?« Sie hob die Schultern. Sie schwieg und schien nachzudenken. »Und Simon hat das Grab angelegt?«, fragte sie schließlich.

»Nein, wie ich schon sagte, das Grab wurde 1952 in Auftrag gegeben, von einer Madame Bergerac. Blanche Bergerac. Sagt Ihnen der Name etwas?«

»Blanche Bergerac? Aus Cannes?«

»Ja.«

»Kenne ich nicht.« Entschieden schüttelte sie den Kopf. »Wir sind aus Paris. Also ich meine, unsere Familie lebt in Paris. Ich bin in Paris groß geworden. Ab Mitte der Sechzigerjahre haben wir die Sommerferien immer in Juan-les-

Pins verbracht, damals kamen viele *Pieds-Noir* und Juden aus Algerien hierher, und dort gab es schon immer eine jüdische Gemeinschaft, wissen Sie. Jüdische Bäcker und Metzger und Restaurants, sogar eine Synagoge, aber darüber hinaus kennen wir hier im Süden niemanden. Also wir kennen die Nachbarn vom Guten-Tag-Sagen, die Kellner aus den Restaurants und die Menschen, die, wie wir, dort Ferien machten, aber niemand, der ein Grab für uns in Cannes anlegen würde. Wieso gerade in Cannes?« Dann kam ihr eine Idee. Sie schien darüber selbst zu erschrecken. »Vielleicht war es die Familie, die meinen Vater versteckt hat?«

»Was wissen Sie über diese Familie?«

»Nichts, absolut nichts. Mein Vater war noch ein Kind, und man hat ihn bei einer oder mehreren katholischen Familien versteckt. Mehr hat er uns nie erzählt. Es ist vorbei, sagte er nur. Geschichte. Nach vorne schauen sei wichtig, sagte er. Vielleicht erinnert er sich auch einfach nicht mehr, er war ja noch ein Kind damals.«

»Und Sie selbst haben nie nachgeforscht?«

»Nein. Also, ich habe kurz darüber nachgedacht, als ich selbst Kinder bekam und ich ihnen gerne mehr zu meiner eigenen Familie erzählt hätte. Wie der Großvater die Großmutter kennengelernt hat, so etwas eben. Aber meine Eltern waren so verschlossen. Ich *konnte* sie nichts fragen. Das war ein Tabu. Beide Eltern sind die einzigen Überlebenden ihrer Familien, verstehen Sie? Ich weiß nicht, was sie erlebt haben und wollte keine alten Wunden aufreißen, indem ich nachforschte. Es ist nicht an mir, das zu tun. Es wäre die Aufgabe meines Vaters, aber er hat es nie in Angriff genommen. Vermutlich ist es ihm zu schmerzhaft. Ich habe das respektiert. Wahrscheinlich hatte ich auch

Angst davor, was ich finden könnte. Ob ich das aushalten könnte. Es wurde dann auch weniger wichtig, man hinterfragt das ja nicht jeden Tag. So ist es eben. Das Leben im Hier und Jetzt war anstrengend genug. Wir hatten drei kleine Kinder, ich hatte meinen Beruf, erst wurde meine Mutter krank, dann mein Mann. Ich musste durchhalten, Geld verdienen und weitermachen.«

»Warum lebt Ihr Vater heute in Nizza in einem Altersheim, so weit entfernt von Ihnen?«

»Ach das, das war Simon. Simon und sein Großvater, das war eine große Liebe. Als Simon in den Süden ging, hat er seinen Großvater beschwatzt, mit ihm zu kommen. Er hat ihm einen Platz in diesem Altersheim gesucht, und wir haben es alle nicht geglaubt, aber mein Vater ging mit. Er wolle am Ende seines Lebens wieder täglich das Licht des Südens sehen, sagte er. Wie Matisse, der Maler. Na ja, wir dachten, das sagt er eben so. Und in diesem Altersheim, waren Sie schon da?«, unterbrach sie sich.

Duval nickte.

»Dann haben Sie diesen Blick von seinem Balkon gesehen. Simon hat lange nach einem passenden jüdischen Altersheim gesucht. Dann wurde plötzlich ein Platz frei, und mein Vater musste sich schnell entscheiden. Zwei Wochen später lebte er schon dort. Ich konnte es gar nicht glauben.« Sie atmete durch. »Ich weiß nicht, wie das jetzt weitergehen soll. Wenn er ganz allein hier ist. Denn Simon hat sich wirklich um ihn gekümmert. Simon ist ein guter Sohn und ein guter Enkelsohn«, sie schluchzte unvermittelt auf, »gewesen. Oh, mein Sohn, mein lieber Sohn! Jeden Tag hat er ihn angerufen, und er hat ihn fast jeden Tag besucht.«

»Weiß Ihr Vater von diesem Grab?«

Sie sah Duval überrascht an. »Da bin ich überfragt. Ich

glaube nicht, das hätte er uns doch sicher erzählt! Oder nicht?«

Der Kommissar hob die Schultern.

»Kann ich das Grab sehen?«

»Jetzt?«

»Wenn Sie mich nicht mehr brauchen?!«

»Im Moment ist das alles. Aber ich bitte Sie, dass Sie sich zu unserer Verfügung halten. Wo sind Sie untergebracht?«

»Gegenüber dem Altersheim habe ich eine Wohnung in einem der Apartmenthäuser gemietet. Für drei Tage, aber ich kann es vielleicht verlängern, das hatte ich schon bei der Anmeldung gefragt.«

»Gut. Wissen Sie, wo der Friedhof ist?«

»Nein. Ist es weit? Können Sie mir ein Taxi bestellen? Ich bin mit dem Zug gekommen.«

»Es fährt ein Bus hin –«, er zögerte, »ich kann Sie begleiten, wenn …«

»Ich habe nichts dagegen«, stimmte sie zu.

Etwas kurzatmig lief sie in ihren hochhackigen Stiefeln neben Duval, der denselben Weg gewählt hatte, wie vor ein paar Tagen der Friedhofswärter. Nun blieb sie schnaufend stehen, öffnete den schwarzen Mantel und löste ihren Seidenschal vom Hals.

»Uh, ich bin viel zu warm angezogen, der Winter im Süden ist so mild, ich bin das nicht gewohnt«, ächzte sie. Dann blickte sie sich um.

»Von hier haben Sie einen guten Blick«, Duval machte, wie kürzlich der Friedhofsangestellte, eine umfassende Handbewegung.

Schwer atmend stapfte sie bis zu ihm. »Oh«, machte sie überrascht. »Fast wie der Blick vom Balkon meines Vaters.«

»Und hier unten ist es«, Duval zeigte es mit der Hand. »Das ist das israelitische Grabfeld, und es ist das achte Grab auf der linken Seite. Das mit den Keramikblumen.«

Cora Wolff besah die Gräber von oben. »Man merkt, dass die Dame, die es angelegt hat, nichts von uns weiß. Wir legen keine Blumen auf Gräber«, sagte sie streng. »Auch keine Keramikblumen.« Dann zitterte sie und schluchzte auf. »Verzeihen Sie. Es ist doch alles ein bisschen viel.« Sie suchte in ihrer Handtasche lange vergeblich nach einem frischen Taschentuch, nahm dann ein bereits benutztes, mit dem sie sich über die Augen fuhr und das sie in der Hand behielt.

»Ich lasse Sie dann allein«, schlug Duval vor. »Nehmen Sie sich so viel Zeit, wie Sie wollen. Ich hole Sie hier wieder ab und bringe Sie zurück zum Bahnhof, wenn Sie mögen.«

»Danke.«

Sie hielt sich mit einer Hand am Geländer fest, während sie die Treppenstufen hinabstieg. Dann lief sie langsam in das Grabfeld hinein und betrachtete ein Grab nach dem anderen und las die Namen.

Vor dem Grab mit dem Keramikblumengesteck blieb sie stehen, beugte sich vor und las aufmerksam die verwitterten Inschriften und schien interessiert den dunklen Fleck auf dem Stein zu betrachten. Dann begriff sie seinen Ursprung, warf sich mit lautem Klagen auf die Grabplatte und küsste sie ab. »Mein Sohn, mein lieber Sohn!«, rief sie, immer und immer wieder. *»Mon bébé«*, schluchzte sie dann. *»Mon bébé!«*

Duval beobachtete sie einen Moment, dann entfernte er sich und lief ziellos durch die Alleen, die hier dem Frieden, dem Schlaf und der Stille gewidmet waren. Er hielt das Faltblatt in der Hand, das er am Eingang mitgenommen hatte, warum, war ihm selbst nicht ganz klar. Er begann darin zu lesen. Man war stolz, zahlreiche Berühmtheiten auf dem Friedhof vereint zu haben, und jemand hatte es gefallen, einen kleinen theatralischen Text zu konzipieren. Man müsse nur etwas seiner Fantasie freien Lauf lassen und schon könne man vor seinem geistigen Auge noch den Boxweltmeister Marcel Thil trainieren sehen, wie er sich vor der Schauspielerin Martine Carol in Pose warf. In einer anderen Allee philosophiere Lord Brougham, der Begründer des mondänen Cannes, mit Prosper Mérimée darüber, ob die Opernheldin Carmen nicht eigentlich eine Cannoise gewesen sei. Duval überflog den Text, all die Namen der Operettensänger und Schauspieler sagten ihm nichts mehr. Er kannte weder Martine Carol noch Lily Pons und ebenso wenig den Boxweltmeister Thil und stellte sich stattdessen die Sängerin Édith Piaf und den Boxer Marcel Cerdan vor, die große Liebe Édith Piafs, der bei einem Flugzeugabsturz ums Leben gekommen war.

Victor Tuby, der Skulpteur, Louis Pastour, der Maler, ein Nobelpreisträger und Fabergé, der Juwelier des berühmten Fabergé-Eis, lagen hier, und das Grab des deutschen Schriftstellers Klaus Mann sei das am meisten besuchte, las er.

Unversehens war er bei seinem Spaziergang im protestantischen Teil des Friedhofs gelandet, in dem, wie er nun wusste, die aristokratischen Engländer, die in Cannes verstorben waren, ruhten. Grau, steinern und verlassen war es hier. Niemand brachte im November noch Chrysanthemen oder Alpenveilchen für die vor langer Zeit Verstorbenen. Der protestantische Teil war ein steinernes Museum und stand unter Denkmalschutz, wie er dem Faltblatt entnommen hatte. All die keltischen Kreuze auf den hügelab und hügelan liegenden Gräbern reihten sich aneinander wie englische Reihenhäuser, auch wenn all die illustren Persönlichkeiten in diesen Gräbern sich diesen Vergleich vermutlich verbitten würden. Die Kreuze, in die als Zeichen der Unendlichkeit verschlungene Linien oder Pflanzen graviert waren, würden hier die Zeiten überdauern. *May you rest in peace* stand auf den steinernen Grabumrandungen. Das schmucklose, aber riesige Kreuz, das den Friedhof überragte, markierte natürlich das Grab von Lord Brougham. Duval aber war angezogen von einer großen Doppelskulptur. Beide Figuren hatten menschliche Größe und strahlten in ihrer marmornen Starre eine erstaunliche Dynamik aus: ein Engel mit beeindruckenden Flügeln wachte darüber, dass eine Frauenfigur, deren Füße schon nicht mehr die Erde berührten, in den Himmel auffuhr.

Plötzlich von der sehr irdischen Frage berührt, ob Madame Wolff sich in der Zwischenzeit ihrerseits vom Grab erhoben hatte, suchte Duval nun zügig seinen Weg zurück. Von wo war er gekommen? Er lief Treppen hinab und hinauf, durchquerte ein steinernes Feld und stand doch erneut vor der Mauer, die die beiden Friedhofsgelände trennte. Der Hinweg hatte sich spielerisch ergeben, der Rückweg glich einem Labyrinth.

Sie erwartete ihn schon. Ihre Augen waren wieder rot verweint, aber sie hatte sich gefasst und eine Entscheidung getroffen.

»Ich werde nicht sofort nach Nizza zurückfahren, ich möchte mit der Familie, die dieses Grab angelegt hat, sprechen.«

»Das ist eine gute Idee«, stimmte Duval zu. »Ich werde Sie gern begleiten.«

»Meinen Sie, dass das nötig ist?«

Duval zuckte mit den Schultern. »Es kann nicht schaden.«

Erneut stand Duval vor dem verschlossenen Tor zum Park, aber diesmal war das Schicksal ihnen wohlgesinnt. Das Tor öffnete sich wie von Zauberhand, und eine schwarze Limousine mit getönten Scheiben verließ das Gelände.

Duval fuhr den geschwungenen Weg durch den Park hinauf und folgte dem Hinweisschild zum Parkplatz. Auf der Hinterseite des Gebäudes befanden sich nicht nur Parkplätze, sondern in einem niedrigen Anbau auch die Wohnung des Concierge, der ihre Ankunft mit kritischem Blick überwachte.

»Dies ist ein Privatparkplatz«, herrschte er sie sofort an, noch bevor Duval etwas sagen konnte. »Besucherparkplätze sind dort hinten.« Er zeigte zu den Plätzen am Ende des Geländes.

Duval zeigte seinen Dienstausweis. »Und Sie sind?«, fragte er, ohne auf die Anweisungen des Concierge einzugehen.

»Ich bin der Concierge«, knurrte der Mann, »und Sie können trotzdem nicht dort stehen bleiben. Das ist ein Privatparkplatz. Monsieur Fedorchenko schätzt es absolut nicht …«

»Wir werden nicht lange bleiben«, beruhigte ihn Duval.

»Zu wem wollen Sie denn?«

»Staatsanwalt Bergerac«, gab Duval bereitwillig Auskunft. »Dienstlich«, gab er vor. »Und wir sind angemeldet.«

»Ach so, na ja, meinetwegen.«

Über den Kiesweg erreichten sie den Haupteingang. Eine ältere Dame im pinkfarbenen Hosenanzug verließ gerade das Haus. Sie wurde von einem weißen mittelgroßen Pudel begleitet, der ein pinkfarbenes Halsband trug und den sie an einer farblich passenden Leine hielt. »*Bonjour, Messieursdames*«, grüßte sie höflich und hielt ihnen eine der riesigen Flügeltüren aus geschliffenem Glas auf. »Bitte schön«, flötete sie. Der Hund jedoch knurrte leicht und begann aufgeregt zu kläffen.

»Lulu!«, ermahnte sie den Hund. »Still!«

»Danke sehr, Madame. Wir möchten zu Staatsanwalt Bergerac. Wissen Sie, wo er wohnt?«

»Aber sicher, gleich hier rechts im Erdgeschoss, der Ost-Flügel. Aus! Lulu!«, ermahnte sie ihren Hund, der immer noch kläffte. »Aus!«

»Danke sehr.«

»Nichts zu danken. Komm, Lulu«, forderte sie den Pudel auf, der immer noch leise knurrte. »Jetzt gehen wir.« Der Pudel stürmte so heftig davon, dass die pinkfarbene Dame am anderen Ende der Leine leicht ins Stolpern geriet. »Nicht so schnell, Lulu«, rief sie und zog ihn energisch an der Leine zurück.

Die Eingangshalle des Châteaus war beeindruckend. Hohe Decken, riesige Kronleuchter, Fenster aus bunten geschliffenen Glasornamenten und rote hochflorige Teppiche entlang der Flure. Neben einem schmiedeeisern eingefassten Lift schwang sich eine ausladende Treppe nach oben. Unwillkürlich war man in eine andere Zeit versetzt.

Es wunderte auch nicht, dass ihnen bei Bergeracs ein dunkelhäutiges Dienstmädchen in schwarzer Kleidung öffnete und sie zunächst im Eingangsbereich warten ließ.

Sie saßen schweigend in schweren Ledersesseln, kein

Laut drang durch die geschlossenen Türen, nur eine altmodische Standuhr machte ihr beruhigendes Tick-tack. Ticktack.

Nach einer Wartezeit, die Duval beinahe als unverschämt empfunden hatte, erschien das Mädchen wieder. »Bitte kommen Sie!«, sagte sie ohne ein Lächeln und führte sie einen Gang entlang. Der glänzende Parkettfußboden knarzte unter ihren Schritten. Die Stuckdecken waren hoch, kristallene Lüster warfen ein hundertfach gebrochenes Licht auf die cremefarbenen Wände, und die verschlossenen Flügeltüren, an denen sie vorbeischritten, reichten beinahe bis zur Decke. Ein Etagenschlösschen, dachte Duval. Das Mädchen klopfte an eine der hinteren Türen.

»Herein«, klang es autoritär. Das Mädchen öffnete die Tür, ließ Duval und Madame Wolff eintreten und schloss die Tür hinter ihnen.

Der große schlanke Mann stand aufrecht hinter dem ausladenden Schreibtisch aus dunklem Holz, an den Wänden deckenhohe ebenso dunkle und verglaste Bibliotheksschränke, in denen sich alte lederne Buchrücken aneinanderreihten. Die dunkelgrünen Samtvorhänge vor den bodentiefen Fenstern waren zur Hälfte geschlossen. Alles schien dunkel in diesem Raum, auch Staatsanwalt Bergerac war in einem dunklen Anzug gekleidet, nur sein weißes Hemd und seine beinahe weißen Haare hoben sich im Halbdunkel ab.

»Bonjour, Monsieur le Procureur«, begann Duval, »gestatten Sie, *Police Nationale,* ich bin Commissaire Duval und …«

»Ich bin vollkommen im Bilde, wer Sie sind«, unterbrach der Staatsanwalt ihn sofort. »Die Untersuchungsrichterin Madame Marnier hat mich bereits informiert. Ich erwartete Sie schon. Setzen Sie sich!« Es klang wie ein Befehl.

»Diese dumme Kuh«, dachte Duval verärgert, laut aber sagte er: »Umso besser.«

»Madame Wolff, Cora Wolff«, stellte Duval Madame Wolff vor.

»Sehr erfreut«, antwortete Monsieur Bergerac, aber er sah alles andere als erfreut aus. »Nun?«

»Wie Sie also über *Madame la Juge* bereits wissen, ermitteln wir im Fall des Toten, der auf dem Friedhof *Le Grand Jas* gefunden wurde«, begann Duval. »Der Tote, wir kennen nun seine Identität, ist Simon Wolff, Madame Wolff ist seine Mutter.«

»Mein Beileid, Madame«, sagte der Procureur höflich, aber ohne eine erkennbare Gefühlsregung.

Madame Wolff nickte dennoch dankbar.

»Das Grab, auf dem Simon Wolff gefunden wurde, wurde 1952 von einer Madame Blanche Bergerac angelegt«, fuhr Duval fort.

»Erlauben Sie, dass ich Sie hier unterbreche, Commissaire, wir können damit viel Zeit sparen. Blanche Bergerac war meine Mutter, sie ist bereits verstorben. Bevor mich Madame Marnier informierte, wusste ich nichts von der Existenz dieses Grabes. Ich kann Ihnen bedauerlicherweise nicht weiterhelfen. Meine Mutter hat ihre Beweggründe für die Errichtung dieses Grabes mit in ihr eigenes Grab genommen, wenn man so sagen kann.«

»Ich bitte Sie, *Monsieur le Procureur,* es geht um meine Familie«, unterbrach Cora Wolff sichtlich aufgewühlt den Staatsanwalt, der seine Unzufriedenheit über diese Unterbrechung in einem strengen und beinahe verächtlichen Gesichtsausdruck zeigte.

»Es tut mir leid, Madame.« Der Staatsanwalt klang kalt.

»Es tut Ihnen leid! Nein, Sie verstehen es nicht«, Cora

Wolff ereiferte sich. »Das Grab, auf dem Simon, mein Sohn, gefunden wurde, ist ein Gedenkort für meine Familie! Camilla Silberstern ist die Mutter meines Vaters, meine Großmutter. Dr. Hugo Keller ist mein Urgroßvater, verstehen Sie? Und Ihre Mutter hat dieses Grab anlegen lassen. Verstehen Sie nun?« Fragte sie erneut und eindringlich. »Unsere Familien sind anscheinend miteinander verbunden!«

»Bedaure. Darüber weiß ich nichts.« Der Staatsanwalt breitete die Arme aus. »Wirklich. Ich kann Ihnen nicht helfen. Es tut mir leid«, wiederholte er. Für ihn war das Gespräch damit beendet, aber Cora Wolff ließ sich nicht so leicht abfertigen.

»Von meiner Familie hat so gut wie niemand den Zweiten Weltkrieg überlebt«, sprach sie weiter. »Nur mein Vater. Mein Vater wurde von einer oder mehreren französischen katholischen Familien versteckt, das ist alles, was wir wissen. Ich frage mich, ob Ihre Eltern damals meinen Vater versteckt haben. Wissen Sie vielleicht etwas darüber?«

Staatsanwalt Bergerac sah Madame Wolff überrascht an. »Das ist«, begann er und zögerte, »das ist nicht ausgeschlossen«, sagte er dann langsam und in einem Ton, der nun weniger kalt klang. »Aber ich bedaure, auch das weiß ich nicht. In meiner Familie brüstet man sich nicht mit Heldentaten.«

»Könnten wir dazu Ihre Gattin befragen?«, wagte sich Duval vor.

»Meine Gattin?«, echote der Staatsanwalt. »Wozu?«

»Könnte Ihre Gattin nicht etwas wissen?«

»Welche Kenntnisse sollte meine Gattin über unsere Familie haben, über die ich nicht verfüge? Aber wir können sie gern fragen.« Er öffnete die Tür. »Maria!«, rief er nach dem Dienstmädchen.

»Ja, Monsieur?!«

»Rufen Sie meine Frau bitte. Sie möge in die Bibliothek kommen!«

»Jawohl, Monsieur.«

Einen Moment verblieben sie schweigend in der Bibliothek.

»Ihr Vater?«, fragte Duval und deutete auf ein großes Gemälde, das an der Wand über dem Schreibtisch hing. Es zeigte einen *Procureur* der Republik in vollem Ornat, seine rote Robe leuchtete vor der dunklen Wand.

»Ja, mein Vater. Wir sind Juristen in der vierten Generation«, bekannte er nicht ohne Stolz.

Cora Wolff schluckte. »Ich wünschte, ich könnte so etwas auch von meiner Familie sagen«, murmelte sie halblaut. »Vier Generationen.«

»Pardon?«

»Ich würde auch gerne über vier Generationen meiner Familie sprechen können«, sagte sie etwas patzig.

Der Staatsanwalt reagierte nicht, rief stattdessen noch einmal, ungeduldig dieses Mal, das Dienstmädchen: »Maria!«

»Madame lässt sich entschuldigen, Monsieur«, das Mädchen war leicht außer Atem. »Sie fühlt sich nicht …«, begann sie, »sie ist unpässlich«, beendete sie den Satz.

»Unpässlich. Aha. Ich hoffe, es ist nichts Ernstes.«

Das Mädchen sah unschlüssig aus.

»Rufen Sie vorsichtshalber Dr. Clairvaux«, forderte er sie auf.

»Jawohl, Monsieur.« Sie verschwand lautlos.

»Nun. Sie haben es gehört. Meine Frau fühlt sich nicht

wohl. Da kann man nichts machen. Dann also ...«, er sah seine Besucher auffordernd an. Duval erhob sich. Dies war offensichtlich das Ende des Gesprächs.

»Aber«, setzte Cora Wolff ungeachtet dessen an, »darf ich vielleicht ...«

Der Staatsanwalt öffnete die Tür der Bibliothek weit. »Maria«, rief er erneut.

»Oui, Monsieur?«

»Sie können die Herrschaften zur Tür begleiten!«

»Au revoir, Madame!«, wandte er sich an Madame Wolff. *»Au revoir, Commissaire.«*

Auf dem Parkplatz wurden sie von einem schwarzen Range Rover blockiert, der sich hart hinter sie gestellt hatte. Duval klingelte an der Tür der Concierge-Wohnung.

»Ich habe Ihnen gesagt, dass Sie da nicht stehen bleiben können. Es ist ein Privatparkplatz«, knurrte der Concierge missmutig.

»Ich hoffe, Sie haben die Schlüssel«, bellte Duval genauso unfreundlich zurück.

Wortlos hielt der Concierge eine Fernbedienung in Richtung des Wagens und öffnete ihn mit einem schrillen Piepston. Dann stieg er ein und setzte zurück, sodass Duval den nicht als Polizeiwagen erkennbaren Peugeot ausparken konnte. Dynamisch fuhr der Concierge nun seinerseits den Geländewagen auf den Stellplatz.

Etwa zehn Meter vor dem Tor befand sich an einer halbhohen Säule ein Schalter, mit dem sich das Tor öffnen ließ. Duval drückte darauf, das Tor schwang auf, und er fuhr aufatmend aus dem Gelände.

»Huuuuh«, Cora Wolff schnaufte laut aus.

»Was für ein reizendes Ambiente in diesem Haus«, sagte Duval zu Cora Wolff.

»Schrecklich«, stimmte sie zu. »Dieser Mann gibt einem sofort das Gefühl, minderwertig und lästig zu sein.«

»Soll ich Sie zum Bahnhof fahren?«

»Ja, danke«, nickte sie.

»Was ist das denn für ein Bild, Papa? Das ist neu«, stellte Cora Wolff fest, kaum, dass sie das Zimmer ihres Vaters betreten und sie sich wort- und tränenreich umarmt hatten.

»Das ist ein Geschenk von Simon«, sagte der alte Mann stolz.

»Ach, wie nett. Der kleine Junge sieht auch genauso aus wie Simon, als er klein war, findest du nicht? Die gleichen Locken und das Schmollmündchen. Wo hat er das nur gefunden?« Cora Wolff holte eine Brille aus der Handtasche, setzte sie auf und betrachtete das Bild genauer. Dann beugte sie sich vor, um die Signatur unten rechts im Bild zu entziffern. »Bonnard«, wunderte sie sich und betrachtete die Signatur erneut. »Was ist das? Eine Kopie? Ein Druck?« Sie strich über die raue leicht staubige Oberfläche und blickte ihren Vater an. »Wo hat er es gekauft? Auf einer Auktion?«

»Das bin ich«, sagte Jakob Silberstern. »Es hing über meinem Bett. Früher.«

»Bitte?« Cora Wolff verstand nicht gleich.

»Kubi«, sagte Jakob Silberstern. »Kubi und die Katze.«

»Wer ist denn Kubi?«, fragte sie. »Der kleine Junge hier«, sie zeigte auf das Gemälde, »der heißt Kubi?«

»Ja. Ich war vier Jahre alt.«

»Papa!« Sie zweifelte plötzlich am Geisteszustand ihres Vaters. Entschlossen nahm sie das Gemälde von der Wand und drehte es um. Offensichtlich war es alt. Die Rückseite des Holzrahmens war mit Papier verleimt worden, das braun und brüchig geworden war und teilweise in Fetzen herabhing; zwischen zwei kleinen Ösen, die auf mittlerer Höhe rechts und links in das Holz gebohrt worden waren, hing steif ein angerosteter Draht, eine Einkerbung zeigte an, dass das Bild seit Jahrzehnten an dieser Stelle aufgehängt worden war. Der Holzrahmen war erstaunlich leicht und wies Holzwurmlöcher auf. Sie hielt die Rückseite des Bildes ins Licht und versuchte zu entziffern, was dort mit schwungvoller Bleistiftschrift geschrieben stand. *P. Bonnard, Le Bosquet, Le Cannet*. Sie drehte das Gemälde wieder um und betrachtete es.

Erneut drehte sie es um und musterte die Rückseite. »Kubi und die Katze«, las sie laut vor.

»Kubi und die Katze«, wiederholte Jakob Silberstern.

Kaum noch lesbar stand in kleiner Schrift ganz unten: *Dr. Hugo Keller, Château Vallombrosa, Cannes.*

Ihr wurde schwindlig. Sie musste sich setzen. »Was ist das, Papa?«

»Es hing über meinem Bett. Kubi, das bin ich.«

»Das bist du? Du bist Kubi?«

»*Maman* hat mich so genannt. Kuubiii«, rief er mit leiser Stimme, so zärtlich, wie seine Mutter ihn gerufen hatte.

»Wie heißt du, Papa?«, fragte Cora Wolff nun mit inquisitorischer Stimme.

Er lächelte schlau. »Ich heiße Jacques Roux.«

»Jacques Roux?«

Er nickte ernst.

»Papa, hör auf, du heißt Jakob Silberstern!« Sie klang streng.

»Nein«, beteuerte er. »Ich heiße Jacques Roux.«

Cora Wolff musste sich anlehnen, dann setzen, so sehr

zitterte sie. Sie wusste nicht, ob ihr Vater gerade den Verstand verlor. Noch immer hielt sie das Gemälde in der Hand. Dr. Keller, Château Vallombrosa. Dr. Keller, dessen Name auch auf dem Grab eingraviert war. Château Vallombrosa. Die Bergeracs. Seit vier Generationen in der Justiz. Waren sie auch seit vier Generationen im Château Vallombrosa?

»Papa«, begann sie vorsichtig. »Papa, erinnerst du dich an das Château Vallombrosa in Cannes?«

»Sie haben mich nicht hineingelassen«, antwortete er betrübt.

»Wer hat dich nicht hineingelassen? Die Bergeracs?«

»Bergerac? Wer ist das?«

»Oh, Papa!« Cora Wolff wusste nicht, was sie denken sollte. »Die Bergeracs sind eine Familie, die im Château Vallombrosa wohnt. In Cannes«, wiederholte sie. »Ich war dort heute«, fügte sie hinzu.

»Links?«

»Was?«

»Ob sie auf der linken Seite wohnen.«

Jetzt verstand Cora Wolff. »Nein, nein, rechts. Im Ostflügel.«

»Wir haben links gewohnt.«

»Bitte?«

»Und die neuen Leute dort haben uns nicht hineingelassen. Ich habe im Park auf einer Bank gewartet, während Simon es versucht hat, vergeblich. Lass mich mit ihnen Tschechisch sprechen, sagte ich, vielleicht sind es Tschechen, und sie verstehen dich nicht. Ich habe all mein Tschechisch zusammengesucht, *dobrý den* wusste ich noch, aber Simon hat nur abgewinkt.«

»Aber was erzählst du denn da, Papa? Wieso wolltest du

denn Tschechisch sprechen? Du hast doch noch nie ein Wort Tschechisch gesprochen.«

»Zu Hause schon.«

»Zu Hause.« In Cora Wolffs Kopf drehte sich alles. »Wo zu Hause? Wann? In Prag? Erinnerst du dich daran?« Alles, was sie über die Herkunft des Vaters wusste, war, dass er aus Prag stammte. Und dass er in Frankreich als kleiner Junge überlebt hatte, weil er versteckt worden war.

»Zu Hause bei *Maman* und bei Opa Hugo und Oma Marie.«

»Ja, aber wo, Papa, in Prag? Davon hast du nie etwas erzählt!«

»Weil ich mich nicht daran erinnerte.«

»Und jetzt erinnerst du dich?«

»Alles war wieder da, als Simon mit mir zu diesem Château gefahren ist. Ich habe es sofort wiedererkannt. Alles. Es war mir ganz vertraut. Nur der Park war viel kleiner. Und das Château war weniger düster.«

»Das Château Vallombrosa? Simon hat dich da hingebracht? Was sind denn das für Geschichten?! Davon weiß ich gar nichts! Und was ist das für ein Bild, Papa? Wenn es echt ist, dann ist es ...«, sie überlegte, »ich weiß nicht wie viel, aber es hat einen Wert.« Sie sah das Gemälde kritisch an. »Wenn es denn ein *echter* Bonnard ist«, sagte sie einschränkend. »Was um Himmels willen hast du gemacht, Simon?«, schickte sie eine Frage in Richtung Himmel.

»Simon«, Jakob Silberstern seufzte. »Er fehlt mir.«

Cora Wolff schluchzte auf. »Mir auch Papa. Er fehlt mir so. Er fehlt mir so schrecklich.«

»Hast du etwas von ihm gehört? Er hat mich schon lange nicht mehr angerufen, und gekommen ist er auch nicht. Sonst ruft er immer gegen 17 Uhr an.«

»Papa!« Cora Wolff starrte ihren Vater an.

4

»Ich weiß nicht, ob es eine gute Idee ist, dass ich Sie anrufe«, begann Cora Wolff, »ich habe die ganze Nacht hin und her überlegt. Aber Sie waren so zuvorkommend, dass ich es wagen will«, begann sie.

»Danke für Ihr Vertrauen«, gab Duval zurück.

»Nun«, sie holte Luft. »Ich habe da ein kleines Problem mit meinem Vater«, begann sie vorsichtig, »oder sagen wir, ich mache mir Sorgen um ihn. Er erinnert sich plötzlich an Dinge von früher, die mir bedeutsam erscheinen, und gleichzeitig kann ich nicht ausschließen, dass er alles erfindet. Ich befürchte, er verliert seinen klaren Verstand. Aber was mich wirklich beunruhigt, ist ein Gemälde, das neuerdings bei meinem Vater hängt. Es ist ein Bonnard. Zumindest laut Signatur. Möglicherweise ist es echt. Mein Vater sagt, Simon habe es ihm geschenkt. Wenn es echt ist ... ich meine, woher hatte Simon so viel Geld, um dieses Bild zu bezahlen? Ich habe Angst, dass, dass er es – ich meine, verstehen Sie, was ich sagen will?«

»Durchaus. Und wenn Sie erst mal einen Experten befragen, um abzuklären, ob es echt ist?«

»Ha!« Sie lachte schrill auf. »Und wenn es echt ist, wie soll ich dann erklären, dass ich es besitze? Es taucht aus dem Nichts auf und hängt plötzlich bei meinem Vater an der Wand. Da bekomme ich im Nullkommanichts einen

Prozess an den Hals, wie dieses arme Ehepaar, das ein paar Skizzen von Picasso besitzt und dem niemand glaubt, dass sie sie von Picassos letzter Frau geschenkt bekommen haben! Das haben Sie doch mitverfolgt?«

»Sicher«, bestätigte Duval.

»Sehen Sie! Alle glauben, die haben die Skizzen gestohlen. Ich brauche keinen Prozess, der jahrelang in den Medien aufgebauscht wird und unsere Familie durch den Dreck zieht. Wir haben schon genug gelitten.«

»Sie glauben, Ihr Sohn hat das Bild gestohlen?«

»Natürlich nicht!« Sie klang empört. »Aber vielleicht gibt es trotzdem einen Zusammenhang?«

»Einen Zusammenhang, womit?«, fragte Duval.

»Mit seinem Tod«, Cora Wolff klang nervös und empört. »Es war vielleicht doch keine so gute Idee, Sie anzurufen«, sagte sie ungeduldig.

»Doch, doch«, beruhigte Duval. »Auf jeden Fall.« Simon Wolff war vermutlich in eine krumme Sache verwickelt gewesen, aber das war sicher nicht das, was Cora Wolff hören wollte. »Ich wollte ohnehin noch einmal mit Ihrem Vater sprechen. Und wenn Sie dabei sein könnten, wirkt es auf ihn vielleicht weniger einschüchternd«, schlug er vor. »Bei der Gelegenheit werfe ich einen Blick auf das Bild. Vielleicht fällt mir dazu etwas ein. Ist das in Ordnung für Sie?«

»Durchaus.«

»Wann meinen Sie, ist für Ihren Vater die beste Zeit?«

»Vormittags«, entschied sie. »Vormittags ist er ausgeruht und hat einen klaren Kopf. Nachmittags ist er trotz Mittagsschläfchen oft schnell erschöpft, und er döst ein, und ich habe Angst, dass er da Erinnerungsbilder und Fantasie miteinander vermischt.«

»Wenn ich jetzt von hier losfahre, bin ich gegen halb elf in Nizza. Was meinen Sie? Passt das?«

»Ja, aber nicht sehr viel später. Pünktlich um zwölf gibt es Mittagessen, danach macht mein Vater sein Schläfchen und dann …«

Duval spürte, dass auch er heute ein Mittagsschläfchen brauchte. Er war nur wenig ausgeruht, die Nächte, in denen der Schlaf nur in dreistündigen Intervallen stattfand, begannen auch an seiner Konstitution zu zehren, dabei war es in neun von zehn Fällen Annie, die nachts aufstand, um Julie ein Fläschchen zu geben. Er bretterte über die Autobahn, und ehe er sich's versah, war er in Nizza auf der sechsspurigen Stadtautobahn gelandet, die ihn erst an den Rückseiten der zum Greifen nahen Sozialwohnungsbauten vorbeiführte, wo Sommer wie Winter Wäsche zum Trocknen vor den Fenstern hing; dahinter hatte man die Schnellstraße aufgeständert, und er fuhr nun, mit überraschend weitem Blick auf Hügel und Meer zwischen den Dächern des alten Nizza, bis zur Ausfahrt Cimiez.

»*Bonjour, Monsieur Silberstern*«, begrüßte Duval den alten Herrn, der in einem Sessel den Blick auf die Bucht von Nizza genoss und ihn überrascht ansah. Von einem Stuhl neben ihm erhob sich Cora Wolff.

»Noch mehr Besuch? Am Vormittag? Kennen wir uns?«, fragte Jakob Silberstern und reichte Duval die Hand.

Cora Wolff streckte Duval ebenfalls die Hand entgegen.

»*Bonjour, Madame!*«

»*Bonjour, Commissaire!*«

»Ich war vor ein paar Tagen schon einmal hier«, erklärte Duval. »Mit einer Kollegin. Sie erinnern sich? Wir sprachen von Ihrem Enkel Simon.«

»Ja«, der alte Herr nickte, »natürlich, ich erinnere mich.« Aber es klang nicht ganz echt. »Haben Sie Neuigkeiten von Simon?«

»Nein«, sagte Duval, »leider haben wir keine Neuigkeiten, ich dachte, Sie könnten mir vielleicht noch etwas erzählen.«

»Ich? Ich weiß nichts.« Er schüttelte den Kopf.

»Papa«, unterbrach Cora Wolff ungeduldig. »Erzähl doch noch mal, was du mir gesagt hast.«

Aber Jakob Silberstern sah misstrauisch von Cora Wolff zu Duval und schwieg.

»Ein schönes Bild haben Sie da«, versuchte es Duval und näherte sich dem Gemälde, das über der Kommode hing.

»Ja«, stimmte der Mann zu. »Gefällt es Ihnen?«

»Sehr«, behauptete Duval. »Ein Bild wie ein Schnappschuss. Ein kleiner Junge, der eine dreifarbige Katze streichelt. Was für ein schöner Moment. Dreifarbige Katzen bringen Glück, nicht wahr? Der Junge sieht glücklich aus.«

»Er IST glücklich!« Jakob Silberstern lächelte.

»Wer ist es?«, fragte Duval. »Simon?«

»Nein, nicht Simon, das bin ich.«

»Sie sind das! Wie alt waren Sie da?«

»Vier«, sagte der alte Herr. »Ich war vier, wir waren im Garten, und ich durfte die Katze streicheln. Es gab viele Katzen. Zu Hause hatten wir keine Katze. *Jolie Cœur*«, ergänzte er.

»*Jolie* was?«, fragte Cora Wolff.

»*Jolie Cœur* hieß sie. Die Katze.«

Cora Wolff sah Duval an. Durfte man das glauben?

Duval verzog nur leicht das Gesicht. Das war unwesentlich, fand er. Aber er wiederholte trotzdem den Namen. »*Jolie Cœur*. Was für ein hübscher Name. Sie war bestimmt zutraulich. Zumindest sieht sie so aus. Ich habe auch eine Katze«, erzählte er. »Einen Kater vielmehr. Tigrou heißt er, ich bin aber nicht sicher, dass er auf den Namen hört. Und zurzeit schmollt er ein bisschen, ich habe nämlich neuerdings auch eine kleine Tochter, und die drängt sich etwas in den Vordergrund.«

»Wie alt ist Ihre Tochter?«, fragte Cora Wolff.

»Sieben Monate. Und sie bekommt Zähne.«

»Ach, das ist eine so wundervolle Zeit«, schwärmte Madame Wolff sofort. »Anstrengend auch, aber so wundervoll, nur leider merkt man es erst hinterher, was für eine wundervolle Zeit es eigentlich war, weil man währenddessen die ganze Zeit so müde ist.«

»Ja«, stimmte Duval zu. »Es ist mein drittes Kind. Ich erlebe alles viel bewusster dieses Mal, die beiden anderen sind schon größer, aber ich bin trotzdem auch sehr müde.«

»Drei Kinder sind ideal. Ich habe auch drei Kinder«, begann Cora Wolff und schluchzte erschrocken laut auf, als fiele es ihr gerade wieder ein. »Und jetzt habe ich nur noch zwei«, heulte sie. »Ausgerechnet Simon, mein Baby!«

»Haben Sie Geschwister, Monsieur Silberstern?«, fragte Duval unvermittelt.

Er überlegte kurz. »Nein. Manchmal waren da Kinder. Aber es sind nicht meine Geschwister«, sagte er.

»Was soll das denn heißen, Papa?«, mischte sich Cora Wolff sofort autoritär ein. Sie hatte sich wieder gefangen.

»Da waren manchmal Kinder. Aber nicht immer.«

»Wo waren Kinder?« Cora Wolff klang ungeduldig. »Was ist das denn wieder für eine Geschichte, Papa? Sprichst du von der Familie? Meinst du die Cousinen und Cousins? Wann war das? In Prag? Es war eine große Familie«, erklärte sie Duval. »Früher …«

»Ich weiß nicht mehr, wann und wo. Ich erinnere mich nur an andere Kinder. Wir hatten vormittags Schule, und dann waren wir am Strand, und wir haben unser Mittagsschläfchen im Innenhof gemacht. In der Sonne. Da waren viele dieser großen Schirmpinien. Und die Zikaden haben so laut gesungen.«

»Das klingt nicht nach Prag«, schloss Cora Wolff daraus.

»Es war ein großes Anwesen«, setzte ihr Vater fort, »es waren größere Kinder da und auch kleinere. Die anderen Kinder reisten irgendwann wieder ab, oder deren Eltern kamen, um sie zu holen, aber für mich kam niemand. Es wurden immer weniger Kinder im Speisesaal und im Schlafsaal, ich wartete so darauf, dass *Maman* mich wieder abholen würde. Ich habe in der Kirche darum gebetet. Aber sie kam nicht.«

»In der Kirche?«, unterbrach Cora Wolff, »welche Kirche denn?«

»Da war eine Kirche. Mit bunten Fenstern.«

»Und du hast in einer katholischen Kirche gebetet?«

»Ja, sie sagten mir, dass ich jetzt Jacques Roux hieße und dass ich niemandem meinen richtigen Namen sagen dürfe, und ich musste die Gebete auswendig lernen. Gegrüßet seist du Maria, voll der Gnaden«, ratterte er los. »Du bist gebenedeit unter den Weibern …«

»*Oh, mon Dieu,* Papa!« Cora Wolff sah ihren Vater erschüttert an.

»Aber es hat nichts genützt. *Maman* kam nicht. Ich dachte, es sei, weil Gott weiß, dass ich eigentlich doch Jude bin und weil ich lüge. Also wollte ich wieder Jude sein und nicht mehr lügen, und ich habe es den anderen Kindern gesagt, die noch da waren. Ich habe ihnen meinen Penis gezeigt, denn der war ja beschnitten …«

»Papa«, unterbrach Cora Wolff geniert. »Nicht!«

»Und dann haben wir unsere Penisse verglichen, und die der anderen Jungen waren nicht beschnitten«, setzte Jakob Silberstern unbeirrt fort. »Ich weiß nicht, was dann passiert ist, aber kurz darauf haben die Schwestern mich woanders hingebracht.«

»Was meinst du mit Schwestern? Eine Krankenschwester? Oder eine Nonne? Warst du in einem Kloster?«

»Ich weiß es nicht. Ich glaube, es war kein Kloster. Es waren Krankenschwestern, aber es gab auch Nonnen«, setzte er hinzu. »Doch, es gab auch Nonnen.«

»Oh, mein Papa«, sagte Cora Wolff zärtlich. »Wie alt warst du denn?«

»Sechs war ich. Es war der erste Sommer ohne *Maman*. Und sie ist nie mehr wiedergekommen«, sagte er leise.

Cora Wolff schluchzte auf und umarmte ihren Vater. »Mein armer Papa. Es tut mir so leid.« Duval stand an die Kommode gelehnt und betrachtete das Bild von dem kleinen Jungen mit der Katze.

»Und wissen Sie noch, wo man Sie dann hingebracht hat?«

»In ein anderes Kinderheim.«

»Ein anderes Kinderheim? Dann war das erste Haus, wo Sie waren vielleicht auch ein Kinderheim?«, fragte Duval nach.

Jakob Silberstern sah ihn überrascht an. »Jetzt, wo Sie es sagen.«

»Na, *Sie* haben es gesagt, Monsieur Silberstern. Und das neue Kinderheim, erinnern Sie sich an etwas?«

»Das Haus war groß und weiß, aber es war viel strenger dort. Ich weiß, dass wir immer in eine große Kirche gegangen sind, sonntags zur Messe.«

Cora Wolff verdrehte die Augen. »Wie schrecklich«, sagte sie mitfühlend.

»Nein, nein, ich liebte die Messe«, widersprach Jakob Silberstern. »Das waren die einzigen Ausflüge, die wir machten, immer sonntags. Wir saßen oben, und ich sah den Pfarrer, wie er durch die Kirche schwebte.«

»Was?«, fragte Cora Wolff entgeistert.

Er lächelte sie verschmitzt an. »Ich war überzeugt davon, dass er schwebte, von oben sah ich seine Füße nicht, und diese Gewänder wogten so. Ich habe das sehr geliebt, diese Gewänder, den Gesang, all das Brimborium. Und wenn der Pfarrer den Weihrauchkelch schwenkte, der rauchte und die ganze Kirche einnebelte. Es war wie Theater, bei dem wir mitspielen durften, mit Niederknien und Aufstehen und Singen, und fremde Worte murmelten. Ich habe gerne gebetet. Alle lobten mich dafür. Ich musste immer viel beten, weil die Juden den Herrn Jesus getötet haben. Das haben sie mir immer gesagt, weswegen nämlich die Juden bestraft würden, und deswegen wollte ich dann auch kein Jude mehr sein.«

»Oh, Papa.«

»Und dann war ich bei einem Ehepaar. Da waren außer mir keine Kinder. Das war in einem Dorf in den Bergen. Oijoijoi, was war es da kalt im Winter. Fast so wie in Prag.«

»Wie in Prag, Papa, das hast du bestimmt geträumt!« Cora Wolff sah Duval Hilfe suchend an. Konnte ihr Vater sich wirklich an die Winter in Prag erinnern? Aber Duval zuckte die Schultern.

»Monsieur und Madame Rouvier«, erzählte Jakob Silberstern. »Ich war zufrieden, weil es so ähnlich klang wie Roux, der Name, den sie mir gegeben haben.«

»Sie müssen wissen, dass mein Vater den Namen Jacques Roux angenommen hatte«, erklärte Cora Wolff. »Um seine Identität zu verbergen. Silberstern ist so jüdisch, das geht gar nicht.«

Duval nickte.

»Ich habe den Namen nicht angenommen, den haben sie mir gegeben«, widersprach Jakob Silberstern.

»Wer hat Ihnen den neuen Namen gegeben?«, fragte Duval dazwischen. »Wissen Sie das noch?«

Jakob Silberstern dachte nach. »Da war ein Holzhaus. Es war weiß und stand in einem Garten. Ein Mann sagte mir immer und immer wieder, ›du heißt jetzt Jacques Roux, verstehst du das?‹. Ich mochte ihn nicht. Er war so dunkel und streng und hatte so große Augen hinter seiner Brille. Ich fragte, wie *Maman* mich jemals wiederfinden solle, wenn ich nicht mehr Jakub Silberstern hieße? Er winkte ab und sagte nur: ›Später, das sehen wir später.‹ Er war nicht sehr nett. Ich ging weg. Und dann rief er mich zurück, aber mit meinem richtigen Namen, ›Jakub‹, rief er, fast so, wie *Maman* mich immer rief, und da musste ich weinen, weil nur *Maman* Jakub zu mir sagte und Kubi. Und dann hat er mit mir geschimpft. ›Versteh doch, du kannst nicht mehr Jakub Silberstern heißen‹, hat er gesagt, ›es ist gefährlich, so zu heißen. Und wenn dich jemand Jakub oder Jakob oder Jude oder Silberstern ruft, dann darfst du nicht mehr reagieren‹, bläute er mir ein. ›Du heißt jetzt Jacques Roux und Punkt.‹ Er schüttelte mich und war so wütend und starrte mich mit diesen großen Brillenaugen an, dass ich Angst vor ihm hatte. ›Also, wie heißt du?‹, fragte er mich streng. ›Jacques Roux und Punkt‹, antwortete ich, wie er es mir gesagt hatte. Da hat er gelacht. ›Jacques Roux genügt‹, sagte er. ›Du heißt jetzt Jacques Roux. Merke es dir!‹«

»Jakob mit u«, sagte Cora Wolff. »Ist das Tschechisch? Kommt daher der Name Kubi?«

»Kuuubiii«, machte Jakob Silberstern, »so hat mich *Maman* immer gerufen. Aber dann hieß ich Jacques. Jacques Roux.«

»Und das Château Vallombrosa?«, fragte Duval unvermittelt.

»Das war vorher. Mit *Maman* und Opi und Omi und der Tante und dem Onkel.«

»Wie alt waren Sie da?«

»Ich weiß nicht. Klein.«

»Und was ist da passiert?« Schon als er die Frage aussprach, wusste er, dass sie zu allgemein war.

Jakob Silberstern sah Duval dann auch irritiert an. »Ich weiß es nicht. Ich erinnere mich nicht. Aber plötzlich waren sie alle weg.«

»Aber als Sie mit Simon vor kurzer Zeit dort waren, ist Ihnen alles wieder eingefallen, sagten Sie. Auch das Bild, das über Ihrem Bett hing.« Duval zeigte auf das Gemälde über der Kommode.

»Als wir in den Park kamen und den Weg hinaufgefahren sind, da ist etwas in mir geschehen. Mein Herz begann zu klopfen. Und als ich das Haus sah, zitterte ich wie verrückt. Ich konnte nichts dagegen machen.« Er begann auch jetzt, leicht zu zittern. Cora Wolff legte ihre Hand beruhigend auf seinen Arm. »Ich schwöre Ihnen, ich wusste, dass ich dort zu Hause war.« Er sah von Cora Wolff zu Duval. »Ich WUSSTE es. Mein Körper erinnerte sich. Ich zitterte die ganze Zeit, und ich begann zu schwitzen und sogar zu weinen, so aufgeregt war ich. Ich schämte mich dafür, aber ich konnte nichts dagegen machen. Wir wohnten im linken Flügel. Ich war absolut sicher. Ich erinnerte mich an den kleinen bunten Glaserker, auf der linken Seite im ersten Stock. Dort zu leben stellte ich mir so wundervoll, aber auch aufregend vor, weil alles aus buntem Glas war und man ganz vorsichtig sein musste. Ich durfte draußen nie Ball spielen, weil sie Angst hatten, ich würde das Glas kaputt machen. Warten Sie.« Er beugte sich zur Seite und nahm ein dickes Buch vom Tisch, ein Lesezeichen steckte darin, und er schlug es an der markierten Stelle auf. »Hier, sehen Sie.« Er hielt es Duval mit leicht vibrierenden Händen hin. »So sieht es aus. Der Erker ist noch da!«

»Ich weiß«, bestätigte Duval, »ich war dort. Was ist das für ein Buch?«

»Das hat Simon mir mitgebracht. Es ist ein Buch über die ehemaligen Hotels in Cannes. Das Château war früher ein Hotel.«

»Darf ich?«, fragte Duval.

»Sicher, schauen Sie es sich ruhig an.«

Duval betrachtete die alten Fotografien und überflog den Text. »Sprechen Sie ruhig weiter«, ermunterte er den alten Herrn.

»Wo war ich?«

»Sie haben das Haus körperlich wiedererkannt.«

»Richtig.« Er nickte. »Und ich sah Bilder, die wie Blitze in meinen Kopf schossen, meine Mutter und die Großeltern. Simon sagte, ich solle im Park warten, bis er alles geregelt habe. Aber die Leute dort haben uns nicht hineingelassen. Doch dann konnten wir zu den Leuten in der Wohnung gegenüber gehen. Es war merkwürdig, weil es dort so ähnlich aussah wie bei uns, sie hatten auch einen Flügel im Salon wie wir und diese Uhr auf dieser Kommode, so wie bei uns, aber ich bin sicher, wir wohnten damals links, unter dem Glaserker.«

Duval blätterte in dem Bildband und blieb hier und da hängen, besah ein Bild, las einen Satz. Im Château Vallombrosa waren ab 1943 deutsche Offiziere einquartiert. Na, bitte schön. Er sah auf und blickte auf den Bonnard. »Und dieses Bild«, Duval deutete auf den Bonnard, »das haben Sie dort gesehen?«

»Ich? Nein.«

Pech, dachte Duval, wäre auch zu schön gewesen.

»Simon hielt es plötzlich in der Hand«, sprach der alte Herr weiter, und Duval hielt den Atem an. »›Schau mal Opi‹, sagte er, ›der kleine Junge, der sieht aus wie ich, als ich klein war, findest du nicht?‹ Ich bin furchtbar erschrocken, als ich das Bild gesehen habe. Ich habe wieder gezittert vor Aufregung. Alles war wieder da. Ich war bei diesem Maler im Garten. Und das Bild hatte über meinem Bett gehangen. Aber das bist nicht du, habe ich zu Simon gesagt, das bin ich.«

Cora Wolff schluchzte wieder auf und hielt sich erschrocken die Hände vor den Mund.

»Und dann hat Simon sich laut mit einem Mann gestritten, und eine Dame hat mich in einen Salon geführt und mir dort Tee und *petits fours* serviert, und später sind wir wieder gefahren. Ich wollte noch einmal den ganzen Park sehen, wir sind dort herumgelaufen, aber ich weiß nicht, was sie gemacht haben, vielleicht haben sie einen Teil des Geländes verkauft, der Park war früher viel größer gewesen. Und rundherum stehen jetzt Häuser. Die waren damals nicht da.«

»Der Mann, mit dem Simon sich gestritten hat, erinnern Sie sich an den?«

»Ich weiß nicht, sie haben mich zum Tee eingeladen, ich unterhielt mich mit der Dame.«

»Erinnern Sie sich, ob er jung oder alt war?«

»Aus meiner Sicht sind ja alle jung«, Jakob Silberstern lächelte verschmitzt. »Aber er war vielleicht so jung wie Sie.«

Duval nickte freundlich. »Und das Bild? Haben Sie das mitgenommen?«

»Nein. Simon hat es mir vor Kurzem mitgebracht. ›Es ist dein Bild‹, hat er gesagt. ›Es gehört dir!‹«

»Aber warum habt ihr mir denn nichts davon erzählt?«, regte sich Cora Wolff auf. »Das betrifft mich doch auch! Das betrifft uns doch alle!«

»Simon sagte, wir sollen dich nicht aufregen«, erklärte der alte Mann freundlich. »Du bist immer schnell so aufgeregt. ›Eins nach dem anderen‹, sagte Simon. Und ich musste das ja auch erst mal selbst verdauen. Alle diese Erinnerungen plötzlich.« Jetzt hatte er Tränen in den Augen. »Und ich fühle mich plötzlich wieder genauso verlassen wie damals.« Er sah unter sich, eine Träne lief über seine Wange und tropfte vom Kinn auf seine Hose.

»Oh, mein Papa«, Cora Wolff umhalste ihn. »Wir müssen nicht drüber reden, wenn es dir wehtut.«

Aber der alte Mann sprach weiter. »Und ich suche wieder in den Gesichtern der Menschen, die mir begegnen, Menschen, die ich gekannt habe. Wie oft habe ich früher geglaubt, *Maman* zu sehen und bin Frauen hinterhergerannt, deren Frisur oder Gang mir bekannt vorkam, *Maman* habe ich geschrien, *Maman*! Aber sie war es nie.«

Cora Wolff weinte leise vor sich hin.

»Eines Tages habe ich mir vorgenommen, nie mehr daran zu denken«, sagte er mit leiser Stimme. »Nie mehr. All die Jahre ging es gut. Und jetzt waren diese Gedanken plötzlich wieder da und mit den Gedanken alle Gefühle. Immer wieder kommen neue Erinnerungen. Ich habe auch wieder so viel Angst«, er flüsterte fast. Einen Moment schwieg er. »Und ich suche sogar *Maman* wieder. Ich weiß doch, dass sie heute nicht mehr so aussehen kann, wie damals. Und dennoch.« Seine Stimme zitterte leicht. »Und ich träume seither so viel. Manchmal wache ich auf und habe so viel geträumt und weiß nicht, wo ich bin. Stell dir vor«, sagte er nun vertraulich zu seiner Tochter, »einmal bin ich aufgewacht und wusste wieder wie *Buchty* schmecken!«

»Wie was schmeckt?«

»*Buchty*. Die hat Halina immer gemacht!«

»Das kenne ich nicht, Papa, ich weiß auch nicht, wer Halina ist.«

»Nein?« Jakob Silberstern sah seine Tochter überrascht an.

»Nein!«

»Halina machte sie für mich. Halina, das war die Köchin«, sinnierte Jakob Silberstern. »Simon hat mir versprochen, eines Tages fahren wir nach Prag, und dann essen wir wieder *Buchty*!«

»Ach«, seufzte Cora Wolff. »Vielleicht müssen wir dazu nicht bis nach Prag fahren. Vielleicht finden wir so etwas auch hier? Wie schmecken diese *Burtie* denn?«

»*Buchty*«, korrigierte Jakob Silberstern. »Sie sind süß und warm, und es gab immer Pflaumenmus dazu. Aber man muss sie in Prag essen!«, wehrte er entschieden ab. »Wir fahren mit Simon nach Prag, und dann essen wir sie dort. Du kannst mitkommen«, schlug er freundlich vor.

»Nun«, begann Cora Wolff vorsichtig, »wir können vielleicht ohne Simon nach Prag fahren und diese Süßspeise essen«, schlug sie tapfer vor.

»Ohne Simon?«

»Ja, Papa.« Sie griff nach seiner Hand und drückte sie leicht. »Simon ist tot, Papa.« Sie schluchzte kurz auf. »Hast du das schon wieder vergessen?«

Der alte Mann schwieg betroffen. Aber nur kurz. »Natürlich nicht«, sagte er dann. »Simon ist tot. Aber sicher weiß ich das.«

Cora Wolff atmete schwer und warf Duval einen klagenden Blick zu. Einen Moment schwiegen sie alle drei.

»Manchmal weiß ich nicht, ob ich träume oder ob das wirklich wahr ist«, unterbrach Jakob Silberstern mit brüchiger Stimme die Stille.

Cora Wolff tätschelte seine Hand und küsste seine Wange, auf der noch immer die Tränenspur sichtbar war. »Ach, Papa«, sagte sie leise. »Ach, mein Papa.«

»Aber das Bild«, er räusperte sich und sprach wieder lauter und zeigte auf das Gemälde über der Kommode, »das Bild ist wahr!«

Duval hatte gerade herzhaft in sein Sandwich gebissen, das er in dem neuen Bistro neben dem Kommissariat erstanden hatte, als Léa schon mit ein paar Blättern herumwedelnd in sein Büro stürmte. »Oh, Verzeihung«, sagte sie und sah auf die Uhr. »Ich wusste nicht …« Er verdrehte die Augen und kaute schneller. Das Sandwich war üppig. Fast so üppig wie sein geliebtes Pan Bagnat, und er schlang es genauso gierig hinunter. Nur das kräftige dunkle Brot war er nicht gewohnt, und er kaute schwer daran. Mal sehen, wie lange der Laden sich halten würde. Bislang hatte in dem Eckbistro noch jede Saison der Besitzer gewechselt. Dieses Mal aber hatten junge Leute lange herumgewerkelt und das klassische Bistro in einen hellen und freundlichen Laden in skandinavischem Stil verwandelt. Eine der jungen Frauen hinter dem Tresen sprach auch ausschließlich Englisch und erwartete, dass er die Bestellung in englischer Sprache vornahm. Er schüttelte den Kopf, als er daran dachte.

Léa bezog das Kopfschütteln auf sich. »Soll ich wieder gehen?«

Er machte ein Geräusch und schüttelte erneut den Kopf.

»Was jetzt? Gehen oder bleiben?«

»... die anderen«, nuschelte er mit vollem Mund.

»Die anderen?« Sie sah ihn unsicher an.

Er nickte.

»Villiers und LeBlanc meinen Sie?«

Er nickte.

»Ich soll sie holen?«

»Ja«, presste er hervor.

»Verzeihung!«

Léa verschwand, und bis alle drei Beamten im Büro standen, hatte Duval auch den Rest des Sandwiches hinuntergeschluckt und goss sich gerade einen Kaffee ein. »Also?«, fragte er.

»Wir haben die Auswertung seines Laptops«, schoss Léa sofort los. »Er hat ein paar Dating-Seiten abonniert und chattet dort als ›der große böse Wolf‹ haha, ziemlich viel Angeber- und Macho-Gesülz, wenn ihr mich fragt«, sie rollte mit den Augen, »aber anscheinend hat er viele Mädchen beeindruckt, für eine Nacht reicht das ja oft auch. Mich betrifft es ja nicht«, grinste sie, »aber er sah objektiv nicht so schlecht aus mit seinem Dreitagebart und dem muskulösen Oberkörper, den er in körperbetonten Shirts und Hemden präsentierte. Interessant ist vielleicht diese Online-Poker-Seite«, sie hielt einen Ausdruck hoch, »und das hier, eine Genealogie-Seite. Die hunderttausend Mails und Instagram- und Facebook-Einträge und auch die ganzen *Social-Media*-Freunde checken wir noch. Bislang nichts Auffälliges.«

»Gibt's Telefonrechnungen für das Mobiltelefon, das wir nicht gefunden haben? In der Post waren sie nicht.«

»Ja, von SFR«, bestätigte Léa.

»Gut, lassen Sie sich die Telefonverbindungen der letzten Monate geben und schauen Sie sie kritisch an. Vielleicht gibt es da etwas, was uns weiterbringt.«

»Habe ich schon angefordert.«

Duval quittierte es mit einem anerkennenden Nicken.

»Bei den Fotos Tausende von Selfies vor blauem Meer. Viele Selfies mit Sonnenbrillenmädchen. Ich glaube, die Kleine aus dem Laden erkannt zu haben. Dann ein anderes Mädchen. Immer mit Sonnenbrille und einem breiten Julia-Roberts-Lächeln. Eher schickos. Immer an besonderen Orten, Le Bar Américain in Monaco und so.«

»O.k., ein Spieler, ein Macho, ein Frauenheld mit wechselnden Freundinnen, Thema Eifersucht, im *Prêt-à-porter*-Business nicht so erfolgreich, wie er gern wäre, Geldprobleme vielleicht. Und er ist Jude und auf Spurensuche nach seiner Familie, die, so wie es aussieht, bis auf den Großvater, den Holocaust nicht überlebt hat. In dem Zusammenhang, was wissen Sie über diese Zeit? 1942 ganz konkret?«

Kurz schwiegen alle drei.

»Zweiter Weltkrieg«, begann LeBlanc.

»Nazis«, sagte Villiers. »Frankreich war besetzt von den Nazis.«

»*Résistance*«, wagte sich LeBlanc vor.

»Judenverfolgung«, ergänzte Léa.

Duval nickte. »*La Rafle du Vél d'Hiv.* Sagt Ihnen das was?«

»Darüber gab es einen Film, oder?«, fragte Villiers.

»Es gab einen Film, aber es gab vor allem das wirkliche Ereignis von 1942. Ich gestehe, dass ich auch nicht so viel wusste bis vor Kurzem.« Er gab ihnen einen kurzen Abriss dessen, was er von Annie erfahren hatte. Er sprach dabei vom Holocaust.

»Sagt man heute nicht Shoah?«, unterbrach Léa Leroc.

»Keine Ahnung«, sagte Duval knapp. »Sie wissen, was ich meine, oder?«

»Das eine ist Englisch, das andere Hebräisch oder? Oder gibt es einen anderen Unterschied?«, fragte LeBlanc dazwischen.

»Ist doch wurscht«, winkte Villiers jetzt ab.

Duval seufzte. Die politisch korrekte Sprache, zu der sie angehalten wurden, ging ihm manches Mal auf die Nerven, aber mit der Empfindlichkeit, die in jüdischen Kreisen herrschte, war es in diesem Fall sicher angeraten, sich auf sprachlich sicherem Terrain zu bewegen. »Leroc, schauen Sie mal, ob Sie was finden«, bat er.

»Haben wir gleich«, Léa Leroc tippte auf ihrer Tastatur. »Holocaust stammt aus dem Griechischen«, las sie vor: »holókaustos bedeutet so viel wie vollständig verbrannt. Es hat sich ursprünglich auf die in der Antike verbreitete religiöse Praxis der Verbrennung von Tieren als Opfer bezogen. Holocaust meint also eher ein Feueropfer.« Sie sah kurz auf. Villiers tippte seinerseits auch auf der Tastatur herum. »Hörst du zu?«, fragte sie.

»Klar«, sagte er. »Ich bin Multitasking.«

»Das hebräische Wort Shoah«, las Léa Leroc weiter vor, »meint Unheil, Katastrophe, Heimsuchung und steht ebenfalls für die Judenvernichtung. Und so weiter und so fort«, machte sie und übersprang Text. »Hier, jetzt kommt's: Der Ausdruck ›Shoah‹ ging in die Unabhängigkeitserklärung Israels von 1948 ein. Seitdem wird er überwiegend von Juden verwendet. Also besser man sagt Shoah«, schloss sie. »Ach, man spricht es nicht *Schoah,* sondern *Sho-á.* Die Betonung liegt auf der zweiten Silbe.«

»Andere Länder, darunter angelsächsische Länder«, las Villiers nun seinerseits vor, »sowie die Vereinten Nationen bevorzugen nach wie vor den Begriff ›Holocaust‹.«

»Sie haben recht, es kann nicht schaden, das zu wissen«, sagte Duval, »die betroffenen Menschen sind sehr empfindlich. Sprechen wir also von Shoah oder Genozid. Ich fürchte, wir sind doch, ob wir es nun wollen oder nicht, mitten in einem jüdischen Kontext. Ob der gewaltsame Tod von Simon Wolff einen rassistischen oder antisemitischen Hintergrund hat, ist zwar ungewiss, aber es ist auch nicht auszuschließen. Vielleicht hat es auch etwas mit diesem Gemälde zu tun.« Er zeigte ein Foto auf seinem Smartphone, das er von der Vorder- und der Rückseite des Bildes gemacht hatte. »Es zeigt Jakob Silberstern, den Großvater des toten Simon Wolff, als Kind, der Titel lautet ›Jakob und die Katze‹ oder so ähnlich. Das Gemälde ist sehr wahrscheinlich ein echter Bonnard, und es hing, bevor es bei dem Großvater des Toten im Altersheim auftauchte, drei Mal dürfen Sie raten, bei den Bergeracs.«

LeBlanc pfiff durch die Zähne. »Das ist ja spannend.«

»Was soll das heißen, es ist ein Bonnard«, unterbrach Villiers. »Bonnard wie der Maler?«

»Bonnard wie der Maler«, bestätigte Duval. »Und Bergerac wie der Staatsanwalt.«

»Nein, also ich meine Bonnard wie der Maler, der mit dem Museum in Le Cannet?«

»Gibt's noch einen anderen?«

»Ich weiß nicht.«

»Sehen Sie.«

»Echt? DER Bonnard?« Villiers konnte sich gar nicht beruhigen.

»Woher kennst du den denn?«, fragte Léa halblaut zu Villiers gewandt.

»Audrey hat Émilie zu einem Kindermalkurs dort angemeldet. Die bieten so was an. Nur deshalb, sonst wüsste ich das nicht«, gab Villiers halblaut zurück.

»Ich bin kein Experte, aber das Bild wurde, wenn ich den Angaben auf der Rückseite glauben kann, tatsächlich von Pierre Bonnard gemalt, dem impressionistischen Maler, der zu Lebzeiten in Le Cannet wohnte und dem dort ein Museum gewidmet ist.« Duval sah Villiers an. »Hören Sie mir überhaupt zu?«

»Ja, Chef!« Villiers salutierte.

»Wenn wir den Angaben auf der Rückseite des Gemäldes Glauben schenken, wurde das Bild im Sommer 1940 im Auftrag des Großvaters von Jakob Silberstern angefertigt, Dr. Hugo Keller. Das Bild ist aus dem Nichts bei Jakob Silberstern aufgetaucht und hing vorher vermutlich bei den Bergeracs. Simon Wolff hat seinen Großvater eines Tages zum Château Vallombrosa gefahren, wo er als kleiner Junge mit seiner Familie gelebt hat, woher Simon Wolff das wusste, entzieht sich unserer Kenntnis. Sie besuchten auf jeden Fall die Bergeracs und entdeckten dort zufällig dieses Gemälde, und der alte Herr erkannte sich darauf wieder. Dieses Ereignis hat wohl jede Menge Erinnerungen bei ihm ausgelöst, und Ereignisse seiner Kindheit und allerhand anderes sind ihm seither wieder präsent. Jakob Silberstern sprach von einem Streit seines Enkels Simon mit einem Mann meines Alters anlässlich dieses Besuches. Ein Sohn vielleicht. Es gibt allerdings aktuell keine Anzeige, dass irgendjemandem, auch nicht den Bergeracs, ein Bonnard abhandengekommen sei.«

»Bergerac«, suchte Villiers in seinem PC, »da haben wir es. Bergerac Charles, Söhne Ludovic und Maxence, eine Tochter Caroline. Ludovic ist Richter, auf dem besten Weg zum Staatsanwalt, das steht hier zwar nicht, aber das liefere ich euch gratis aus dem Flurfunk dazu, Maxence ist Mediziner, Herzspezialist, derzeit in Lille, und Caroline ist Notar in Paris. Wo sonst.«

»Notar*in*«, verbesserte Léa.

»Oh Léa, nerv nicht rum«, stöhnte Villiers auf. »NotarIN«, er betonte die letzte Silbe und verdrehte die Augen.

»Was soll denn das jetzt«, regte sich Léa sofort lautstark auf. »Ich bin auch nicht Polizist, sondern PolizistIN.«

»Ahaa«, grinste Villiers, »dann ist Aurélie der Mann bei euch, das wollte ich schon lange mal wissen, wie das bei euch Mädels so läuft.«

LeBlanc grinste vor sich hin.

»AAAARRGH!«, schrie Léa auf. »Noah, das ist so dermaßen, dermaßen«, ihre Stimme überschlug sich vor Wut, »DERMASSEN« brüllte sie zum dritten Mal, »grottenschlecht, so dermaßen gequirlte Scheiße, was du da sagst und und ... ausgerechnet von dir, es ist zum Kotzen!«

»Es reicht!«, schnitt Duval ihr das Wort ab.

»Ich wollte nur mal sehen, wie du hochgehst«, amüsierte sich Villiers. »Von null auf hundert im Nullkommanix.«

»Villiers, es reicht auch für Sie!«

»Wichser«, zischte Léa Leroc und sandte ihm einen giftigen Blick.

»Man darf nix mehr über Frauen sagen«, setzte Villiers noch eins drauf. »Frauen sind die neuen Juden.«

»Es ist gut jetzt Villiers!« Duval war lauter geworden.

»Das war Ironie!« Villiers grinste breit.

»Ironie, so siehst du aus, du Depp!«

»Und ist nicht mal von mir. Stammt aus einer Comedy-Show.«

»Jaja.«

»Zwei Söhne«, wiederholte Duval ungerührt und mit lauter Stimme. »Ludovic und Maxence.«

»Ich glaube, ich habe einen Ludovic bei den Facebook-Freunden gesehen«, erinnerte sich Léa, immer noch mit leicht bebender Stimme. »Auch so ein Macho.« Sie warf Villiers einen bösen Blick zu. »Mach mal das Facebook-Konto auf«, forderte sie LeBlanc auf.

LeBlanc nickte und suchte unter den Freunden von Simon Wolff einen Ludovic Bergerac.

»Find nix«, sagte er.

»Instagram«, schlug Villiers vor, »auf Facebook ist heute kein Mensch mehr.«

»O. k., Instagram, richtig, da hab ich ihn schon. LudoLeGrand nennt er sich. Müsste man von einem angehenden Staatsanwalt nicht erwarten, dass er sich nicht mit Mädels und Cocktails am Strand ablichten lässt?«

»Zeig«, forderte Villiers und besah das Foto, das LeBlanc angeklickt hatte. »Ist doch harmlos«, befand er und scrollte durch die anderen Fotos. »Ludovic Golf spielend, kuschelnd mit Hund, mit Kindern im Park, lesend vor einer Bücherwand. *Oh putain*«, fluchte er, »Ludo beim Fußball, PSG auch noch! Mit einem PSG-T-Shirt! Schon unten durch, der Kerl. O. k., was haben wir noch? Urlaub in den USA, die Freiheitsstatue ... Sehr schön inszeniert alles. Aber PSG-Fan, vergiss es. O.k., noch eine Schöne. Hmmm, lange Beine, breites Lächeln. Sehr schön. Aber hey, ist das nicht dieselbe Schöne wie bei Simon Wolff?«

»Restaurant Fouquet's Paris mit Emmanuelle Renaud«, las LeBlanc vor.

»Emmanuelle. Das ist sie! Von wann ist das Foto?«

»Acht Monate her, 22. März. *Verlobung* steht hier noch. Es gibt auch noch ein anderes Foto, da hält sie strahlend ihren Ring in die Kamera.«

»Na, das wird ja interessant. Den Ludovic Bergerac sollten wir uns mal ansehen«, entschied Duval. »Vielleicht machen wir da ein Schnäppchen: Die Frau, das Gemälde und der Tod.«

»Klingt wie ein Film- oder ein Buchtitel«, meinte Léa und grinste.

Duval überlegte, ob und welchen Kunsthändler er anrufen könnte. Maître Besch, ein Auktionshändler in Cannes mit einem ausgezeichneten Ruf, wäre vielleicht auch ein kundiger Gesprächspartner. Letzten Endes entschied er sich dagegen. Wo auch immer er wegen eines Bonnards Auskünfte einholen würde, riskierte er, dass die Kunstszene anfing, neugierig und nervös zu werden. Bislang vermisste niemand offiziell einen Bonnard. Besser sie blieben diskret. Stattdessen klickte er sich durch die Museumshomepage und las sich das Leben des Malers Pierre Bonnard durch, der als Beamtensohn zunächst Jura studiert hatte und sich erst danach der Malerei zugewandt hatte. »Erst lernst du was Ordentliches«, hatten ihm seine Eltern vermutlich, und so wie es alle Eltern getan hätten, geraten. Er war mit seinem ersten Modell, Marthe, verheiratet, und Marthe hatte er ihr ganzes gemeinsames Leben lang gemalt. Häufig als Akt, aber nicht nur. Marthe. Keine Kinder, vielleicht hatte ihr das gefehlt. Sie schien am Ende menschenscheu, depressiv und ließ sich nur, wenn sie mit ihren Hunden oder Katzen zusammen war, zu einem Lächeln hinreißen, hieß es. Hunde und Katzen hatten sie immer besessen. Das Museum hatte eine Ausstellung konzipiert, in der ausschließlich Gemälde gezeigt wurden, auf denen auch Hunde und Katzen zu sehen waren. Manchmal musste man sie suchen, ein Katzenohr lugte hinter einer Zeitung hervor oder ein Hundeschwanz unter dem Tisch. Amüsant. Duval betrachtete im Internet andere Gemälde von Bonnard. Als Post-Impressionismus wurde sein Stil bezeichnet. Das Licht flirrte auf den Bildern, Gartenszenen, der Blick aus dem Fenster, ein blühender Mandelbaum, Blick auf die Bucht von Cannes mit Gewitterwolken. Sie waren angenehm zu betrachten.

Er klickte sich durch Galerien und Auktionen, die beim Suchbegriff »Bonnard« ebenso im Internet aufgeploppt waren. Ein Gemälde, Kleines Mädchen mit Hund, Öl auf Karton, in einem ähnlichen Format wie der Bonnard, der bei Jakob Silberstern hing, hatte vor ein paar Jahren für 350 000 Euro bei dem Pariser Auktionshaus Osenat den Besitzer gewechselt. Kein Millionendeal, aber doch ein ansehnlicher Batzen Geld.

Plötzlich durchzuckte ihn ein Gedanke. Und wenn es zwei gewesen wären? Ein Doppelporträt? Der Junge mit der Katze, das Mädchen mit dem Hund. Geschwister? Hatte Jakob Silberstern eine Schwester? Fiebrig suchte er den Titel und das Entstehungsdatum. Das Bild stammte aus dem Besitz von Madame Renée Terrasse, Paris. »Renée Terrasse Paris« gab Duval in die Suchmaschine und fand lauter reizende Terrassenrestaurants in Paris die *Chez René* hießen. Das war es nicht.

Renée Terrasse war eine Großnichte Bonnards, fand er später heraus. Das Mädchen mit dem Hund stellte sie selbst dar. Keine Schwester von Jakob Silberstern. Nun gut. Immerhin hatte er einen Schätzwert, und Bonnard hatte Bilder in diesem Stil gemalt. Auf welchen Wegen war es zu den Bergeracs gekommen, und wie hatte Simon Wolff es erhalten?

»*Commissaire!?*« Emilia klopfte an seine Tür.

»Ja, Emilia?«

»Ich bekam gerade einen Anruf von ganz oben. Sie möchten sich dort sehen lassen.«

»Von ganz oben? Den *Directeur* meinen Sie?«

»Ja.«

»Und er ruft mich nicht direkt an?!«

Sie hob unschuldig die Hände und machte ein betont unwissendes Gesicht.

»Hat man Ihnen auch einen Termin mitgeteilt?«

»Umgehend.« Sie lächelte schräg.

»So«, sagte Duval. »Na dann«, er erhob sich, »dann wollen wir mal den ChefChef nicht warten lassen.«

»*Monsieur le Directeur*«, grüßte Duval. »Sie wollten mich sprechen?«

»Duval«, der Polizeidirektor deutete auf den Stuhl vor dem Schreibtisch. »Nehmen Sie Platz.«

Duval wusste genau, was ihn erwartete. Charles Bergerac hatte vermutlich seine Beziehungen spielen lassen und sich über den unangemeldeten Besuch beschwert.

»Duval«, der Direktor lehnte sich in seinem Bürosessel zurück, er hatte beide Arme auf die Armlehnen gestützt und bildete mit den sich berührenden Fingerspitzen eine Art Dach. »Sie wissen, weshalb ich Sie habe rufen lassen?«

»Absolut nicht«, gab Duval vor.

»*Monsieur le Procureur,* der Staatsanwalt Charles Bergerac, fand Ihr unangemeldetes Eindringen, noch dazu in Begleitung dieser Dame ...«

»Cora Wolff, die Mutter des Verstorbenen«, erläuterte Duval.

»Völlig egal, er fand Ihren Überfall unangemessen.«

»Überfall, Eindringen«, wehrte Duval ab, »ich bitte Sie, *Monsieur le Directeur,* ein freundlicher Besuch im Rahmen einer Ermittlung, nichts Besonderes. Routine. Im Prinzip habe ich Madame Wolff begleitet ...«

Mit einer Handbewegung unterbrach der Direktor Duvals Erklärungen. »Unangemeldet, unangemessen, unprofessionell. Sie schaffen mir Probleme, Duval, und sich selbst auch. Passen Sie auf, wo Sie Ihre Füße hinsetzen.«

Duval schwieg.

»Gut. Das ist alles. Gehen Sie wieder an die Arbeit.«

Duval erhob sich und verließ das Büro des Direktors ohne zu grüßen.

»Diplomatie, Duval! Ein bisschen mehr Diplomatie«, rief ihm der Direktor hinterher.

Duval öffnete die Tür wieder und sagte in einem scheinheiligen Ton »Auf Wiedersehen, *Monsieur le Directeur.*«

»Sie mich auch Duval, Sie mich auch«, knurrte der Direktor vor sich hin.

»Nun«, sagte Duval, »dann werden wir mal ganz diplomatisch um einen Termin bei Herrn Richter Ludovic Bergerac bitten. Könnten Sie das heute noch veranlassen, Emilia? Damit es offiziell wird. Ich hoffe, so ist der Form Genüge getan. Aber lassen Sie sich nicht abwimmeln und nicht erst auf nächste Woche vertrösten. Ich will den Herrn sobald als möglich haben.«

»In der Zwischenzeit versuchen wir mal diese Emmanuelle Renaud zu finden. Villiers, das wäre doch was für Sie, was meinen Sie?«

»Stiften Sie mich da etwa zu Ehebruch an?«

»Sie sollen Sie nur finden, nicht ... äh ...«, er verbiss sich die vulgäre Bemerkung, die er machen wollte, und sagte stattdessen, »Sie sollen sich nicht gleich mit ihr verabreden.«

»Ich finde sie! Emmanuelle, Emmanuelle, wo treibst du dich herum«, summte Villiers und klickte durchs Internet. »Emmanuelle, da habe ich sie schon. Ist es nicht unglaublich, was die Leute alles öffentlich ins Netz stellen?«, rief er von einem Büro ins andere. »Wo sie gerade sind, was sie essen und mit wem. Sie könnte genauso gut schreiben, ›Coucou, heute ist ein guter Tag, um in meine Wohnung einzubrechen‹«, machte er mit gezierter Stimme, »›ich bin den ganzen Tag auf dem Schiff meines Freundes Luca und bestimmt nicht vor heute Abend zu Hause.‹«

LeBlanc lachte. »Du bist ein bisschen *parano,* findest du nicht?«

»Ich bin nur realistisch. Wow, bei Beziehungsstatus hat sie angegeben ›es ist kompliziert‹.«

»Dann ist ja vielleicht noch was zu machen«, rief Duval und bereute es sofort. Villiers war ein notorischer Fremdgänger, und er wusste, dass dessen Ehe darunter litt.

»Warum gibt sie nicht gleich ihre Telefonnummer mit an? Es wäre so viel einfacher.«

»Und wo ist sie jetzt?«, rief Duval. »Auf einem Schiff?«

»So wie es aussieht, verbringt sie die grauen Herbsttage an der sonnigen Côte d'Azur. Das Schiff war vorgestern. Gestern hat sie mit Freundinnen einen tiefenentspannten Tag in den Thermen verbracht und den Sonnenuntergang mit super gesunden Cocktails im Whirlpool auf der Terrasse der Thermen genossen. Wollen Sie das Foto sehen?«, rief er Duval zu. *»Belles, belles, belles comme le jour«,* sang er vor sich hin.

»Haben sie Gurkenscheiben im Gesicht?«, spottete Léa.

»Ich will sie sprechen, sonst nichts. Wenn sie in Cannes ist, könnten wir sie einladen, uns die Ehre zu erweisen. Wenn sie *belle, belle, belle comme le jour* ist, das würde den Kollegen den Tag versüßen.« Er hörte Léa im Nachbarbüro aufstöhnen. Es stimmte, man konnte keine Bemerkung mehr zu Männern und Frauen machen, ohne dass eine Frau sich empörte. »Schon gut, Léa«, rief er über den Flur. »Woher kennen Sie eigentlich all diese alten Schnulzen, Villiers?«

»Keine Ahnung. Bleibt einfach hängen, genau wie die Fußballergebnisse. Wollen Sie …«

»Nein«, rief Duval energisch, »will ich nicht!« Fußballergebnisse von Villiers' Lieblingsverein Olympic Marseille interessierten ihn wenig.

»Morgen Nachmittag 16.15 Uhr habe ich für Sie bei Richter Bergerac erreichen können, *Commissaire*«, rief Emilia. »Passt das?«

»Hervorragend, danke, Emilia!«

Abends berichtete Duval Annie von seinem Besuch bei Jakob Silberstern. »Sie waren Tschechen, ursprünglich wohl aus Prag«, endete er.

»Aber hattest du nicht gesagt, sie seien Deutsche gewesen?«

»Ja, das habe ich zunächst angenommen, aber sie waren Tschechen.«

»Waren es keine deutschen Namen auf dem Grab?«

»Doch, aber das weiß vermutlich nur Blanche Bergerac, warum sie die Schreibweise der Namen so gewählt hat. Sie sind auf jeden Fall alle 1942 gestorben. Und Jakob Silberstern hat überlebt, weil man ihn versteckt hat«, berichtete Duval weiter.

»*Gestorben,* du bist gut. Die sind nicht einfach gestorben, die hat man in Auschwitz vergast«, gab Annie etwas ruppig zurück.

»Nicht so laut«, Duval senkte die Stimme mit Blick auf Julie, die in ihrer Schaukelschale auf dem Tisch stand und schlief. Er gähnte leicht. Seine Müdigkeit hatte er den ganzen Tag über mit Unmengen starkem Kaffee bekämpft, und jetzt goss er sich noch eine weitere Tasse ein. »Das weißt du doch gar nicht. Es kann doch auch etwas anderes passiert sein.«

»Und was deiner Meinung nach?«, zischte Annie.

»Was weiß denn ich«, zischte Duval zurück. »Ein Autounfall. Ein Schiffsunglück. Das wäre doch immerhin auch möglich. Es sind doch nicht alle Juden nach Auschwitz gekommen, und nicht alle sind dort umgekommen.«

»Sonst wären nicht immer noch oder schon wieder so viele Juden da, meinst du das?«

»Natürlich nicht«, Duval war lauter geworden.

»Psst«, machte Annie ihrerseits.

»Hör auf, mir dieses rechte Gedankengut zu unterstellen, nur weil ich darüber so wenig weiß«, zischelte Duval wütend.

Beide blickten zu Julie, die im Schlaf zuckte, aber nicht erwachte.

»Und Jakob Silberstern wurde versteckt, sagst du?«

»Ja, in einem oder mehreren Kinderheimen. Katholisch vermutlich. Er erinnert sich lebhaft an eine Kirche und dass er betete und zur Messe ging.«

Annie sah Duval nachdenklich an. »Weißt du, seit Jahren wollte ich über dieses Netzwerk recherchieren, das in Nizza und Umgebung jüdische Kinder versteckt hat. Ich glaube, der Moment ist gekommen.«

»Es gab ein Netzwerk?«

»Ja.« Sie tippte »versteckte jüdische Kinder Nizza« in das Laptop ein. »Schau, das ist es: *Réseau Marcel*. Ein jüdisches Paar hat zusammen mit dem Bischof von Nizza und vielen katholischen Schulen und Einrichtungen über 500 Kinder versteckt und so gerettet.«

»Beeindruckend. Nie gehört. Warum ist das so wenig bekannt?«

»Das ist eine gute Frage. Weil sich niemand außerhalb der jüdischen Welt dafür interessiert, vermutlich. Betrifft uns nicht. Man weiß nichts darüber. Du ja auch nicht. Frag mal herum, wer was weiß. Deine Kollegen zum Beispiel. Ich bin sicher, deine Kollegen wissen nichts!«

»Denen habe ich heute immerhin schon von *La Rafle du Vél d'Hiv* erzählt«, verteidigte Duval die Kollegen. »Sie kannten wenigstens den Film.«

Sie sah ihn überrascht an. »Das hast du gemacht? Toll!«

Duval zuckte mit den Schultern. »Wir brauchen eine gemeinsame Basis von Wissen in diesem, wie in jedem Fall.«

»Ich finde, man könnte schon in den Schulen darüber sprechen, aber das ist eine politische Entscheidung, ob man das will oder nicht. Zu meiner Zeit, zu deiner Zeit gab es da keine Informationen! Seit ein paar Jahren gibt es Begegnungen mit Schülern und Überlebenden. Es gibt einen tollen Film, *Die Schüler der Madame Anne* heißt er. Da hat eine Geschichtslehrerin die Schüler einer zehnten Klasse eines Collèges in einem problematischen Pariser Vorort motiviert, an einem Wettbewerb teilzunehmen. Thema war ›Kinder und Jugendliche in den nationalsozialistischen Konzentrationslagern‹. Wenn du siehst, was für eine Wahnsinnsarbeit es ist, diese Jugendlichen zu disziplinieren und sie zusätzlich für das Projekt zu interessieren«, Annie sah Duval eindringlich an, »und diese Lehrerin macht das alles in ihrer freien Zeit, zusätzlich zum Unterricht. Das muss man wollen. Es ist anstrengend.«

»Es ist ein Film«, sagte Duval.

»Ja, aber der Film beruht auf einer wahren Geschichte, und die Klasse hat den Wettbewerb sogar gewonnen«, fügte sie hinzu. »Was ich sagen will ist, es ist immer vom persönlichen Engagement einzelner Lehrer abhängig, ob so etwas gemacht wird oder nicht. Frag mal Matteo, ob er in der Schule schon etwas dazu erfahren hat.«

»Matteo ist gerade erst 13 geworden«, wehrte Duval ab.

»Na und? Wann ist denn das richtige Alter, um darüber zu sprechen?«

Duval zuckte mit den Schultern. »Über die *Résistance* gab es mal eine Unterrichtseinheit, glaube ich.«

»Die *Résistance!* Genau!« Annie sah ihn provokant an. »Weißt du, de Gaulle hatte nach dem Krieg entschieden, dass das französische Volk nicht die Wahrheit bräuchte, sondern«, sie machte die dramatische Sprechweise von Charles de Gaulle nach, »*Courage!* Also hat er den Schwerpunkt der Kriegsaufarbeitung auf den Widerstand, die *Résistance* gelenkt. Der Helden der *Résistance* wird bis heute gedacht. Aber über die Kollaboration mit den Deutschen, die Denunziation, den Hass und die dreckige Arbeit, die die Franzosen gleichzeitig auch gemacht haben, hat man nicht gesprochen.«

»Aber es gab Säuberungsaktionen«, wandte Duval halbherzig ein. Er wusste, dass in der kurzen Zeit der *épuration,* wie sie genannt wurde, eine brutale Willkürherrschaft an der Tagesordnung gewesen war. Alle schossen auf alle. Es ging um Rache, Vergeltung, Abrechnung. Tausende von Menschen waren dabei umgekommen. Erst spät gab es eine offizielle Kommission, die versuchte, dieser *épuration sauvage* einen offiziellen rechtsstaatlichen Anstrich zu geben.

»Säuberung!« Annie spuckte das Wort auch wütend aus. »Man hat vor allem die armen Frauen, die mal was mit einem deutschen Soldaten gehabt hatten, sei es aus Not, sei es aus Liebe, geschoren, angespuckt und dem Hass der Bevölkerung ausgeliefert«, ereiferte sich Annie gerade.

»Nicht nur«, wandte Duval ein.

»Jaja«, Annie regte sich auf. »Man hat auch einen Haufen Menschen in schnellen Schauprozessen abgeurteilt und sie danach abgeknallt. Danach war Schluss mit der Kriegsaufarbeitung. Man sprach vielleicht gerade noch über die Kommunisten, aber nicht über die Juden.«

»Stell dir doch mal die Zeit nach dem Krieg vor, da herrschten wochenlang fast bürgerkriegsähnliche Zustände. De Gaulle hatte die Vision von einer französischen Republik, die er aufbauen wollte. Dazu musste er die untereinander zerstrittenen Franzosen wieder miteinander versöhnen. Die *Résistance* ist ein positives Identifikationsthema.«

»Genau«, spottete Annie. »Plötzlich hatten alle jemanden in der Familie, der in der *Résistance* gewesen oder als Held und Märtyrer gestorben war.«

Duval schnaufte laut. »Das kann doch auch so gewesen sein.«

»Ja, aber doch nicht nur! Man muss doch auch über das andere sprechen! Wenn lange genug nicht darüber geredet wird, dann verschwindet es aus der gesellschaftlichen Erinnerung. Und dann sterben die Zeitzeugen weg, und dann? Keiner weiß mehr was! Und die, die sagen, das hat's nicht gegeben, haben ein leichtes Spiel!«

»Hm«, brummte Duval.

Annie klickte weiter durchs Internet. »Ach, schau, 527 Kinder sind es insgesamt gewesen, Odette Rosenstock und Moussa Abadi hießen die beiden, die das Netzwerk gegründet haben. Schau mal, es gibt Kinder, die ihre Erinnerungen teilen«, sagte sie und klickte ein Video an. »Na gut, jetzt sind sie keine Kinder mehr. Jetzt sind es ältere Herrschaften.«

Eine 87-jährige Dame erzählte, wie sie als Mädchen in einer katholischen Klosterschule versteckt wurde und wie fremd ihr all die Gebete und Riten waren. Vor allem die Beichte, zu der sie plötzlich gehen sollte. Sie erlebte tiefe

Konflikte, weil sie nicht wusste, ob sie dem Priester jetzt beichten solle, dass sie gar nicht wirklich Jeanne Leclerc hieß und die ganze Zeit log. Glücklicherweise traf sie auf einen verständnisvollen Priester, der eingeweiht war und ihr einschärfte, dass sie das niemals, nicht mal ihm sagen dürfe.

»Unglaublich«, sagte Annie, »an so etwas denkt man ja gar nicht. Was für eine Last für diese kleinen Kinder, die ganze Zeit zu lügen, und ein doppeltes Leben zu führen.«

»Genau das hat Jakob Silberstern auch erzählt, und dass er glaubte, Gott erhöre seine dringlichen Gebete, ihm seine Mutter zu schicken nicht, weil er ja ständig lüge. Insofern beschloss er, wieder ehrlich zu sein und erzählte herum, dass er Jude sei. Da mussten sie ihn wohl schnell in ein anderes Heim bringen.«

»Oh weh, der Arme, wie alt war er?«

»Sechs.«

»Was ist mit seinen Eltern geschehen?«

»Wenn du da etwas rausfinden könntest, wäre das, glaube ich, ein großes Verdienst.«

»Du willst mir sagen, dass er es nicht weiß?«

Duval schüttelte den Kopf.

»In all den Jahren? Wie alt ist er? Über achtzig? In all den Jahren hat er nie nachgeforscht, was mit seiner Familie passiert ist?«

»Also, sicher bin ich nicht, aber ich denke, außer der Tatsache, dass sie irgendwie umgekommen sind, weiß er nichts. Er wollte damals nicht mehr daran denken, sagte er. Ich vermute, er hat alles dazu verdrängt, auch seine eigene Erinnerung. Jetzt wurden ein paar Erinnerungen wieder hochgespült. Aber unser Gedächtnis ist ja auch bizarr.

Woran man sich erinnert und woran nicht. Was weißt du noch aus deinen Kindertagen? Was weißt du noch von der Zeit, als du sechs Jahre alt warst?«

»Du hast recht. Nicht viel. Manches fällt mir wieder ein, wenn ich ein Foto sehe. Manches hat man mir auch so oft erzählt, dass ich glaube, mich daran zu erinnern.«

»Ja, aber Jakob Silberstern hat kein Fotoalbum und niemanden, der ihm etwas von früher erzählen konnte.«

»Wie traurig.«

»Ja. Ich glaube, Simon Wolff hatte angefangen, etwas zu suchen, vielleicht hat er auch etwas gefunden. Das Gemälde bei den Bergeracs zum Beispiel.«

»Und jetzt ist er tot.«

»Ja. Du sollst dich bei deinen Recherchen nicht in Gefahr begeben, Annie, aber vielleicht findest du trotzdem etwas. Schau mal, Simon Wolff war auf einer Genealogie-Seite eingeschrieben und hat einen Stammbaum zu seiner Familie angelegt, hier«, er hielt ihr den Zettel mit dem Link entgegen.

»Hm, o.k., ich schau mir das mal an. Silberstern ist ja ein sehr«, sie zögerte, »äh, jüdischer Name. Siehst du, das ist es schon«, unterbrach sie sich. »So ein deutlich jüdischer Name. Du kannst dich damit nicht verstecken. Wenn du Silberstern heißt, weiß die ganze Welt, dass du Jude bist. Und ich habe ein mulmiges Gefühl, wenn ich zum Beispiel Herrn Finkelkraut anrufen soll und diesen Namen aussprechen muss.«

»Warum hast du ein mulmiges Gefühl, Annie? Was hat es mit dir zu tun? Vielleicht suchst du da mal!«

»Na, also ...«, fuhr sie wütend auf.

»Na, also was?«, gab Duval zurück. »Weißt du, was in deiner Familie los war vor fünfundsiebzig Jahren? Es ist einfach, über die anderen zu recherchieren und sie zu kritisieren. Aber was war bei dir los?«

»Bei mir«, fuhr sie auf. »Was soll das denn heißen! Ich bin 1982 geboren und meine Eltern Mitte der Fünfzigerjahre.« Sie schwieg abrupt. »Ich weiß so gut wie gar nichts von meinen Großeltern oder meinen Urgroßeltern«, bekannte sie kleinlaut. »Das ist auch schon so lange her.«

»Siehst du«, sagte Duval.

»Und bei dir?«, gab sie aggressiv zurück. »Was weißt du von deinen Eltern und Großeltern und Urgroßeltern?«

»Ja, das muss ich mich auch fragen.« Er hatte ihr nie erzählt, dass sein Vater ein befremdlich freundschaftliches Verhältnis mit einem der größeren Ganoven von Cannes und sehr wahrscheinlich den Geliebten seiner Mutter auf dem Gewissen hatte. Das reichte ihm eigentlich schon an Familiengeheimnissen, er brauchte nicht noch mehr. Ein Glück für den Vater und auch ein Glück für ihn, dass der Vater bereits tot war. Der Ganove saß immerhin derzeit im Gefängnis.

Aber nun erwachte Julie in ihrer Babyschale und freute sich glucksend, quietschend und blubbernd, ihre beiden Eltern vorzufinden. Sie streckte ihre Ärmchen aus und zappelte vor Glück mit den Beinen, der ganze kleine Körper war in freudigem Aufruhr.

»Hallo, du kleine Süße, aufgewacht? Gut geschlafen?« Duval nahm sie aus der wippenden Schale und hob sie schwungvoll nach oben. »Hey«, rief er. »Da fliegt aber eine hoch. Und noch mal.« Julie quietschte vor Vergnügen. »Und noch mal? Und noch mal!« Er legte sie wieder ab. Sofort wurde das Quietschen lauter, unzufriedener und sie strampelte heftig mit den Beinen.

»›Mehr, mehr‹ heißt das, wenn ich das mal für dich übersetzen darf. Ich darf dich außerdem daran erinnern, dass du das jetzt noch mindestens 150-mal machen kannst«, erklärte Annie. »Deine Tochter hat eine erschöpfende Ausdauer, wenn es um Bespaßung geht.«

Er lachte und nahm Julie wieder in die Arme, hob sie hoch und drehte sich mit ihr. »Ich erinnere mich, dass Lilly mal eine ganze Autofahrt lang immer denselben dummen Witz erzählt hat. ›Gib mir mal die Hand. Tag, Herr Elefant!‹ Sie hat sich ausgeschüttet vor Lachen. Stundenlang. Es war entsetzlich.«

»Früher warst du nicht so, oder?«

»Was meinst du?«

»Hast du Lilly und Matteo auch so viel bespaßt?«

Duval ließ die Arme mit Julie sinken. Seine Miene wurde ernst. »Ich fürchte, nein. Ich fürchte, ich war kein besonders präsenter und kein besonders zärtlicher und liebevoller Vater. Ich habe das alles Hélène machen lassen. Solange die Kinder noch so klein waren auf jeden Fall.«

»Und was ist jetzt anders?«

Duval überlegte. »Vielleicht bin ich älter. Hm, meine Kleine, was meinst du?«, wandte er sich an Julie, die schon wieder unruhig herumzappelte und an ihrer Hand lutschte.

»Mademoiselle hat Hunger, was?«, sagte Annie. »Da wollen wir mal schnell ein Fläschchen vorbereiten.«

»Ich habe auch wahnsinnigen Hunger«, sagte Duval. »Ich hatte nur ein Sandwich heute Mittag und sehr viel Kaffee.« Er sah auf die Uhr. »Schon so spät! Hast du irgendwas zu essen vorbereitet?«

»Léon«, stöhnte Annie.

»Ich frag ja nur.«

»Es gibt noch einen Rest von der Kürbissuppe«, schlug sie vor.

Duval verzog das Gesicht. »Das ist alles?«

»Eine Scheibe Schinken findet sich vielleicht auch noch im Kühlschrank.«

»Und wenn wir eine Pizza bestellten?«

»Meinetwegen.«

5

»Emmanuelle Renaud ist unten, *Commissaire!*« Emilia steckte ihren Kopf zur Tür herein.

»Gut«, sagte Duval. »Soll hochkommen. Leroc, bleiben Sie bei mir?«

Léa Leroc nickte.

»Und ich?«, fragte Villiers gespielt gekränkt.

»Sie können ihr die Aufzugtür öffnen«, schlug Duval vor. »Ich bin sicher, der Augenblick genügt, um sie in Ihren Bann zu ziehen.«

Emmanuelle Renaud war eine ausgesprochen hübsche junge Frau, und sie wusste es. Unter einer roten kess getragenen Baskenmütze wogte eine lange leicht gewellte Mähne hervor und mit ihrem breiten Mund ließ sich tatsächlich an die junge Julia Roberts denken. Sie trug kniehohe Stiefel und ein rotes Wollcape, das in der Mitte von einem Gürtel zusammengehalten wurde. Sie schüttelte die Haare, als sie die Baskenmütze abnahm, und unter dem roten Cape kamen ein kurzer schwarzer Rock, eine Bluse mit einem braven Bubikragen und schwarze gemusterte Strumpfhosen hervor. Sie ließ ihre kleine eckige Handtasche laut auf den Tisch plumpsen. *»Oh pardon«*, entschuldigte sie sich und hängte das rote Täschchen an einer goldenen Gliederkette über die Stuhllehne.

Villiers suchte einen Vorwand, um in Duvals Büro noch

einmal einen Blick auf sie zu werfen. »Einen Kaffee vielleicht?«, schlug er mit einem betont unschuldigen Gesicht vor.

»Möchten Sie einen Kaffee, Mademoiselle Renaud?«, fragte Duval höflich, aber sie verneinte lächelnd.

»Keinen Kaffee, danke!«, wandte Duval sich an Villiers, der mit gespielt verzweifeltem Gesicht die Tür schloss.

»Lassen Sie uns zunächst Ihre Personalien aufnehmen, bitte.«

»Emmanuelle Renaud, geboren 22.5.1993 in Paris, ich wohne 5, Rue Léopold Robert«, ratterte sie ihre Angaben hinunter. »Paris, im 6. Arrondissement.«

»Was machen Sie beruflich, Mademoiselle Renaud?«

Léa räusperte sich und warf Duval einen strengen Blick zu.

Duval stutzte, dann begriff er. »Ist die Anrede ›Mademoiselle‹ für Sie in Ordnung?«, fragte er nach. »Oder möchten Sie lieber ...«

»Schon in Ordnung«, sie winkte ab.

»Na dann.« Duval übersah bewusst Léas genervten Blick. »Was also machen Sie beruflich?«

»Mal dies, mal das.« Sie zuckte mit den Schultern. »Ich habe eine Hotelfachschule absolviert, aber das ist nicht ganz das, was ich machen möchte. Eine Zeit lang habe ich mich um Vermietungen gekümmert.«

»Und im Augenblick?«

»Sagen wir, ich erhole mich.«

»Verstehe. Wissen Sie, aus welchem Grund wir Sie gebeten haben, zu uns zu kommen?«

»Simon?« Sie stellte die Frage fast schüchtern.

»Richtig. Simon Wolff. Sie wissen von seinem Tod?«

Sie nickte.

»Wie war Ihr Verhältnis zu Simon Wolff, Mademoiselle Renaud?«

Er spürte, dass Léa bei jedem »Mademoiselle« innerlich aufheulte.

Emmanuelle Renauds Augen aber füllten sich mit Tränen. Duval holte die Box mit Papiertüchern aus der Schublade und schob sie ihr zu. Sie zog eines heraus, tupfte ihre Augen ab und schniefte kurz hinein. Sie zerknüllte das Taschentuch und behielt es in der Hand. »Kompliziert«, sagte sie endlich.

»Kompliziert? Aha. Was war so kompliziert? Sie waren seine Freundin? Kann man das so sagen?«

»Ja, nein. So einfach ist es nicht.«

»Erklären Sie es mir.«

Sie seufzte. »Im Prinzip waren wir getrennt. Wir hatten aber trotzdem Kontakt, und ich mochte ihn gerne und«, ihre Stimme klang erstickt. Sie schniefte noch mal in das bereits zerknüllte Taschentuch. »Ich finde es ganz schrecklich, was ihm passiert ist.« Sie schniefte erneut und wischte sich ein paar Tränen ab. »Ich kam mit Simon zusammen letztes Jahr während des Filmfestivals. Wir haben uns bei einem Event in einer Strandbar kennengelernt. Er sah gut aus, war großzügig, ich fand ihn witzig, charmant, gleichzeitig war er ehrgeizig mit seinem Business. Er gefiel mir. Am nächsten Tag hatte er Karten für eine Galavorstellung im *Palais des Festivals,* wir sahen den neuen Tarantino-Film zusammen mit Brad Pitt und Leonardo di Caprio, *oh, là, là,* das war echt Wahnsinn«, erinnerte sie sich. »Danach nahm er mich mit nach Monaco zu einem Fotoshooting, wir waren im Casino, ich begleitete ihn zu schicken Events und Empfängen, es war cool. Aber«, sagte sie und verzog das Gesicht zu einer amüsiert-spöttischen Grimasse, »es gab noch Mélanie.« Sie schnaufte. »Mélanie, seine Ex, laut Simon. Nur wusste Mélanie leider noch nichts davon, dass sie seine Ex war, und sie hat brav seinen Laden weitergeführt. Das war auch der Grund, warum Simon sich nicht wirklich von ihr trennte, weil er wollte, dass sie weiterhin den Laden führte.« Sie verdrehte die Augen, »Irgendwann hat sie es begriffen und machte ihm dramatische Szenen, und mir erst! Sie schickte mir Verwünschungen und wüste Beschimpfungen auf meinen Insta-Account. Ich musste sie blockieren. Es war so übel. Na ja, sie ist ein bisschen *Cagole*«, sagte sie abfällig, »wenn Sie verstehen?!« Sie sah Duval an.

Natürlich verstand er. *Cagole* bezeichnete ein etwas vulgäres Mädchen, das provokant aufreizend angezogen war. Duval hatte schon Hunderte von Mädchen gesehen, auf die diese Beschreibung zutraf, Mélanie hätte er nun nicht sofort dort eingeordnet, aber unter Emmanuelles strengem pariserischem Blick sahen die Mädchen an der Küste im Süden vermutlich alle vulgär und nach *Cagole* aus.

Er nickte vage.

»Aber sie hat immer wieder Wege gefunden, mich zu belästigen. Nachdem ich das eine Weile mitgemacht hatte, habe ich Simon unter Druck gesetzt, sie oder ich, und dann hat er sich von ihr getrennt. Daraufhin hat sie natürlich den Laden hingeschmissen und Simon bei sich rausgeworfen. Er hat nämlich immer noch bei ihr gelebt, oder zumindest hatte er seine Sachen bei ihr, das habe ich gar nicht begriffen. Sie hat dann in einer Nacht-und-Nebel-Aktion alles auf die Straße gestellt, vor allem Simons hunderttausend heilige Hemdenkartons, und Simon zog damit Hals über Kopf bei mir ein. Also in das Haus meiner Eltern«, erklärte sie. »Ich habe es meinen Eltern nicht gesagt, es ist unser Ferienhaus. Sie sind nicht oft da, und es sollte ja auch nur eine Übergangslösung sein, bis er etwas anderes gefunden hätte. Aber ich hatte das Gefühl, es passte ihm gut so, und er suchte gar nicht. Und in der Zwischenzeit stand die komplette Garage im Haus meiner Eltern voll mit seinem Zeug und mit seinen Hemdenkartons. Er hatte tausend Gründe, warum er nichts fand, vor allem hatte er kein Geld, aber das habe ich da noch nicht verstanden, er hatte ja immer eine Menge Bargeld bei sich und das schicke Auto. Ich habe nicht darüber nachgedacht.«

»Was für ein Auto?«, fragte Duval dazwischen.

»Ein BMW. Ein kleiner 1er BMW, aber nagelneu und knallblau. So blau wie manche seiner Hemden. Er mochte diese fetten Farben.«

Duval machte sich Notizen. »Wissen Sie das Kennzeichen?«

Sie schüttelte den Kopf.

Duval machte Léa ein Zeichen und hielt ihr den Zettel hin. Sie nickte und verschwand damit.

»Möchten Sie jetzt vielleicht ein Glas Wasser«, unterbrach Duval die Befragung, »oder einen Kaffee?«

»Ein Glas Wasser«, stimmte sie zu. »Danke.«

Duval erhob sich und ließ einen Plastikbecher mit Wasser aus dem Wasserspender blubbern.

»Bitte schön.«

»Danke.« Sie trank einen Schluck.

Léa kam zurück und nickte Duval zu.

»Entschuldigen Sie«, nahm Duval das Wort wieder auf, »er ist also bei Ihnen eingezogen.«

»Ja, aber dann kamen meine Eltern, wie jedes Jahr im August, und ich wollte, dass er verschwindet und alle seine Sachen aus der Garage nimmt. War nicht einfach. Im letzten Moment hat er was gefunden. Von dort hat er aber wieder mit Mélanie angebändelt, die ihm seine Hemden bügelte, da war er nämlich superpedantisch. Wir haben uns jeden Tag rumgestritten deswegen. Er wollte, dass ich ihm die Hemden bügele, also die, die er präsentieren wollte und natürlich die Hemden, die er zu den Terminen trug. Ehrlich gesagt hasse ich bügeln, und ich machte es lustlos und natürlich auch nicht perfekt genug. Ich sagte, er solle doch eine Büglerin anstellen, wenn es ihm nicht genügte, wie ich es machte, da ist ihm wohl Mélanie wieder eingefallen.« Sie schnaufte genervt.

»Mélanie«, wiederholte Duval den Namen, »war also wieder da.«

»Ja. Also, gesagt hat er mir das natürlich nicht, ich habe es hintenrum erfahren, wie das so ist, kleines Selfie auf Insta.« Sie klang immer noch verärgert. »Na egal«, winkte sie ab, »nun, das war alles schon nicht einfach, und Anfang des Jahres war da plötzlich noch der Großvater, für den Simon diesen Platz im Altersheim in Nizza besorgt hatte. Ich fand das anfangs ganz süß, dass Simon sich so um seinen Großvater kümmerte, wir waren auch manchmal zusammen bei ihm, ein lieber Herr, aber irgendwie war Simon davon besessen rauszukriegen, was damals geschehen ist. Also im Krieg, meine ich. Simons ganze Familie, sie sind Juden, das wissen Sie?«, unterbrach sie sich.

Duval nickte.

»Na, logisch wissen Sie das, dumme Frage von mir«, entschuldigte sie sich, »also die sind alle ums Leben gekommen, und nur sein Großvater hat überlebt. Ich meine, das ist tragisch, aber es ist auch lange her, und mir ging das Thema schon bald auf die Nerven. Kann man es nicht gut sein lassen? Wenn wir alle immer nur in der Vergangenheit herumwühlen, dann kommen wir doch nicht weiter, finde ich. Es interessierte mich einfach nicht, dass er über irgend so eine Internetseite einen über hundert Ecken verwandten Cousin in Amerika entdeckt hat. Simon war total euphorisch, ein Cousin! In Amerika!« Sie schüttelte den Kopf. »Ich bitte Sie, was haben die sich denn zu sagen? Verrückt! Eines Abends war ich mit Simon bei einem Empfang im Château Vallombrosa bei den Bergeracs, ich kannte die damals natürlich nicht, wusste nur, dass es eine hochkarätige Juristenfamilie ist, es war so schick und so klassisch in dem Park vor dem Château, wirklich beeindruckend. Keine Ahnung, wie wir dort gelandet sind. Simon war Spezialist darin, sich auf Gästelisten eintragen zu lassen, und er sprach den ganzen Abend nur mit einem der Juristen und fragte den über Verjährung dieser Taten und Wiedergutmachung und all diese Dinge aus, und ich sah, dass der Jurist schnell ziemlich genervt und gelangweilt war, und na ja, ich war genauso gelangweilt, und wir warfen uns verzweifelte Blicke zu.«

»Und dieser Jurist war Ludovic Bergerac«, warf Duval ein.

»Genau.« Sie lächelte. »Na ja, es kam, wie es kommen musste, Ludovic und seine damalige Freundin und Simon und ich, wir sind ein paarmal zusammen ausgegangen, und dann hat Ludo seiner Freundin den Laufpass gegeben und mir den Hof gemacht, vielleicht war die Reihenfolge auch andersrum, egal, ich bin ihm irgendwie erlegen. Ludo war einfach die bessere Partie, er hatte so gute Umgangsformen, er kannte so interessante Leute, das Château, dieser Luxus und dieser edle Stil, mir hat das alles so gefallen … und er hat mich auch nicht gebeten, seine blöden Hemden zu bügeln.« Sie verdrehte kurz die Augen. »Ludo hat mir ganz im Gegenteil ziemlich schnell einen Antrag gemacht, richtig schick mit Ring und allem. Ich war hin und weg. Ich habe ihn meinen Eltern vorgestellt. Er hat mich in Cannes seinen Eltern vorgestellt. Wie es eben so ist.«

»Happy End«, mutmaßte Duval.

»Nicht ganz, ich sag doch, es ist kompliziert«, sie schnaufte und nahm mit beiden Händen die Haare zusammen und drehte sie mit einer Handbewegung zu einem lässigen Knoten, so wie Duval es bei Annie gerne sah. Sie drehte den Knoten mit einer Haarsträhne fest, aber kaum ließ sie ihn los, sackte das Haargebilde langsam wieder nach unten. »Mist«, sagte sie und blies sich eine Haarsträhne aus dem Gesicht. »Nun, Simon drehte in der ganzen Zeit am Rad und belästigte mich und auch Ludo und erzählte immer wieder komische Geschichten, dass er bei den Bergeracs etwas entdeckt habe, was seinem Großvater gehöre, also völlig abgedreht, dachte ich.«

»Wissen Sie, was er konkret meinte?«, unterbrach Duval.

Sie stutzte. »Nein. Ehrlich gesagt dachte ich, er erfindet etwas, um mich zu manipulieren und«, sie zögerte kurz, »es hat ja auch funktioniert, weil es zwischen mir und Ludo zu kriseln anfing. Ich wurde misstrauisch und fragte nach. Aber Ludovic reagierte so verdammt kaltschnäuzig und verächtlich, dass ich anfing, ihn kritischer zu sehen. Ich hatte kein Problem damit, dass Simon Jude war, wissen Sie. Mir ging Simons Verbissenheit mit dem Thema auf die Nerven, aber Ludo und sein Vater«, sie stockte. »Wissen Sie, ich bin vorher noch nie auf Leute gestoßen, die gesagt haben, das mit den Konzentrationslagern haben die Juden doch alles nur erfunden. Das hat mich sehr schockiert. Ich meine, für mich ist es Geschichte, aber es *hat doch stattgefunden,* verstehen Sie. Das habe ich nie angezweifelt. Und ich konnte Ludovic und vor allem seinen Vater nicht ertragen, mit diesen antisemitischen und rassistischen Sprüchen. So widerlich verächtlich, dabei ist sonst alles so fein.«

»Hm«, machte Duval. »Und dann haben Sie Simon Wolff wieder getroffen«, vermutete er.

»Genau«, sie lächelte breit. »Nur einmal. Ich glaube, aus Trotz. Um Ludo ein bisschen zu provozieren. Aber ich habe gemerkt, wie sehr es mir gefehlt hat, einfach jung und albern zu sein, in witzige Bars zu gehen und unkonventionelle Leute zu treffen, zu lachen und mich zu amüsieren. Simon kann sehr witzig sein. Konnte, meine ich.« Sie seufzte und atmete tief ein und aus. »Und Ludo ist schon ein ziemlich gesetzter Langeweiler, man geht *immer* ganz gepflegt aus und amüsiert sich nur auf sehr hohem Niveau. So anstrengend, echt! Und die Familie ist so verknöchert. Sein Vater ist noch die Generation Handkuss. Anfangs fand ich das charmant, aber irgendwie ist mir das zu«, sie blies erneut eine Haarsträhne davon, »na ja, anstrengend eben. Dann verbrachten wir ganz wahnsinnig tolle Ferien auf St. Barth mit Ludo, aber kaum waren wir wieder hier, ging es schon wieder los mit der Familie, so eng und steif. Ich dachte, so ähnlich muss sich Meghan Markle gefühlt haben.«

»Wer bitte?«, fragte Duval.

»Meghan Markle«, wiederholte Emmanuelle Renaud. »Die Frau von Prinz Harry«, fügte sie erklärend hinzu.

»Ach«, machte Duval verständnislos.

»Am englischen Königshof ist es auch so zeremoniell«, erläuterte sie. »Bei offiziellen Terminen durfte Meghan Markle nicht mal selbst die Autotür schließen, ohne dass sie gerügt wurde. Ich kann absolut verstehen, dass sie es dort nicht mehr ausgehalten hat und beide nach Kalifornien gezogen sind.«

»So, so«, machte Duval, der sich mit den Gepflogenheiten des britischen Königshauses nicht auskannte. Aus den Augenwinkeln sah er, wie Léa sich amüsierte.

»Es war Ihnen also zu zeremoniell bei den Bergeracs, und daher sind Sie wieder mit Simon Wolff ausgegangen.«

»Ja.« Sie blickte verlegen unter sich. »Aber dann mischten sich meine Eltern ein, die fanden, ich müsse erwachsen werden und an meine Zukunft denken, und die Ludo und seine Familie«, sie imitierte nun offenbar den Ton ihrer Eltern, »›ganz großartig‹ fanden, Ludo sei *so* eine gute Partie. Und Simon, den sie im letzten Sommer ja auch kennengelernt hatten, den fanden sie nicht seriös genug und so weiter. Es war ein Hin und Her, und dann habe ich mich von beiden getrennt und gesagt, ich muss erst mal nachdenken.«

»Wann war das?«

»Dass ich mich von Ludo getrennt habe?«

Duval nickte.

»Ende September.«

»Und seither haben Sie ihn nicht mehr gesehen?«

»Nein. Ich fürchte, ich kann mich da auch nicht mehr blicken lassen.«

»Und wann haben Sie Simon das letzte Mal gesehen?«

Sie wurde verlegen.

»Letztes Wochenende. Er hat mich angerufen. Aber wir waren nicht wirklich zusammen. Es war nur so ...«

»Kompliziert«, wiederholte Duval, »versteh schon.«

»Ja, nicht?« Sie lächelte hinreißend.

»Und es war ein harmonisches Wochenende? Keine Konflikte?«

»Konflikte? Was denn für Konflikte?« Sie schüttelte den Kopf. »Simon war euphorisch.«

»Euphorisch. Warum? Weil er wieder mit Ihnen zusammen war?«

»Klar.« Sie lächelte schelmisch. »Aber vor allem, weil er kurz vor dem Durchbruch stand.«

»Mit was? Mit dem Hemdenbusiness?«

»Ja. Also, das dachte ich.«

»Hat er Ihnen sonst etwas erzählt? Gab es eine Auseinandersetzung mit Ludovic Bergerac vielleicht?«

Sie starrte ihn erschrocken an. »Sie wollen sagen, Ludo hat ihn ...«

»Ich sage gar nichts, Mademoiselle Renaud«, beruhigte Duval. »Ich glaube nichts und vermute nichts, ich stelle Fragen und versuche, Licht ins Dunkel zu bringen.«

»Ah.« Sie überlegte und zuckte hilflos die Schultern. »Ich weiß nicht, vielleicht, mir hat er nichts davon erzählt.«

»Gut also, Mademoiselle Renaud«, er stockte, würde er sich je die Anrede »Mademoiselle« bei jungen Frauen abgewöhnen können? Er wich Léas strengem Blick aus und räusperte sich, »wissen Sie etwas davon«, sprach er weiter, »dass Simon mit seinem Großvater den Bergeracs einen Besuch abgestattet hat?«

»Nein! Echt jetzt? Das stimmte also? Die Bergeracs besitzen irgendwas, was Simons Familie gehört hat?«

»Was könnte das denn sein?«, fragte Duval.

»Keine Ahnung. Ein siebenarmiger Leuchter?«

»Besitzen Bergeracs einen siebenarmigen Leuchter?«

»Nein«, kurz war sie verwirrt, »also, ich glaube nicht. Das ist das, was mir an Besonderheiten bei jüdischen Familien einfällt.«

»Sie wissen also nichts von diesem Besuch?«

»Nein. Wann soll das denn gewesen sein?«

»Ich dachte, das könnten Sie uns vielleicht sagen.«

»Ah.« Sie überlegte. Offensichtlich wollte sie etwas sagen, aber sie zögerte.

Duval wartete. »Fällt Ihnen doch etwas dazu ein?«, fragte er schließlich.

»Im Juni«, vermutete sie.

»Warum im Juni?«

»Na, an Pfingsten war ein großes Familientreffen bei den Bergeracs, Ludovics Bruder und seine Schwester kamen mit ihren Familien, aber es war keine heitere Begegnung. Da war plötzlich so eine angespannte Situation. Also noch angespannter als sonst, meine ich. Madame Bergerac hatte während der ganzen Zeit Migräne und sah sehr gequält aus. Ludo war aggressiv. Sein Vater machte wieder seine antisemitischen Bemerkungen. Am Nachmittag verschwanden sie alle in der Bibliothek, und ich durfte mich, wie ein Au-pair-Mädchen«, sie verzog missmutig das Gesicht, als sie daran dachte, »im Park um die Kinder kümmern. Ich spürte, dass irgendwas vorgefallen war. Ich habe Ludo gefragt, aber er hat nur abgewinkt. ›Familie‹, hat er mir gesagt.«

Die Fahndung nach dem knallblauen 1er BMW verlief schnell und problemlos. Ein Metzger in der Nähe des Friedhofs hatte Anzeige erstattet und wiederholt wütend gefordert, dass der Wagen endlich entfernt würde, der seit Tagen widerrechtlich auf seinem Kundenparkplatz stand. Der Metzger hatte ein Auge auf den Wagen, weil er dem Besitzer, diesem frechen Kerl, wenn er denn auftauchte, gern mal deutlich seine Meinung sagen wollte. Er wog, während er sprach, ein schweres Schlachtermesser in der Hand. »Wozu hat man denn Kundenparkplätze, wenn seine Kunden nun mühsam anderswo einen freien Platz suchen müssen«, dröhnte er. Es sei schwierig genug als Einzelhändler an dieser verkehrsreichen Straße. Der durch den Parkplatzmangel entstandene Geschäftsverlust sei nur zu ahnen. Seine Augen funkelten wütend, als er es erzählte. Als der Kerl sich nicht blicken ließ, riss ihm der Geduldsfaden und er forderte den Abschleppdienst der Stadt an. Dieser kam zeitgleich mit den Kollegen der *Police Nationale,* und es folgte ein langes administratives Palaver, wer für das Auto letztendlich zuständig war. Auch eine Leasingagentur, eingeschaltet, weil der Wagen offiziell ihr gehörte, forderte den Wagen nun kategorisch zurück. Man hatte Simon Wolff wegen unbezahlter Raten schon mehrfach angemahnt. Vorerst aber erhielt die *Police Nationale* den Zuschlag, und die Spurensicherung kümmerte sich um den blauen BMW.

»O.k., konnte ich ja nicht wissen, dass der Kerl tot ist«, brummelte der Metzger nun in seinen Bart. »Aber trotzdem«, knurrte er missmutig, »ich möchte nicht wissen, wie viele Kunden mir entgangen sind, weil der tagelang auf dem Parkplatz stand.«

»Coucou!«, rief Duval und erinnerte sich zu spät, dass er, für den Fall, dass Julie schlief, nicht so laut rufen sollte.

Aber Annie begrüßte ihn mit einem Kuss, ohne ihn sofort zu rügen.

»Ich habe etwas Fleisch vom Metzger mitgebracht und zwei dieser Kartoffelpuffer«, sagte er halblaut und legte zwei rosa-weiß gemusterte Pakete auf den Küchentisch.

»Ich dachte, das geht schnell. Wo ist die Kleine? Schläft sie?« Er blickte sich suchend um.

»Sie ist bei Jeanne!«

»Nein!«

»Doch. Erst war Jeanne hier mit uns, und dann hat sie Julie etwas im Kinderwagen spazieren gefahren, und jetzt ist sie dort. Es scheint zu klappen. Jeanne ist ganz vernarrt in Julie, und Julie ist offenbar angstlos und zufrieden, dass sich jemand so begeistert um sie kümmert.«

»Und wer hatte diese ausgezeichnete Idee?«

»Ah, du Held«, machte Annie spöttisch und riss die Pakete vom Metzger auf. »Oh, *Bavette,* wie schön!« Sie stellte zwei Pfannen auf den Gasherd. »Deckst du den Tisch? Hast du auch an ein *Entrée* gedacht?«

»Nein, aber ich habe frisches Brot gekauft«, Duval brach die Kruste des Baguettes ab und steckte sie sich in den Mund.

»Es gibt noch ein paar von den frischen Oliven«, schlug Annie vor. »Diese kleinen schwarzen Nizzaer Oliven nur in Öl ohne alles. Und das Brot kannst du in dieses frische, absolut köstliche Olivenöl tunken, wenn du willst.« Sie stellte ihm eine Flasche des trüben gelblich-grünlichen Öls auf den Tisch. »Ich hab schon was gefunden«, sagte sie wie nebenbei.

Duval stellte in Windeseile Teller, Gläser und Besteck auf den Tisch, warf sich ein paar Oliven in den Mund, träufelte etwas Öl auf den Teller und stippte ein Stück Brot hinein. »Mhmm«, machte er mit vollem Mund, »nicht schlecht.« Er goss sich ein erstes Glas Rosé ein. »Möchtest du?« Er hielt ihr das Glas entgegen.

Sie schüttelte den Kopf. »Hast du gehört, was ich gesagt habe?«

»Ja, du hast dieses frische Olivenöl gefunden.«

»Nein, ich habe was zu der Familie von Jakob Silberstern gefunden.«

Duval verschluckte sich beinahe an seinem Rosé. »Echt? So schnell? Erzähl!«

»Ich erzähl's dir gleich. Lass uns erst essen.«

Duval blätterte durch die Zeitung und nahm hin und wieder einen Schluck Rosé, ein paar der kleinen Oliven und etwas Brot.

»Fertig!« Annie legte sich und Duval je ein Stück Fleisch und einen Kartoffelpuffer auf den Teller.

»Nun«, sagte sie, als sie das Besteck zusammenschob, »möchtest du ein Stück Käse oder noch ein Dessert? Mir hat eine Freundin Käse und frischen Joghurt aus Schafsmilch und eine sehr feine Konfitüre aus wilden Pflaumen aus den Bergen mitgebracht.«

»Den Joghurt will ich gern probieren, nur mit Zucker bitte. Aber ich will jetzt auch hören, was du weißt.«

Annie nahm das große Glas aus dem Kühlschrank und stellte zwei kleine blaue Schälchen, Zucker und Konfitüre auf den Tisch. »Bedien dich«, sagte sie. »Ich mache noch schnell frischen Kaffee.« Sie hantierte mit der Maschine, und kurz darauf brodelte das heiße Wasser in den Filter, und köstlicher Kaffeegeruch zog durch die Küche.

»Warum isst du nicht?«, fragte sie.

»Die Löffel fehlen noch«, sagte Duval unschuldig.

»LÉON!« Annie riss die Löffel aus der Schublade und knallte sie auf den Tisch. »Das ist un-mög-lich!«, schimpfte sie. »Du lässt dich hier bedienen wie ein Pascha, es ist DEINE Wohnung, wenn ich dich erinnern darf! Wie hast du es denn vorher gemacht? Gewartet, dass die Löffel von alleine auf den Tisch springen?« Sie sah ihn wütend an.

Er schaute schuldbewusst. »Entschuldige.«

»Entschuldige! Das ist alles, was du sagst? Weißt du, was ich alles gemacht habe heute Morgen?«

»Nein, aber genau das will ich jetzt wissen, setz dich bitte!« Er zog sie an den Tisch.

Sie setzte sich, schnaufte und löffelte etwas Joghurt in das Schälchen und gab einen Klacks der gelben Konfitüre dazu, verrührte es vorsichtig und steckte sich einen Löffel davon in den Mund. »Hmmm, so lecker! Findest du nicht?«

»Doch, sehr. Also«, forderte Duval sie auf. »Du hast was zu Jakob Silbersterns Familie gefunden!«

»Eigentlich habe ich nur indirekt etwas gefunden, denn wusstest du, dass es im Süden, in der sogenannten ›nicht besetzten Zone‹ zur gleichen Zeit wie in Paris auch Razzien gab? Im freien vom Vichy-Regime regierten Süden wurden bereits 1942 genauso Juden von der Polizei und der Gendarmerie ›abgeholt‹. Von der *französischen* Polizei wohlgemerkt! Die Deutschen kamen erst 1943 in den Süden!« Sie sah ihn streng an.

»Bist du sicher?«

»Na, hör mal«, empörte sie sich. »Ich kann doch recherchieren!«

»Hm.«

»Es betraf aber zunächst nur die ›ausländischen‹ Juden. Das hatte auch mal wieder der Ministerpräsident Laval ausgehandelt. Die französischen Juden waren noch nicht dran. Aber die armen ausländischen Juden! Die hatten sich auf der Suche nach Schutz und Hilfe nach Frankreich geflüchtet, in das Land der Freiheit! Sie kamen aus Deutschland, Österreich, Tschechien und Ungarn und was weiß ich von wo und glaubten, im Land der *Liberté* sicher zu sein. Freiheit, Gleichheit, Brüderlichkeit. Nix da.«

»Hm«, brummte Duval, weil er spürte, dass Annie eine Reaktion von ihm erwartete.

»Und ich vermute, dass die Familie von Jakob Silberstern bei der ersten Razzia hier im Süden abgeholt wurde. In Nizza war das am 26. August 1942, in Cannes und in Monaco am 27. August 1942. Die Kellers und Silbersterns waren Tschechen, also ausländische Juden. Man hat sie erst nach Nizza gebracht, in die Kaserne Auvare, die gibt es übrigens immer noch.«

»Ich weiß, wo die ist«, unterbrach Duval. »Die liegt rechts vom Peillon, in St. Roch.«

»Siehst du. Und schon am 31. August schickte man sie in Güterwagen, die an einen normalen Zug angehängt wurden, nach Drancy bei Paris.«

»Hm«, machte Duval.

»Und von dort ging es ein paar Wochen oder Monate später weiter nach Auschwitz.«

»Hm«, machte Duval erneut.

»Und von dort kam so gut wie keiner mehr zurück.«

Duval machte nun nicht einmal mehr »hm«.

»Ich vermute stark, dass Jakob Silbersterns Familie mit einem der ersten Transporte von Drancy nach Auschwitz deportiert wurde und dort umgekommen ist. Ich will das noch bei Serge Klarsfeld überprüfen, der hat sich die Mühe gemacht und die Namen und Lebensdaten sämtlicher Juden aufgelistet, die deportiert wurden, die Nummer ihres Transports zugeordnet, und den Ort, an den man sie gebracht hat. Für die meisten war es Auschwitz. Ihre Namen stehen sicherlich auch auf der Stele in Nizza.«

Duval atmete hörbar ein und aus.

»Drancy«, setzte Annie wieder an. »Das war ein Internierungslager bei Paris. Da kamen die Juden aus dem *Vél d'Hiv* hin und über Umwege und andere Lager irgendwann auch alle anderen. Es lag sehr praktisch zwischen zwei Bahnhöfen und wurde so zu einer der wichtigsten Plattformen der Deportation. Wie stellst du dir Drancy vor?«, fragte sie unvermittelt.

»Keine Ahnung. Wie alle Lager. Baracken vermutlich. Stacheldraht.«

»Ja, dachte ich auch. Und weißt du, wie es aussah?«

»Nun?«

»Eine Sozialwohnungsbausiedlung im Rohbau.«

»Echt?«

»Und weißt du, was da heute ist?«

»Keine Ahnung.«

»Sozialwohnungen.«

»Aha.«

»Stell dir vor, dort, in denselben Häusern, in denen man seinerzeit Menschen zusammengepfercht hatte, wohnen heute Menschen, als wäre nie was gewesen! Die Siedlung heißt *Le Quartier de la Muette* und liegt in Seine-St. Denis.«

»O. k.«, sagte Duval. »Was willst du machen. Sozialer Wohnraum ist knapp. Die Wände können ja nun nichts für das, was passiert ist. Du weißt auch nicht immer, was in den Wohnungen passiert ist, in denen du schon gelebt hast, oder? Man ist froh, eine schöne, eine große oder eine bezahlbare Wohnung zu bekommen. Schwierig genug.«

»Trotzdem«, sagte Annie unzufrieden.

»Annie, bleib sachlich bitte, du willst mir nicht sagen, dass in diesen Sozialwohnungen die unerlösten Seelen der Deportierten herumspuken, oder? Wir sind nicht in einer Fernsehserie! Gibt es keine Gedenktafel?«

»Doch, jetzt ja. 1976 hat man dort symbolisch einen Güterwagen aufgestellt, der wird immer mal wieder mit

Hakenkreuzen beschmiert, und seit 2012 gibt es dort einen Gedenkort. Aber die längste Zeit hat es keinen interessiert.«

»Hier«, sie zeigte ihm Schwarz-Weiß-Fotos im Internet, auf denen man Menschen dicht gedrängt an offenen Fenstern und Balkons stehen sah. »Die Wohnungen waren für 500 Personen ausgelegt, und man hat zeitweise bis zu 6000 Menschen dort hineingepfercht, in unfertige Wohnungen ohne fließendes Wasser und ohne Strom. Warte, ich lese es dir vor: Dass die Gemeinde Drancy zehn Kilometer nordwestlich von Paris zum französischen Drehkreuz der Judenvernichtung wurde, hatte nicht nur mit den nahe gelegenen Bahnhöfen zu tun. Ausgerechnet ein Gebäude des hypermodernen Sozialbaukomplexes *La Muette* wurde zum Durchgangslager für fast alle aus Frankreich deportierten Juden. Zu Beginn der 1930er-Jahre hatte man ein Ensemble mit den ersten Wohnhochhäusern Europas errichtet, das weltweit als architektonischer Meilenstein galt. Nur waren die Mieten durch die komfortable Innenausstattung zu hoch für Arbeiter, für die es dort auch weder Fabriken noch eine Nahverkehrsanbindung gab. So quartierte das Innenministerium schließlich eine Einheit der Gendarmerie samt Familien dort ein. Das ›Hufeisen‹, ein vierstöckiges Gebäude mit U-förmigem Grundriss, hatte man im Rohbau belassen. Nach der Besetzung Frankreichs nutzten die Deutschen das riesige Haus mit dem 200 Meter langen, leicht abzuriegelnden Innenhof als Internierungslager. Die Gendarmen bildeten das Wachpersonal.« Sie unterbrach sich und sah Duval an. »Gendarmen!«, wiederholte sie.

Duval nickte.

»Im August 1941«, nahm sie den Text wieder auf, »wurden dort erstmals jüdische Männer eingesperrt, bei der

Razzia im Juli 1942 brachte man kinderlose Erwachsene nach Drancy. Das Lager war stadtbekannt, man konnte in der Zeitung lesen, dass die Juden dort ›endlich unter Kontrolle‹ seien. Insgesamt 76 000 Juden wurden aus Frankreich, vor allem über Drancy, in die Vernichtungslager gebracht, davon kehrten nach dem Krieg nur zweieinhalbtausend zurück.«

Duval schwieg.

»Und ich bin ziemlich sicher, dass Jakob Silbersterns Familie bei der Razzia im August abgeholt wurde, dann hat man sie über die Kaserne Auvare in Nizza zunächst nach Drancy gebracht, sie waren ja in gewisser Weise kinderlos, und von dort kamen sie nach Auschwitz.« Sie sah Duval an. »Und du sagst gar nichts?«

»Ich habe zugehört, Annie. Ich finde es erstaunlich, was du alles schon herausgefunden hast, während wir in dem Fall weiter so herumstochern. Ich habe übrigens nachher noch einen Termin.« Er sah auf die Uhr. »Aber jetzt bin ich wahnsinnig müde. Du nicht?«

»Das ist deine ganze Reaktion? Dass du müde bist?«

Er verdrehte die Augen. »Annie!«

»Kaffee?«, schlug sie vor.

»Danach«, antwortete er.

»Ist das etwa eine Aufforderung zu einem kleinen kinderfreien Mittagsschläfchen?«

»Warum nicht?!«

»Ich bin viel zu aufgewühlt«, wehrte sie ab.

»Eltern allein zu Haus«, sagte Duval unschuldig. »Das muss man ausnutzen!«

Aber kaum hatte er sich hingelegt, übermannte ihn der Schlaf. Er atmete bereits tief und gleichmäßig, als Annie sich letztlich doch an ihn kuschelte. Von wegen Eltern allein zu Haus, dachte sie noch halb enttäuscht, und schlief, kaum hatte sie die Augen geschlossen, ebenfalls ein.

Um zehn nach vier saß Duval vor Richter Bergeracs Tür. Gleichzeitig mit ihm wartete ein Anwalt in seiner schwarzen Robe, der kurz von seinem Smartphone aufsah, grüßte und sich wieder darin versenkte. Duval besah das Kommen und Gehen im Gang. Um 16.15 Uhr öffnete sich die Tür. Pünktlich ist er, dachte Duval und erhob sich. Der Anwalt hatte sich ebenfalls erhoben. Ludovic Bergerac nickte Duval zu und bat den Anwalt in sein Büro.

Duval biss die Zähne zusammen. Es wurde 16.20 Uhr. 16.30 Uhr. 16.35 Uhr. Um 16.40 Uhr öffnete sich die Tür erneut. Der Anwalt verließ das Büro und nickte Duval kurz zu. Duval zählte jetzt jede einzelne Minute. Um 16.45 Uhr öffnete der Richter endlich die Tür. »Commissaire Duval?«

»Herzlichen Dank, dass du mich eine halbe Stunde hast warten lassen«, dachte Duval wütend, »aber wenn du glaubst, dass mich das aus dem Konzept bringt, dann hast du dich getäuscht.«

Hatte der Richter es gespürt? »Verzeihen Sie, aber ich habe getan, was ich konnte«, sagte er mit einem entschuldigenden Lächeln, »es geht nicht immer alles so, wie man es plant.« Er machte eine Geste zu seinem übervollen Schreibtisch.

»Keine Ursache«, Duval blieb höflich.

»Bitte nehmen Sie Platz. Was kann ich für Sie tun?«

»Ich bitte Sie um ein informelles Gespräch, im Zusammenhang mit dem Mord an Simon Wolff. Sie haben sicher davon gehört.«

»Der Jude auf dem Friedhof«, sagte Ludovic Bergerac in einem leicht herablassenden Ton und machte ein skeptisches Gesicht. »Ich bin nicht sicher, ob ich Ihnen da wirklich helfen kann«, antwortete er.

»Sie kannten ihn aber, nicht wahr?«

»Kennen. Großes Wort. Wir hatten hin und wieder Kontakt, vor allem übers Internet.«

»Wie haben Sie sich kennengelernt?«

»Ich weiß es nicht mehr. Über Freunde glaube ich. Bei einem Empfang. Sie wissen, wie es ist, irgendjemand stellt einem jemanden vor, und man plaudert einen Moment, tauscht höflich Visitenkarten aus, man verspricht, sich unbedingt wiederzusehen, und das war es. Am nächsten Tag haben Sie Freundschaftsanfragen von zehn Personen und selbstverständlich nimmt man sie an. Ich habe mehrere Hundert sogenannte Freunde und Follower, die ich auf diese Art ›kenne‹, das bedeutet gar nichts.«

»Sie hatten, korrigieren Sie mich, wenn ich mich täusche, immerhin gemeinsame Freunde.« Duval tat so, als suchte er einen Namen in seinem Notizbuch. »Emmanuelle Renaud zum Beispiel«, warf er dann in den Ring. Der Richter, geübt darin, sich hinter einer gleichgültigen Miene zu verschanzen, zuckte kaum merklich zusammen.

»Emmanuelle Renaud, sie war zuerst Simon Wolffs Freundin, bevor sie Ihre wurde, nicht wahr?«, setzte Duval nach.

»Mein Privatleben steht hier ja wohl nicht zur Diskussion, Commissaire.«

»*Monsieur le Juge,* ich ermittle in einem Mordfall. Ich bin für alle Informationen dankbar«, gab Duval sich Verständnis heischend.

»Ja.«

»Ja, was? Emmanuelle Renaud ist Ihre Freundin? Wie kam das, wenn ich fragen darf?«

»Wie kam das?« Ludovic Bergerac lachte kurz spöttisch auf. »Das ist jetzt nicht Ihr Ernst!«

War ein Versuch, dachte Duval und wechselte das Thema. »Ich habe gehört, dass Ihre Familie einen Bonnard besitzt, *Monsieur le Juge,* ist das richtig?«

Ein leichtes Zucken des Mundes, bevor er betont gleichgültig sagte: »Meine Eltern besitzen ein paar Gemälde. Landschaften, Blumen, darunter ein, zwei Pastour, Sie wissen schon, die immergleichen Segelschiffe, eine Ansicht von Cannes.« Er sagte es mit einem nachlässigen Spott, als machte er sich über den bürgerlichen Geschmack seiner Eltern lustig.

»Es gibt auch ein Porträt von ...«, begann Duval, und Ludovic Bergerac spannte sich unmerklich an, »Ihrem Großvater, wenn ich mich richtig erinnere?«

»Ah, ja, mein Großvater, sicher.« War da Erleichterung spürbar? »In der Bibliothek. Ich wusste nicht, dass Sie schon so weit vorgedrungen waren.«

»Nur ein kurzer Besuch«, wehrte Duval ab. »Ihre Mutter habe ich bedauerlicherweise nicht angetroffen.«

Ludovic Bergerac reagierte nicht.

»Wer hat es gemalt?«, fragte Duval.

»Was? Wer? Das Porträt des Großvaters?«

»Ja.«

»Keine Ahnung. Irgendein Maler der Zeit. Ich habe es nie zu erfahren versucht.«

»Nicht etwa Bonnard?«

»Bonnard?« Jetzt amüsierte sich der Richter. »Ich bitte Sie, Commissaire, es ist nicht derselbe Stil.«

»Nein?«

»Bonnard, das ist Post-Impressionismus, *plein-air*, Leichtigkeit, flirrendes Licht. Das Porträt meines Großvaters ist so altbacken klassisch wie Hofmalerei des 17. Jahrhunderts.«

»Sie kennen sich aus.«

»Ich kenne mich in den Grundzügen der bildenden Kunst aus«, sagte Ludovic Bergerac herablassend.

»Einen Bonnard besitzt Ihre Familie nicht?«

Ein winziges Zucken. Man hat nie alles unter Kontrolle. Menschen sind Menschen. Sie haben menschliche Regungen.

»Einen Bonnard?«, wiederholte der Richter gedehnt.

»Ja, der, wie sagten Sie, Post-Impressionist, wenn ich es richtig verstanden habe, es gibt, wenn ich richtig informiert bin, ein Museum in Le Cannet.«

»Das ist mir bekannt«, sagte Ludovic Bergerac leicht blasiert. »Meine Mutter ist im Freundeskreis des Museums.«

»Ach«, machte Duval, »wie schön.«

Ein verärgertes Blitzen in Ludovic Bergeracs Augen. Er blickte dann betont deutlich auf seine Armbanduhr. Ein sehr elegantes flaches Modell, soweit Duval erkannte. Aus irgendeiner Schweizerischen Manufaktur vermutlich, edles Understatement. Keine protzige Rolex am Arm des Richters. »Ich muss Sie dann auch bitten …«, setzte er an.

»Sie haben meine Frage noch nicht beantwortet.«

»Welche Frage?«

»Besitzt oder besaß«, ergänzte Duval intuitiv, »Ihre Familie einen Bonnard? Immerhin ist Ihre Mutter im Freundeskreis des Museums«, wiederholte Duval besonders freundlich Ludovic Bergeracs Worte. »Da wäre es naheliegend.«

Ludovic Bergerac atmete kurz ein. »Nein«, stieß er dann aus, vielleicht eine Spur zu entschieden. »Man kann auch im Freundeskreis eines Museums sein, ohne irgendetwas zu besitzen«, belehrte er Duval. »Und jetzt …«, er erhob sich. »Ich habe noch zwei Termine, und Sie wissen, ich bin schon in Verzug.«

»Natürlich, ich weiß. Entschuldigen Sie. Ich danke Ihnen, dass ich Ihre kostbare Zeit so lange in Anspruch nehmen durfte«, sülzte Duval. An der Tür drehte er sich noch einmal um. »Eine letzte Frage vielleicht noch.«

Der Richter schnaufte.

»Emmanuelle Renaud«, begann Duval in unschuldigem Ton, »sie ist wieder zu Simon Wolff zurückgekehrt, oder?«

»Es reicht jetzt!« Der Richter schlug mit der Faust auf den Tisch. »Simon war nur ein Blender mit seinem ganzen Monaco-Geschwafel. Nur weil man einmal auf der Terrasse des Jachtclubs ein Glas Champagner getrunken hat, gehört man noch lange nicht dazu. Dieser …« Er brach ab und starrte Duval zornig an.

»Au revoir, Monsieur le Juge«, verabschiedete sich Duval, schloss sanft die Tür und entfernte sich eilig.

»Ich kam mir vor wie Inspector Columbo«, grinste Duval. »Aber ich habe es geschafft, ihn aus der Reserve zu locken und das alles ganz diplomatisch. Diese Verachtung, mit der er sagte, dass man nicht ›dazugehöre‹, nur weil man mal Champagner im Jachtclub von Monaco getrunken habe. ›Dieser …‹, setzte er an, als wollte er seine ganze Verachtung ausdrücken. ›Dieser Hemdenverkäufer, dieser Marktschreier, dieser …‹«

»… dreckige Jude«, ergänzte Léa Leroc.

»Womöglich auch das.«

»Na, Wolff hat ihm die Freundin wieder ausgespannt und den Bonnard gestohlen«, vermutete LeBlanc. »Da kann man schon mal wütend werden.«

»Möglich«, stimmte Duval zu.

»Haben Sie ihn nach seinem Alibi gefragt?«

»Ich bitte Sie. Es war ein informelles Gespräch, mehr konnte ich nicht erreichen.«

»Ich habe sie«, sagte Annie abends, als Duval nach Hause kam.

»Was hast du?«

»Ich habe die Informationen über Jakob Silbersterns Familie. Ich weiß, dass sie am 2. September schon mit dem 27. Konvoi nach Auschwitz-Birkenau gebracht wurden. 560 der über 3000 Juden, die man während der ersten Razzien in Nizza, Cannes und im Rest vom Département Alpes Maritimes eingesammelt hat, waren unter den 1000 Juden, die mit diesem Konvoi nach Auschwitz transportiert wurden, die allermeisten hat man gleich bei der Ankunft vergast, darunter übrigens 144 Kinder. Es gab aus diesem Konvoi nur dreißig Überlebende. Jakobs Familie ist nicht darunter.«

»Dreißig von 1000«, wiederholte Duval. »Wo und wie hast du das alles so schnell gefunden?«

»Klick ein bisschen im Internet herum, und du findest alles. Vor allem, seit Serge Klarsfeld sich die Mühe gemacht hat, in seiner ›Bibel‹ zur Erinnerungsarbeit sämtliche Namen der von Frankreich deportierten Juden aufzulisten, einschließlich aller Informationen, die er finden konnte, den Ort, wo sie gefangen genommen wurden, Geburtstag,

Beruf. Dazu wohin man sie transportiert hat und welches Schicksal sie wahrscheinlich ereilt hat. Man kann das alles finden, wenn man es sucht. Die Nazis haben ja über alles so fein säuberlich Buch geführt. Und in Israel gibt es Yad Vashem, die große Gedenkstätte zur Shoah mit einem riesigen Archiv, das ist heute auch alles digitalisiert, und man kann dort ganz unkompliziert Auskünfte abfragen.«

»Und da hast du das gefunden?«

»Ja. Ich habe aber auch noch ringsherum und quer in alle Richtungen gesucht und gelesen, es gibt so viel, wenn man mal anfängt, sich dafür zu interessieren, weiß man nicht mehr, wo man aufhören soll. Schwieriger ist es, den Parcours der versteckten Kinder in Erfahrung zu bringen. Vom ehemaligen Netzwerk *Réseau Marcel* gibt es nur eine sehr unvollständige Liste mit den echten sowie den falschen Namen der Kinder, und es gibt eine ebenso unvollständige Liste der Orte, wo man Kinder versteckt hat, in Cannes gab es laut dieser Liste zwei Kinderheime, *Le Rayon Soleil* und das *Maison Enfant Bella Vista*. Auf einer anderen Liste einer anderen Organisation habe ich aber noch viel mehr Orte gefunden, zum Beispiel das *Institut Sainte Marie de Chavagnes* in Cannes, heute eine katholische Privatschule, früher war das ein Kloster mit einer angeschlossenen Klosterschule. Dort hat damals die Oberin jüdische Frauen und Mädchen versteckt. Und in Nizza wurden in der katholischen Knabenschule Don Bosco etwa 50 Jungen gerettet.«

»Hm«, machte Duval.

»Ich habe mir ganz viele Zeugnisse angehört, es ist erschütternd, was die Menschen als Kinder zum Teil erlebt haben. Von einem Versteck zum anderen wurden sie geschleppt, weil irgendjemand die Familie, die sie aufgenommen hat, denunziert hat. Die meisten derer, die als kleine Kinder versteckt wurden, erinnern sich an kaum etwas. Sie haben Bruchstücke von Erinnerungen im Kopf, wie Traumfetzen. Nur manchmal gibt es einen *déclic,* einen Auslöser. Wenn sie zufällig einen Ort wiederfinden oder ein Foto oder einen Brief, der ihnen etwas aus dieser Zeit erhellt. In etwa so, wie du es von Jakob Silberstern erzählt hast. Moussa Abadi und Odette Rosenstock haben Ende der Neunzigerjahre versucht, alle ›Kinder‹ anzuschreiben, um zu sehen, was aus ihnen geworden ist. Für viele der ›Kinder‹ war das das erste Mal, dass sie an diese Vergangenheit rührten und man ihnen erzählte, wo und bei welchen Familien sie versteckt worden waren. Manche fielen aus allen Wolken, sie konnten sich an nichts mehr erinnern. Was mich gefreut hat, war, dass es doch auch eine lange Liste von Menschen gibt, die Kinder aufgenommen haben. Auch in Cannes, in Nizza und in den Dörfern rundherum.«

»Aber anscheinend haben sie Jakob Silberstern nicht gefunden, sonst würde er sich doch daran erinnern.«

»Möglich, die Unterlagen sind wie gesagt nicht mehr vollständig, und Ende der Neunzigerjahre musste man die Menschen noch ohne Internet auf herkömmliche Art mit Telefonbüchern, Adressbüchern, den Listen vom Roten Kreuz und mittels uralter nicht mehr gültiger Unterlagen suchen. Das war deutlich mühsamer.«

»Vielleicht meldest du dich bei Cora Wolff, und wir fahren zusammen hin, und du erzählst ihr, was du rausgefunden hast, was meinst du? Hast du diese Genealogie-Seite auch angesehen?«

»Das habe ich dir noch gar nicht gesagt, diese Seite ist überhaupt das Allerwichtigste, eine Fundgrube, ich habe dort sogar ein Foto von Camilla Silberstern gefunden! Von Jakob Silbersterns Mutter!«

»Ernsthaft?«

»Ja, das ist wirklich unglaublich, ein Amerikaner, Randy Schoenberg, ein Nachkomme von einem Zweig der Familie, die sich aus Prag in die USA retten konnte, hat einen gigantischen Familienstammbaum angelegt. Ich habe dort nicht nur Jakob Silbersterns Familie eingetragen gesehen, sondern sogar Fotos von ihnen gefunden! Und ein paar offizielle Briefe und Dokumente. Geburtsurkunden, Heiratsurkunden. Die sind in Deutsch abgefasst, wenn ich es richtig verstehe. ›Trauungsbuch für die israelitische Kultusgemeinde in Brünn‹«, las sie vor. »Das ist doch Deutsch?«

»Sieht so aus. Vielleicht war Deutsch die Bildungssprache zu dieser Zeit? Oder ...«, Duval überlegte, »gehörten nicht all diese Länder im Osten früher zu Österreich-Ungarn?«

»Ah, oui«, sagte Annie. »Du hast recht. Dann wurden sie von Wien aus regiert, und die Verwaltungssprache war Deutsch oder Österreichisch. Hugo Keller arbeitete auch für eine Österreichische Bank, jetzt verstehe ich das besser mit diesen deutschen Dokumenten. Vielleicht fühlten sie sich auch als Angehörige dieser österreichisch-ungarischen Welt, und nach dem Ersten Weltkrieg, als die Tschechoslowakei gegründet wurde, bekamen sie die tschechische Staatsangehörigkeit einfach aufgedrückt.« Annie sprach schneller. »Das würde auch die deutschen Namen auf dem Grabstein erklären! Sie waren politisch jetzt zwar Tschechen, aber sie verstanden sich als Deutsche. Oder Österreicher!«

»Gut möglich, aber so wichtig ist das vielleicht nicht, wichtiger sind die Informationen.«

»Da habe ich was für dich!« Annie sah Duval mit blitzenden Augen an. »Dr. Hugo Keller hat sich 1912, er war da schon 37 Jahre alt, mit der zehn Jahre jüngeren Marie Mizzi, geborene Löw-Beer verheiratet. Und Camilla wurde erst 1917 geboren. Für Simon mussten diese Informationen eine Offenbarung gewesen sein! Dr. Hugo Keller war Bankdirektor der Anglo-Österreichischen Bank in Brünn, er galt als virtuoser Violinist und hat angeblich als einziger Amateur-Violinist im Prager Orchester mitgespielt. Das steht hier zumindest.« Sie sah Duval erwartungsvoll an.

»Nun ja, diese Art von Informationen hat zumindest für die Familie einen sentimentalen Wert«, winkte Duval ab.

»Ja, aber schau mal, dieser Brief, den Dr. Hugo Keller geschrieben hatte«, sie klickte ein Dokument an, »er hat die tschechischen Verwandten, die es in die USA geschafft hatten, darum gebeten, sich für seine Familie um ein Visum und Schiffspassagen zu bemühen. Siehst du den Briefkopf?« Sie vergrößerte den Teil des alten Briefes.

»Château Vallombrosa, Cannes«, las Duval. »Wow! Daher hatte Simon also sein Wissen! Und dann hat er es irgendwie arrangiert, dass er bei einem Empfang im Château Vallombrosa dabei sein konnte. Ob sich der Kontakt mit den Bergeracs dann zufällig ergeben oder ob er ihn gezielt gesucht hat, wer weiß. Das könnten nur die Bergeracs erhellen. Und die sind nicht gerade erpicht darauf.«

»Die Familie hat von Frankreich aus versucht, Amerika zu erreichen. Aber es ist ihnen nicht mehr gelungen.«

»Aber das MUSST du Cora Wolff mitteilen. Und wenn du Jakob Silberstern ein Foto seiner Mutter zeigen kannst – meine Güte, ich hoffe, es wird ihn nicht umhauen.«

6

Nie vorher war ihm beim morgendlichen Lauf auf den Wegen im Naturpark *La Croix des Gardes* aufgefallen, wie nah der Friedhof lag, auf der gleichen Höhe und nur durch die Schnellstraße getrennt. Man müsste nur den Hügel hinab, die Schnellstraße überqueren und drüben den Hang wieder hinauflaufen. Der offizielle Weg war unendlich viel länger. Er lief langsamer und zögerte. Schließlich drehte er seine klassische Runde, nahm sich aber vor, wenn er aus Nizza zurück war, noch einmal über den Friedhof zu gehen. Er hatte auch noch immer keine Blumenschale auf das Grab der Großeltern gestellt. Es wurde Zeit, zumindest, wenn er die Tradition weiterführen wollte.

Annie hatte am Vorabend noch Cora Wolff kontaktiert und ihr in einer langen Mail von ihren Recherchen berichtet und vorbereitend ihre Informationen zugeschickt. Spät abends hatten beide Frauen noch lange miteinander telefoniert.

»Ich kann nicht glauben, dass Sie das für uns machen«, sagte Cora Wolff. »Sie sind nicht mal Jüdin!«

»Für das *Réseau Marcel* und die Geschichte der versteckten jüdischen Kinder interessiere ich mich schon lange, um ehrlich zu sein. Jetzt habe ich eben mit Ihrem Vater angefangen zu recherchieren. Wenn Sie einverstanden sind, treffen wir uns morgen früh gemeinsam bei Ihrem

Vater, so gegen 10 Uhr, passt das? Sie können mitentscheiden, was und wie viel wir ihm zumuten können.«

»Einverstanden. 10 Uhr ist eine gute Zeit. Bis morgen. Und noch einmal herzlichen Dank.«

»Gerne. Bis morgen.«

»Was machen wir mit Julie«, erkundigte sich Duval. »Nehmen wir sie mit?«

»Nein. Jeanne ist bereit, zu kommen und sich um sie zu kümmern. Es klappt ganz prima mit ihr, ich bin so erleichtert!«

»Konntest du dich also doch an die Idee einer *nounou* gewöhnen.«

»Jeanne ist für mich keine *nounou*«, wehrte Annie ab, »eher eine dritte Großmutter. Dass ich sie schon kannte und mochte, hat die Sache sicherlich erleichtert.«

»Bonjour, Madame Wolff, Bonjour, Monsieur Silberstern«, begrüßte Duval den älteren Herrn, der sich in einem der leuchtend blauen Hemden aus der Kreation seines Enkels zeigte. »Wir haben uns schon ein paarmal gesehen, Sie erinnern sich? Ich habe Ihnen heute meine Lebensgefährtin mitgebracht, Annie, sie ist Journalistin und hat einiges herausgefunden über Ihre Familie.«

»Meine Tochter hat mich schon vorbereitet«, lächelte der alte Herr. »Ich musste mich rasieren und ein besonderes Hemd anziehen.«

»Steht Ihnen ausgezeichnet«, sagte Annie und begrüßte erst Herrn Silberstern und dann Cora Wolff. Cora Wolff hielt Annies Hand lange fest. »Vielen Dank!«, sagte sie gerührt. »Ich danke Ihnen so sehr! Ich habe kein Auge zugemacht heute Nacht und viel geweint, aber Sie können sich nicht vorstellen, was es für eine Erleichterung ist, endlich etwas zu wissen!«

Annie stellte ihr Laptop auf den Tisch und sie setzten sich in einem Halbkreis davor.

»Schauen Sie mal, Monsieur Silberstern«, begann Annie, »ich habe hier die beiden Personen, die das Netzwerk *Réseau Marcel* gegründet haben, Odette Rosenstock und Moussa Abadi.« Sie zeigte ihm im Laptop zwei Schwarz-Weiß-Fotos. »Sie haben während des Krieges über 500 Kinder versteckt und gerettet, kleine und größere Kinder, so wie Sie damals eines waren.«

»Aber das ist er«, unterbrach Jakob Silberstern sie sofort. »Das ist dieser Mann, der mir gesagt hat, du heißt jetzt Jacques Roux! Ich erkenne seine großen Augen wieder.«

»Huh«, machte Cora Wolff und schniefte kurz in ein Taschentuch.

»Na, dann sind wir ja auf dem richtigen Weg«, Annie lächelte ihn an. »Das ist Moussa Abadi. Er stammte ursprünglich aus Damaskus. Er war zu der Zeit Lehrer und hat später noch Literatur studiert und in mehreren Theatergruppen mitgewirkt. Er ist einer der Gründer des *Réseau Marcel,* manchmal nannte man ihn deswegen auch *Monsieur Marcel.* Sein Leben können Sie im Internet nachlesen.« Sie blickte zu Cora Wolff, die nickte. »Schauen Sie mal hier, ich habe dieses Foto gefunden.« Sie zeigte ihm ein Foto eines großen weißen Gartenhauses. Eine Holzkonstruktion mit verglasten Wänden, hinter denen weiße Vorhänge wehten.

»Aber das kenne ich!« Jakob Silberstern war aufgeregt. »Dort haben sie mir gesagt, dass es gefährlich ist, Jude zu sein und Jakob Silberstern zu heißen. Und dass ich Jacques Roux heiße. Dort war es!«

»Das ist im Park des katholischen Frauenklosters *Les Clarisses* in Nizza. Das ist ein bisschen unterhalb von hier, gar nicht so weit weg«, erzählte Annie und zeigte weitere Fotos. »Ich weiß allerdings nicht, ob das Gartenhaus dort noch steht.«

Jakob Silberstern sah die anderen Fotos unbeteiligt an.

»Ich vermute, dass Sie vorher, eine Zeit lang zumindest, in einem der Kinderheime in Cannes gelebt haben, es gibt keine richtig guten Fotos aus der Zeit. So sieht das eine Kinderheim *Le Rayon Soleil* heute aus. Man sieht noch die alte Villa.« Sie zeigte ihm einen Schwarz-Weiß-Ausdruck.

Er betrachtete ihn interessiert und legte ihn zur Seite.

»Sie kennen es nicht?«

»Nein.«

»Oder das hier, das ist das zweite Kinderheim in Cannes.« Sie zeigte ihm ein anderes Foto. »Es hieß *Maison Enfant Bella Vista*.«

Er betrachtete es und legte es kommentarlos ab.

»Sie kennen es auch nicht?«

»Nein. Gibt es da eine Kirche?«

»Sie erinnern sich an eine Kirche?«

»Ja.«

»Das war vielleicht später«, sagte Annie. »Vielleicht waren Sie da schon in Nizza. Möglicherweise hat man Sie dort in einer katholischen Jungenschule versteckt. Don Bosco. Sagt Ihnen das etwas?« Sie sah Jakob Silberstern aufmerksam an. Er starrte Annie an.

»Wenn es Ihnen zu viel ist, dann hören wir auf, jederzeit«, sagte Annie vorsichtig.

»Nein, nein. Ich habe viel zu lange gewartet. Aber, wenn es dir zu viel ist«, wandte er sich an seine Tochter.

»Nein, Papa. Ich will es wissen. Aber wir haben jetzt

so viele Jahre gewartet, wir können es auch ein andermal machen oder nicht alles auf einmal, wenn es dir zu viel ist.«

»Aber mir ist es nicht zu viel«, wehrte er ab. »Was habt ihr nur alle!«

»Schauen Sie mal, ich habe dieses Foto von der Kirche der katholischen Schule in Nizza gefunden. Sie ist außergewöhnlich mit diesen Betonelementen und dem Giebel.«

Jakob Silberstern starrte das Bild der Kirche an. »Ich kenne die Kirche«, sagte er mir rauer Stimme. »Ich war da. In dieser Kirche.« Er tippte auf das Bild und zeigte es seiner Tochter. »Schau, Cora!«

»Das ist das Institut Don Bosco«, begann Annie, aber Jakob Silberstern unterbrach sie.

»Wir sind alle dort hinein und haben uns versteckt, und später sind wir viel gelaufen, Treppen und wieder Treppen und lange Wege zwischen Häusern und Mauern. Immer weiter nach oben. ›Schnell, schnell, ihr Kinder, schnell, schnell‹, sagte Père Michel immer wieder. Wir mussten ganz leise sein.« Seine Stimme wurde nun auch leise, und er flüsterte nur noch. »Manchmal hat er an eine Tür geklopft, und wenn sie aufging, hat er einen Jungen hineingeschoben. Dann ging die Tür wieder zu, und wir anderen liefen weiter.«

Cora Wolff weinte leise und zerknüllte ein Taschentuch in ihren Händen.

Annie zeigte ein weiteres Schwarz-Weiß-Foto eines hageren Mannes. Es war eine schlechte Aufnahme, und sie war stark gepixelt. »Ist er das? Père Michel?«

»Aber ja.« Jetzt hatte auch Jakob Silberstern Tränen in den Augen. »Das ist er.«

»Es gab noch den Père Vincent, da habe ich aber kein

Foto aus der Zeit gefunden«, sagte Annie. »Ich zeige es Ihnen trotzdem.«

Jakob Silberstern sah das Foto des älteren Paters an und legte es zur Seite. »Ich kenne ihn nicht.«

»Sie waren vermutlich zunächst, ab August 1942, so wie es aussieht, in einem Kinderheim, vielleicht in Cannes, vielleicht auch in Grasse. Dann wurden Sie, vielleicht weil es dort nicht mehr sicher war, nach Nizza gebracht. Dort erhielten sie einen neuen Namen und kamen in diese katholische Jungenschule Don Bosco. Man hatte noch etwa fünfzig andere jüdische Jungen dort untergebracht. Und eines Tages gab es eine Razzia. Die Deutschen durchsuchten die Schule und das Kloster und zwangen wahllos die Jungen, ihren Penis zu zeigen, um zu sehen, ob sie beschnitten waren oder nicht. Die Jungen waren sehr tapfer in dieser Situation, keiner hat irgendetwas verraten. Gleichzeitig ist Père Michel mit den jüdischen Jungen in die Krypta dieser Kirche geflohen«, sie zeigte Jakob Silberstern ein Foto der Krypta.

Seine Hände zitterten. »Ja«, sagte er, »das war da. Ich erinnere mich an etwas. Diese Fenster ...«

»Sie sind alle über ein Fenster hinausgeklettert«, setzte Annie fort.

»Richtig! Aber, dass Sie das wissen«, wunderte sich Jakob Silberstern.

»Und dass Sie ganz viele Treppen hinaufsteigen mussten, das stimmt auch, denn Don Bosco liegt da unten.« Sie zeigte mit der Hand zum Fenster und ungefähr die Richtung an. »Es ist gar nicht weit von hier, aber eben unten neben dem Fluss Peillon, und Sie sind vermutlich über kleine Wege und Treppen bis hier hinauf nach Cimiez gelaufen.«

»Sie haben sich an den Namen von Père Michel erinnert«, ergänzte Duval.

»Ja«, Jakob Silberstern sah einen nach dem anderen an. »Das ist mir einfach so eingefallen. Fast achtzig Jahre später. Ich erinnere mich wieder, wie wir diese Treppen hinaufgestiegen sind. Ich hatte meinen Schulranzen unter dem Cape und schwitzte, und im Ranzen polterten Dinge herum, und ich hatte Angst, dass man das hörte.«

»Wissen Sie noch, wo man Sie danach versteckt hat?«

»Nein.«

»Ist es nicht erstaunlich, dass Sie wieder hier sind, ganz in der Nähe dieser Schule?«, fragte Annie. »Als hätte Sie dieser Ort angezogen.«

»Es war Simon, der das Altersheim gesucht hat«, sagte Jakob Silberstern.

»Ja, aber du wolltest in den Süden«, sagte Cora Wolff.

»Das stimmt.«

»Hat Simon Ihnen von diesem *Réseau Marcel* erzählt? Er ist mit Ihnen herumgefahren, um Ihnen Orte zu zeigen, oder? Haben Sie mit Simon Orte gesucht, wo Sie versteckt waren?«

»Nein. Simon hatte einen Stammbaum angelegt. Er wollte immer Lebensdaten und Namen meiner Eltern und Großeltern und der ganzen Familie in Prag. Aber daran konnte ich mich nicht mehr erinnern. Und einmal sind wir zu diesem Château gefahren.«

»Richtig«, bestätigte Annie. »Das Château. Dort haben Sie von 1939 bis 1942 gelebt mit Ihrer Mutter, den Großeltern, einer Tante und einem Onkel. Ihre Mutter Camilla, die Großeltern Hugo und Marie Keller und Leontine und Franz Pick.«

»Das wissen Sie alles?«, wunderte sich Jakob Silberstern.

»Ja. Ich habe Simons Stammbaum angesehen. Er hatte Kontakt zu einem entfernten Cousin in Amerika geknüpft. Ein sehr entfernter Cousin, aber er ist ein wandelndes Familienlexikon. Er hat über seine Familie, zu der Sie auch im weitesten Sinn gehören, einen gigantischen Stammbaum angelegt. Sie alle haben Ihre Wurzeln im heutigen Tschechien.«

»Prag«, sagte Jakob Silberstern.

»Ja, Prag, aber auch Pardubitz, Brünn, Olmütz und Pilsen.«

»Aha«, machte er. »Ich komme aus Prag«, sagte er entschieden.

»Ja«, Annie lächelte. »Das ist richtig. Das Besondere an der Genealogie-Plattform, auf der Simon arbeitete, ist, dass die Daten offen sind für alle, die eingeschrieben sind. Also man arbeitet nicht allein an seinem Stammbaum, sondern alle sind miteinander vernetzt, zumindest, sofern die Daten sie betreffen. Ich habe es ausprobiert, ich habe mich als Gast eingeschrieben und habe den Namen Ihrer Mutter eingegeben, den ich so besonders schön finde. Camilla Silberstern.«

Cora Wolff schniefte wieder in ein Taschentuch.

»Und ich habe über diesen einen Namen Ihre ganze Familie gefunden. Und der amerikanische Cousin, weiß der Himmel, wie er an all diese Dinge gekommen ist, all diese Fotos, Daten und Dokumente, hat das alles zusammengetragen. Ich zeige es Ihnen.« Sie klickte ein wenig im Internet herum.

»Camilla Silbersternova«, las sie vor, »das ist die tschechische Art, den weiblichen Namen zu schreiben«, erklärte sie, »aber das wissen Sie sicher?« Sie sah Jakob Silberstern an.

Er nickte unbestimmt.

»In manchen Dokumenten heißt sie auch Kamila mit K und einem L. Geboren am 23. August 1917 in Prag, da steht noch Hlavní Mìsto«, sie quälte sich mit der Aussprache, »aber es bedeutet nur, dass Prag die Hauptstadt war. Tochter von Dr. Hugo Keller, Bankdirektor, und Marie Mizzi Keller. Und sie war die Ehefrau von Aaron Silberstern.«

»Das steht da alles?« Jakob Silberstern war sprachlos.

»Da steht noch so viel mehr.« Annie sah ihn freundlich an. »Das können Sie alles in Ruhe mit Ihrer Tochter ansehen, ja? Man kann jeden Namen anklicken und erfährt etwas über die Person. Manchmal mehr, manchmal weniger. Aber es führt einen weit weg in andere Zeiten.« Sie sah ihn prüfend an. »Ich habe aber noch etwas Besonderes für Sie.«

»Ja?« Jakob Silberstern sah Annie neugierig an.

»Ich habe ein Foto Ihrer Mutter.«

Jakob Silberstern wurde blass, und sein rechter Arm begann leicht zu zittern. »Ein Foto meiner Mutter?«, wiederholte er fragend.

»Papa!« Cora Wolff schluchzte auf.

»Möchten Sie es sehen?«

Jakob Silberstern nickte langsam.

»Ich habe es aus dem Internet ausgedruckt, damit Sie es in die Hand nehmen können. Es ist klein und hat keine besonders gute Qualität«, entschuldigte sie sich. Sie gab ihm das Foto, nicht viel größer als ein Passfoto, in die Hand.

Jakob Silberstern hielt das Foto mit beiden Händen, zitterte nun am ganzen Körper, er warf einen Blick darauf und begann sofort bitterlich zu weinen. »*Maman*«, flüsterte er. »*Maman*.« Eine Träne fiel auf das kleine Foto der jungen elegant aussehenden Frau mit einer kunstvollen Hochsteckfrisur und einem Pelz-Cape über den Schultern. Der Tintenausdruck verwischte, als er die Träne wegstreichen wollte. »Oh!«, jammerte er auf. »Ich habe es zerstört!«

»Es ist nicht schlimm«, Annie legte die Hand beruhigend auf seinen Arm. »Es ist nur eine Kopie, nur ein Papier, man kann es noch mal ausdrucken. Es ist nicht verloren. Alles ist gut«, beteuerte sie. Sie suchte das Foto im Internet. »Hier ist es noch einmal, schauen Sie!«

Cora Wolff schluchzte ununterbrochen. Sie umarmte ihren Vater und küsste ihn ab. »Es ist das erste Mal, dass ich meine Großmutter sehe«, sagte sie sehr bewegt. »Das erste Mal.«

Duval und Annie sahen sich an. Vielleicht war es der Moment, Vater und Tochter allein zu lassen.

»Hast du das gewusst?«, fragte Jakob Silberstern seine Tochter.

»Ich habe nichts gewusst, Papa. Woher sollte ich denn etwas wissen? Ihr habt nie irgendetwas erzählt, du und *Maman*. Und ich habe mich nicht getraut zu fragen. Ich weiß es seit gestern, da hat mir Madame ...«

»Annie, sagen Sie Annie zu mir«, bat Annie.

»Da hat mir Annie das alles geschickt, und wir haben telefoniert. Aber ich habe diesen Stammbaum noch nicht aufgemacht gestern. Das Foto sehe ich wie du zum ersten Mal.«

»Sie haben mir geschrieben damals«, sagte Jakob Silberstern halblaut.

»Was? Wer hat dir geschrieben, Papa?«

»Diese Leute von dem *Réseau Marcel*. Da kam ein Brief. Sie wollten wissen, was aus mir geworden ist. Aber ich hatte keine Lust, ihnen zu antworten.«

»Aber warum denn nicht, Papa? Wann war das denn?«

»Ich weiß nicht mehr genau wann, aber Esther, deine Mutter, war krank. Ich war schon verzweifelt genug, ich wollte bestimmt nicht in diese Zeit zurück und mich an meine Verzweiflung von damals erinnern. Außerdem gefiel mir der Ton in diesem Brief nicht. ›Was ist aus Ihnen geworden?‹ Ich hatte das Gefühl, wieder diesem strengen Mann gegenüberzustehen, der wissen will, ob er gut daran getan hat, mich zu retten.«

»Das haben Sie sicher richtig entschieden«, stimmte Annie zu. »Es war 1997. Da haben die ersten Zusammenkünfte mit den ehemaligen versteckten Kindern begonnen. In den Erinnerungen einer Dame, die sich damals aufgemacht hatte, etwas über ihre Vergangenheit zu erfahren, habe ich so etwas Ähnliches gelesen«, berichtete Annie. »Sie war noch ein Kleinkind, als man sie versteckt hatte, sie hatte keinerlei Erinnerung an diese Zeit und hoffte natürlich, etwas zu erfahren. Man stellte sie der Familie vor, bei der sie als Dreijährige ein Jahr verbracht hatte, und sie konnte sich absolut an nichts und niemanden erinnern. Die Familie war enttäuscht, hätte sich gewünscht, dass ihnen die Dame weinend in die Arme fällt und sich bedankt, und die Veranstalter waren enttäuscht, weil die Zusammenführung so wenig emotional war. Die Dame blieb distanziert und hatte das Gefühl, sie habe damit ›nicht genügt‹. Als sie es dann wagt, dieses mulmige Gefühl und ihr Unwohlsein in der Situation zu äußern, wird sie streng gerügt, man erwarte keine Kritik von ihr, sondern Dankbarkeit, weil man sie damals immerhin gerettet habe. Ich glaube, es war trotz der Mühe, die sich alle gegeben haben, keine nur gelungene Aktion. Es gab da auch viel Leid und Enttäuschung.«

Jakob Silberstern nickte. Er hatte noch immer das von

den Tränen verwischte Bild seiner Mutter in der Hand. Er küsste es jetzt. »*Maminka*«, flüsterte er leise. »*Maminka*.«

Schließlich sah er Annie an. »Was ist aus ihr geworden?« Er hielt ihr das Foto hin. »Wissen Sie das auch?«

»Ja«, sagte Annie. »Ich weiß es. Es ist sehr traurig. Vielleicht müssen Sie es heute nicht mehr erfahren?« Sie sah Cora Wolff fragend an.

Die tätschelte die Hand ihres Vaters. »Vielleicht ist es genug für heute, Papa?!«

»Ach was«, sagte er verärgert, »selbstverständlich will ich es wissen, hört doch auf, mich ständig schonen zu wollen, als wäre ich ein alter Mann.«

»Also gut«, sagte Annie. Sie blätterte in ihren Unterlagen und legte ihm ein Blatt hin. »Ihre Mutter, Ihre Großeltern, Ihre Tante und Ihr Onkel sind am 27. August 1942 in Cannes von der Polizei abgeholt worden. Man hat sie mit vielen anderen Juden in die Kaserne Auvare nach Nizza gebracht. Das ist auch nicht weit von hier«, sie seufzte. »Die Kaserne gibt es noch. Sie ist heute Sitz der *Police Nationale* und der Gendarmerie. Sie haben immerhin eine Erinnerungstafel angebracht.« Sie holte Luft. »Bereits am 31. August wurden sie alle von dort nach Drancy, in das Lager bei Paris, weitertransportiert. Und von dort hat man sie schon am 2. September nach Auschwitz deportiert. Hier stehen ihre Namen und der Konvoi, mit dem sie unterwegs waren.« Sie deutete auf das Blatt Papier. »Es ist der Konvoi Nummer 27, 1000 Menschen waren in den Waggons, darunter 144 Kinder.«

Annie schluckte. Sie hatte sich um einen sachlichen Ton bemüht, aber ihre Stimme begann zu zittern, als sie »144 Kinder« sagte.

Cora Wolffs Augen waren rot verweint. Sie schniefte in

das hundertste Papiertaschentuch, schien es. »Auch die Kinder, stell dir das vor«, sagte sie mit erstickter Stimme.

»Bei der Ankunft wurden 877 Menschen, darunter alle 144 Kinder«, jetzt sackte ihr kurz die Stimme weg, »sofort vergast. Entschuldigung«, Annie zog ein Taschentuch aus ihrer Hosentasche und schniefte hinein. »Ihre Familie, Monsieur Silberstern, war auch darunter.«

»Entschuldigung.« Sie schluchzte auf. Duval drückte ihr den Arm.

»Verstehe ich richtig, dass man sie Ende August abgeholt hat und Anfang September waren sie schon in Auschwitz?«, fragte Cora Wolff nach.

»Ja. In nicht mal zwei Wochen. Sehr effizient das alles«, sagte Annie bitter. »Sie haben immerhin nicht allzu viel Zeit in diesem grauenhaften Lager gelitten, es ging ganz schnell. Sie haben es vermutlich bis zum Schluss nicht verstanden, dass man sie einfach töten würde. Die meisten glaubten immer noch, dass es ein klassisches Arbeitslager sei, in das man sie gebracht hat.«

Jakob Silberstern starrte Annie an. »Und ich habe noch so lange gewartet«, sagte er leise. »Jahrelang habe ich gehofft und gewartet, dass sie wiederkommt. Und dabei war sie schon tot.«

»Es tut mir so leid«, Annies Augen waren wieder voller Tränen, und sie drückte seinen Arm.

»Oh, diese Deutschen! Diese schrecklichen Deutschen!«, sagte Cora Wolff hasserfüllt.

»Es ist schwer auszuhalten«, sagte Annie, »aber es waren zunächst die Franzosen. 1942 waren die Deutschen noch gar nicht im Süden.«

»Bitte?«

»Es war die französische Polizei, die diese Razzia im

Süden, parallel zur Razzia im *Vél d'Hiv* in Paris, organisiert hat. In Zusammenarbeit mit den Deutschen selbstverständlich, aber es waren französische Polizisten, die Ihre Familie abgeholt haben. Ab Drancy und in Auschwitz griff die Organisation der effizienten Deutschen, das stimmt schon.«

»Franzosen.« Cora Wolff schüttelte den Kopf. »Und die Kinder haben sie auch deportiert«, wiederholte Cora Wolff. »Es ist so unfassbar.«

»Ja, auch die Kinder, das verdanken wir auch dem Ehrgeiz eines Franzosen«, sagte Annie bitter.

»Bitte?«

»Pierre Laval. Er war Ministerpräsident damals, er hat den Deutschen vorgeschlagen, dass man die Kinder zwischen zwei und fünfzehn Jahre auch deportieren solle, damit hatte man das Problem der vielen Kinder, die plötzlich verwaist waren, mit einem Schlag gelöst. Da sage noch einer, die Franzosen seien nicht effizient. Pierre Laval war den Deutschen da durchaus ebenbürtig.«

»Aber mich haben sie nicht gekriegt«, sagte Jakob Silberstern zufrieden.

Annie lachte unter Tränen, umarmte ihn spontan und küsste ihn auf die Wangen. »Nein. Sie haben sie nicht gekriegt! Gott sei Dank!«

Sie begann das Material zu ordnen. »Ich lasse Ihnen alles da«, sagte sie zu Cora Wolff gewandt. »Was ich Ihnen noch sagen wollte«, sie blickte von Jakob Silberstern zu Cora Wolff, »letztes Jahr wurde vor dem jüdischen Friedhof in Nizza eine Erinnerungsstele eingeweiht. Dort sind alle Namen derer eingraviert, die bei den Razzien 1942 im Département gefangen genommen und über Drancy in die Vernichtungslager im Osten deportiert worden sind.«

»Was für eine Erinnerungsstele?«, fragte Jakob Silberstern.

»Eine große Steintafel, so ähnlich wie im jüdischen Museum in Paris. Die kennen Sie doch sicher?«

»Natürlich«, sagte Cora Wolff. »Ich habe mein Atelier in der Nähe. Ich komme fast täglich daran vorbei.«

Jakob Silberstern nickte ebenso. »Und der Name meiner Mutter ist dort mit aufgenommen?«, fragte er leise.

Annie legte ihm die Hand auf den Arm. »Ja«, sagte sie mit einem kleinen Lächeln, »aber das habe ich nicht dokumentiert. Das lasse ich Sie selbst entdecken.«

Jakob Silberstern sah seine Tochter an. »Ist das nicht unglaublich, Cora?« Cora Wolff drückte schweigend die Hand ihres Vaters.

»Es gibt noch einen zweiten Ort, wo Ihrer Familie gedacht wird«, setzte Duval an. »Hat Ihre Tochter es Ihnen schon erzählt?«

»Nein.« Jakob Silberstern sah Cora Wolff an, wirkte mit einem Mal aber angestrengt und müde. Sein Lächeln war verkrampft.

»Vielleicht ist es auch genug für heute«, schlug Annie erneut vor, und jetzt stimmte Jakob Silberstern zu.

»Ja«, sagte er. Es klang entschieden und erleichtert. »Genug für heute. Kommen Sie doch morgen wieder«, bat er.

Annie lachte. »Vielleicht nicht gleich morgen, aber wir können uns gern noch einmal sehen. Ihre Tochter hat alles, was ich herausgefunden habe, und ich lasse Ihnen das hier da.« Sie zeigte auf die ausgedruckten Fotos und Dokumente. »Sie können sich das in aller Ruhe ansehen. Jetzt lassen wir Sie erst mal allein.« Sie sah Duval an und auf ihr Smartphone. »Oh, es ist schon halb eins. Gibt es ein Restaurant oder bringt man Ihnen das Essen?«

»Wir gehen in den Speisesaal«, bestätigte Cora Wolff. »Es ist eine Art Restaurant.«

»Dann auf Wiedersehen und jetzt erst mal guten Appetit!«, wünschten Annie und Duval.

»Au revoir«, winkte Jakob Silberstern, er wirkte abwesend. »Wo ist mein Stock, Cora?«

»Hier, Papa.« Sie reichte ihm den Gehstock und eilte Annie und Duval hinterher, die schon in der Tür standen. »Ich danke Ihnen von ganzem Herzen«, sie hielt Annies Hand mit beiden Händen, dann umarmte sie sie und küsste sie fest auf die Wangen. »Von Herzen Dank«, sagte sie auch zu Duval. »Wenn Sie genauso engagiert arbeiten ...«

»Cora!«, rief Jakob Silberstern ungeduldig. »Hilf mir doch mal!«

»Wir bleiben in Kontakt«, sagte Cora Wolff. »Versprochen!«

»Ja«, nickte Annie. »Versprochen!«

»Cora!«

»Au revoir!«

»Cora, was machst du denn!«

»Ich komme, Papa!«

»Gehen wir auch was essen?«, fragte Duval, kaum, dass sie das Altersheim verlassen hatten.

»Ist das alles, was es in dir auslöst?«, fragte Annie fassungslos. »Ich bin noch ganz berührt von der Begegnung.«

»Das bin ich auch«, erwiderte Duval, »und ich bin sehr stolz auf dich. Hunger habe ich trotzdem.«

»Lass uns erst mal hören, wie es Jeanne mit Julie geht. Vielleicht fahren wir besser gleich zurück.« Sie wählte eine

Nummer. »Hallo, Jeanne? Ja, ich bin's, Annie. Wie geht es Ihnen? Und Julie?« Sie lauschte. »Jetzt schläft sie aber? In Ordnung. Nein, wir kommen jetzt nach Hause.« Sie warf Duval einen Blick zu. »In einer guten halben Stunde. Bis gleich, Jeanne, und danke!«

»Sie hat den ganzen Morgen geweint«, seufzte Annie.

»Aber jetzt schläft sie«, meinte Duval.

»Trotzdem, ich will nach Hause.«

»O. k., dann los.« Duval gab Gas und nahm die Zufahrt zur Stadtautobahn.

Duval gab den Kollegen eine Kurzfassung seines Vormittags: »In einem Brief, der in diesen Stammbaum mit eingepflegt wurde, wird ersichtlich, dass die Familie noch versucht hat, in die USA zu entkommen. Vergeblich, wie wir wissen. Der Briefkopf weist als Adresse das Château Vallombrosa auf. Darüber hat Simon Wolff wohl den entscheidenden Hinweis bekommen, wo seine Familie vor der Deportation gelebt hat. Das hat alles Annie rausgefunden«, sagte er, halb stolz, halb unzufrieden. »Ich will, dass das hier vorangeht«, sagte er ungeduldig. »Annie hat in kürzester Zeit die ganze Familiengeschichte dieser Leute recherchiert, und wir stochern hier im Nebel rum. Was ist eigentlich mit der Auswertung des Laptops? Warum warten wir darauf immer noch? Was ist mit dem BMW? Kam dabei was raus? Los, los! An die Arbeit!«

Er selbst las noch einmal den Bericht des Gerichtsmediziners und den der Spurensicherung durch. Das Keramikblumengesteck war vermutlich mit einem Baumwolllappen gereinigt worden, eine kleine Baumwollfaser war an einer gesprungenen Stelle einer der weißen Keramikblüten hängen geblieben. Wirklich sauber hatte man das Gesteck mit den vielen üppigen weißen Blüten und Blättern nicht bekommen, Fingerabdrücke waren zwar keine mehr vorhanden, hingegen jedoch viele winzige Blutspritzer im Innern der kunstvoll angelegten Blüten, die der Person, die die Spuren im wahrsten Sinn des Wortes verwischt hatte, wohl entgangen waren. Sämtliche Blutspuren auf dem Grab, dem dahinterstehenden Grabstein und auf dem Nachbargrab zur Linken konnten eindeutig Simon Wolff zugeordnet werden. Dennoch kam das Gesteck von Keramikblumen laut dem Gerichtsmediziner nicht als Tatwaffe in Betracht.

»Natürlich nicht«, dachte Duval, »es wiegt eine Tonne.«

Die Wunden und Hämatome am Kopf von Simon Wolff wiesen auf eine oder zwei stumpfe Tatwaffen hin, die mit der Form des Blumengestecks nicht korrespondierten. Ein eindeutiger Beweis, dass das Gesteck nicht die Tatwaffe war, waren winzige, ein bis vier Millimeter große Blutspritzer, deren ovale Form darauf hinwies, dass das Blut dorthin gespritzt war. Vergleichbare Blutspritzer fanden sich auch auf dem dahinterstehenden Grabstein. Das Gesteck lag also auf dem Grab, als der Mann erschlagen wurde. Erschlagen mit zwei unterschiedlichen stumpfen Gegenständen. Zunächst von vorne, dann hatte man ihm noch mehrere wuchtige Schläge von hinten zugefügt. Die Verletzungen und Hämatome zeigten an, dass der erste Schlag von vorne und schräg unten erfolgt war. Der Täter oder die Täterin war also kleiner als Simon Wolff gewesen. Die Schläge trafen auf den Hinterkopf, als der Mann bereits am Boden lag. Wenn das Blumengesteck nicht als Tatwaffe infrage kam, warum hatte man es trotzdem gereinigt? Duval las die Ausführungen des Gerichtsmediziners noch einmal.

Man hatte winzige Holz-, aber auch Metallpartikel an der austretenden Hirnmasse entdeckt. Holz und Metall.

LeBlanc räusperte sich.

»Ja?« Duval sah auf.

»Der BMW«, begann er. »Die Spurensicherung hat jede Menge Fingerabdrücke in und auf dem Auto gefunden, die meisten stimmen mit denen von Simon Wolff überein. Die anderen können nicht zugeordnet werden.«

»O. k. Sonst?«

»Eine lange Liste, das Interessanteste: Haare, kurze und lange. Ein bisschen Sand auf dem Boden der Fahrerseite. Ein Ladegerät für ein Smartphone.«

Das Smartphone! »Wo sind die Auswertungen der Telefonverbindungen?«, fragte Duval. »Wollte Léa sich da nicht gekümmert haben?«

»Da hat Léa sich gekümmert.« Léa Leroc hatte die letzten Worte gehört, als sie etwas abgehetzt in sein Büro trat und einen kleinen Stapel Papier auf Duvals Tisch legte.

»Und?«, fragte Duval.

»Ich habe die gerade erst bekommen«, entschuldigte sie sich.

»Dann nehmen Sie sie wieder mit und geben mir morgen einen Bericht. Wo ist eigentlich Villiers?«

»Der arbeitet heute Überstunden ab. Irgendwas ist mit seinem Vater.«

»Ach so?! Wissen Sie was Genaueres?«

Sie schüttelte den Kopf. »Wenn's bei ihm tiefer geht, kann er erstaunlich schweigsam sein.«

»Na gut.« Duval sah auf seine Uhr. »Ich gehe noch mal auf den Friedhof«, sagte er. »Bis morgen!«

Zügig lief er die *Avenue de Grasse* hinauf und wählte in dem kleinen Blumengeschäft neben dem Haupteingang eine mittelgroße Blumenschale mit rosafarbenen Chrysanthemen. Vor dem Friedhofsbüro blieb er einen Moment stehen und studierte den Plan. Er wollte es einmal auf Anhieb finden.

»Bonjour, Commissaire!«

Duval drehte sich um. Es war der Friedhofswärter. Philippe Mollard.

»*Bonjour, Monsieur Mollard.* Verzeihung, ich bin ganz in Gedanken, ich habe Sie gar nicht gesehen«, entschuldigte er sich.

»Ich habe *Sie* gesehen«, begann Philippe Mollard. »Vom Büro aus, da sah ich Sie vorbeigehen. Das ist doch der Commissaire, habe ich mir gesagt, und dachte, ich frage mal. Gibt es etwas Neues?«

»Nichts Entscheidendes.« Duval blieb unbestimmt.

»Heute sind Sie aber privat hier, vermute ich?« Monsieur Mollard wies auf die Blumenschale.

»Richtig«, stimmte Duval zu.

»Für das Familiengrab?«

Duval nickte.

»Allée des Orchidées«, wusste Philippe Mollard.

»Oha«, machte Duval. »Das können Sie alles behalten?«

»Ich habe ein gutes Gedächtnis.«

»Ja, das merke ich.«

»Wissen Sie, wie Sie gehen müssen?«

»Kein Problem«, behauptete Duval, »ich habe gerade noch einmal auf den Plan geschaut.«

»In einer Stunde schließen wir.«

»Keine Sorge. So lange werde ich nicht brauchen.«

»Ich sag's nur.«

»Danke Ihnen«, sagte Duval und machte ein paar Schritte. Dann stoppte er und drehte sich noch einmal um. »Monsieur Mollard«, rief er.

»Ja?« Der Friedhofswärter hatte die Tür zum Büro schon geöffnet und hielt in der Bewegung inne.

Duval näherte sich. »Sagen Sie, Monsieur Mollard, wo wir gerade über Ihr gutes Gedächtnis sprechen, ist Ihnen vielleicht noch etwas Neues eingefallen?«

»Doch nicht so privat, Ihr Besuch«, konnte sich Philippe Mollard nicht verkneifen.

»Doch doch, aber ich kann eben nicht raus aus meiner Haut, *déformation professionelle«,* er zuckte entschuldigend mit den Schultern. »Nun?«

»Etwas Neues, ich weiß nicht, inwiefern?« Philippe Mollard sah Duval unsicher an.

»Na, Sie haben den Mann doch gefunden«, gab Duval zurück. »Und nach dem ersten Schock, wenn man diese schrecklichen Bilder verdaut hat und wieder ruhiger ist und das Gehirn wieder in seinen normalen Bahnen denkt, dann fällt einem vielleicht noch etwas ein.«

»Ach, so meinen Sie das.«

»Ja, so meine ich das. Oder ist Ihnen in den letzten Tagen vielleicht jemand aufgefallen?«

Philippe Mollard wich dem Blick Duvals aus. »Ich schaue nicht die ganze Zeit aus dem Fenster des Büros, wenn Sie das meinen.«

»Monsieur Mollard, wie Sie hier arbeiten, geht mich nichts an, es interessiert mich nicht mal. Ich appelliere nur an Ihre Aufmerksamkeit und an Ihr Erinnerungsvermögen. Ich habe einen Fall aufzuklären, verstehen Sie?«

»Ja, sicher, das verstehe ich.«

»Falls Ihnen noch etwas einfällt«, setzte Duval an, »dann melden Sie sich, nicht wahr?!«

»Gewiss.«

»Haben Sie meine Karte? Ich gebe sie Ihnen vorsichtshalber noch einmal.« Duval balancierte die Schale mit Chrysanthemen in einer Hand und zog mit der anderen seine Brieftasche aus der Hosentasche. Er öffnete sie und hielt sie Philippe Mollard entgegen. »Nehmen Sie« – er deutete mit dem Kinn vage auf die weißen Karten im Mittelfach.

Philippe Mollard zog etwas verschämt eine der Visitenkarten heraus. »Danke.«

»Nichts zu danken. Ich beeile mich jetzt besser, damit Sie mich nicht einschließen«, scherzte er.

Philippe Mollard blickte auf seine Armbanduhr und nickte. »Ich mache ja noch meine Runde«, beruhigte er Duval. »Ich sollte es nicht sagen, aber die anderen Kollegen machen die Runde oft nicht, die schließen einfach, denen ist das zu viel zu laufen. Es ist schon vorgekommen, dass Leute eingeschlossen wurden!«

»Und was passiert dann?«

»Kommt drauf an. Aber es ist kompliziert. Wenn Sie ein Telefon haben, können Sie die Polizei anrufen, die ruft dann den Bürgermeister an, der wiederum den Leiter des Friedhofsamts anruft, und der schickt dann jemanden vorbei, der wieder aufschließt.«

»Das wollen wir dann doch besser vermeiden.«

»Ja, aber *ich* mache die Runde ja noch!«

»Gut zu wissen. Schönen Abend!«

»Schönen Abend, *Commissaire!*«

Diesmal war ihm der Weg zum Familiengrab beinahe auf Anhieb gelungen, nur einmal war er zu früh abgebogen, entdeckte aber bei dieser Gelegenheit in der *Allée des Orangers* die Orangenbäume, von denen der Friedhofswärter das letzte Mal erzählt hatte. Die Orangenbäume waren mittelgroß, ihre Kronen waren perfekt rund beschnitten und sie hingen voll mit noch hellgelben unreifen Orangen.

Duval stellte die Blumenschale auf das Grab und suchte in seinen Hosentaschen nach einem Papiertaschentuch, mit dem er die staubige Grabplatte sauber wischen könnte. Er fand keines.

Ein Gärtner in einer grünen Arbeitshose und derben Schuhen, Duval war nicht sicher, sein Gesicht bei den Befragungen schon einmal gesehen zu haben, schob gerade eine Schubkarre mit einer Gießkanne, Rechen, Besen und allerlei Gartenutensilien an ihm vorbei. Kurz blieb er stehen und knipste mit einer Gartenschere an einer Hecke ein paar vorwitzige Zweige ab, die er dann in eine der grünen Tonnen warf.

»Entschuldigung«, bat Duval.

»Ja?«

»Darf ich mir Ihre Gießkanne kurz ausleihen?«

»Kommt drauf an«, antwortete der Mann zögernd. »Ich hab gleich Feierabend.«

»Ich würde nur gern die Platte hier reinigen, ich habe keinen Lappen und dachte mit einem kleinen Schuss Wasser ...«

»Ah«, der Mann reichte ihm die Gießkanne. »Wasser ist da hinten«, er zeigte zu einem Wasserbecken am Ende des Weges.

Duval ließ die Gießkanne halb volllaufen und begoss die Grabplatte von hinten nach vorne mit Wasser.

»Hier, nehmen Sie«, der Mann reichte ihm einen Lappen. »Geht besser damit.«

»Danke.« Duval bückte sich und wischte in groben Zügen die verschmutzte Grabplatte sauber. Er goss ein zweites Mal Wasser darüber und wischte sie mit der anderen Seite des Lappens ein zweites Mal ab. Er betrachtete sein Werk. Es war nicht perfekt, aber besser als vorher.

»Danke Ihnen.« Duval gab Gießkanne und Lappen zurück.

»Keine Ursache.« Der Mann hob die Schubkarre an und setzte seinen Weg fort.

»Entschuldigung!«

»Ja?« Der Mann drehte nur den Kopf.

»Haben Sie vergangenen Freitag hier zu tun gehabt?«

Der Mann musterte ihn argwöhnisch. »Und Sie?«, fragte er gereizt zurück. »Hatten Sie hier was zu tun?«

»Nein, definitiv nicht«, antwortete Duval. »Sie aber?«

Der Mann sah ihn nun offen aggressiv an. »Ich mag's nicht, wenn man mich ausfragt.«

»Verstehe ich.« Duval wischte sich die Hände an seiner Hose sauber und suchte in seiner Jacke den Dienstausweis.

Schon bei der Geste, mit der Duval in seine Jacke griff, erstarrte der Mann und griff nach einer Hacke in der Schubkarre.

»Ganz ruhig!« Duval änderte den Ton. »Keine Sorge, ich bin nicht der Täter«, versuchte Duval ihn zu beruhigen, aber es misslang ihm.

»Das kann ja jeder sagen.«

»Ich bin *Flic*«, stellte Duval klar.

»Ja, so siehst du aus«, sagte der Mann spöttisch-ironisch.

»Ganz ruhig«, sagte Duval erneut zu dem Mann, der die Hacke noch immer verteidigungsbereit mit beiden Händen hielt. »Hier«, Duval hatte es geschafft, den Dienstausweis vorsichtig aus seiner Jackentasche zu ziehen und hielt ihn hoch, »ich bin *Flic,* ich ermittle in dem Fall, es ist mein Job, Menschen auszufragen.«

»Eh, *merde*«, der Mann wurde rot und dann blass und ließ die Hacke sinken. »Das kann auch nur mir passieren. Entschuldigen Sie«, sagte er mit rauer Stimme. »Wir sind alle durcheinander, seitdem das passiert ist. Bitte melden Sie mich nicht, bitte!«

»Es ist ja nichts passiert«, beruhigte ihn Duval. »Bewährungsprogramm?«, fragte er.

»Hm«, machte der Mann zustimmend. »Wiedereingliederung nach Straffälligkeit und Langzeitarbeitslosigkeit«, murmelte er halblaut.

»Verstehe.«

»Sie können meinen Dienstplan einsehen, ich hab an dem Freitag gearbeitet, aber ich bin früher gegangen, Allah ist mein Zeuge!«, sagte er jetzt hastig. »Ich habe auch schon mit einem anderen Fli ... ich meine mit einem Kollegen von Ihnen habe ich, also ich hab schon 'ne Aussage gemacht.«

»Ich werd's mir ansehen«, sagte Duval. »Wie ist Ihr Name?«

»Rachid Boualam. Aber bitte, melden Sie mich nicht!«

»Ich weiß gar nicht, wovon Sie sprechen«, sagte Duval.

Der Gärtner sah ihn zweifelnd an. Von *Flics* war er offenbar nur Ärger gewohnt.

»Gehen Sie. Sie können Feierabend machen.«

»Danke, Monsieur, *Monsieur le Policier.*« Er murmelte etwas auf Arabisch, legte die rechte Hand auf sein Herz und verneigte sich leicht.

Duval winkte ab. »Schon gut. *Bonne soirée.*«

Er schickte noch einen kurzen Gedanken an seine Großeltern, dann spazierte er ziellos zwischen den Gräbern herum. Am 11. November hatte es, wie jedes Jahr zur Erinnerung an das Ende des Ersten Weltkrieges, an allen Kriegerdenkmalen frankreichweit feierliche Zeremonien gegeben; die üppigen blau-weiß-roten Blumengestecke mit breiten Schleifen, ebenso in den Nationalfarben, zeugten noch davon. Duval betrachtete die mit frischen Herbstblumen geschmückten Gräber überall, Menschen sah er an diesem Nachmittag jedoch kaum. Von Weitem erblickte er eine Frau mit Gießkanne, die zwischen halbhohen Hecken in das *Carré* 6 einbog, und er folgte ihr. Zwischen kleinen Gräbern, allesamt mit Blumen bedacht, erhoben sich symmetrisch angeordnet die Stelen und Mauern mit den Urnengräbern. Die Frau sprach halblaut vor sich hin und zupfte hier ein welkes Blatt von einem Blumengesteck ab und goss dort einen Schluck Wasser in einen Topf mit Blumen. Das ganze *Carré* erinnerte weniger an einen Friedhof als an einen bunt bepflanzten Garten. Jetzt hatte sie Duval entdeckt.

»*Bonjour*«, grüßte sie freundlich, »suchen Sie jemanden?«

»Nicht direkt«, wich Duval aus. »Ich sah Sie und bin Ihnen gefolgt. Ist das Ihr Werk?« Er zeigte auf die Bepflanzungen.

»Nicht ganz«, wehrte sie ab. »Ich habe nicht alles bepflanzt, aber ich ermutige die Angehörigen, echte Blumen zu pflanzen, ich kümmere mich dann darum. Ich komme jeden Tag, wissen Sie.«

»Wen besuchen Sie?«

»Meine Tochter.« Sie wies auf ein Urnengrab am Fuß der Mauer. Ein kleiner weißer Marmorengel stand neben der blank polierten Kupferplatte.

»Das tut mir leid.«

»Ja«, seufzte sie. »Mir auch. Seit zehn Jahren komme ich jeden Tag. Anfangs war es unerträglich. Mit der Zeit wird es leichter, aber es bleibt immer ein tiefer Schmerz. Ich blieb hier, neben ihr«, sie zeigte wieder auf das Urnengrab, »und weinte und sprach mit ihr. Ich konnte nicht anders. Um mich zu beschäftigen, zupfte ich die verwelkten Blumen aus den Gestecken, polierte die Tafeln und zündete die Kerzen an, zunächst nur meine, dann auch die, die andere Angehörige dagelassen haben. Irgendwann habe ich angefangen, mich um alle Gräber hier zu kümmern, ich goss die Blumen, manchmal pflanzte ich etwas ein. Wenn dann Angehörige mit einer neuen Schale kamen, war die vorherige Schale zu ihrer Überraschung noch ansehnlich. Insofern standen dann zwei Schalen auf dem Grab. So wurde es immer mehr und immer üppiger. Kein anderes Feld des Friedhofs ist ganzjährig derartig mit echten Pflanzen geschmückt«, erklärte sie stolz.

»Ich sehe das«, sagte Duval anerkennend.

Sie strahlte zufrieden. »Mir macht es Freude, es ist meine Aufgabe geworden, und es gibt meinen Tagen eine Struktur.«

»Sie sind jeden Tag hier.« Es war eher eine Feststellung, keine Frage.

»Ja, jeden Tag.«

»Kommen viele Menschen so wie Sie auf den Friedhof?«

»Warum interessiert Sie das?« Plötzlich musterte sie ihn misstrauisch.

»Ich bin von der Polizei«, erklärte Duval und zeigte seinen Dienstausweis. »Ich ermittle ...«

»Der Tote im *Carré Israélite*«, unterbrach sie ihn mit dramatisch aufgerissenen Augen.

»So, haben Sie davon gehört?«

»Na, ich bitte Sie, man spricht von nichts anderem mehr. Ich bin jeden Tag hier und habe die Polizei gesehen, und es stand in der Zeitung. Ich lese jeden Tag die Zeitung!«

»Es geht nichts über gute Gewohnheiten«, stimmte Duval freundlich zu. »Ist Ihnen vielleicht jemand aufgefallen? Wenn Sie jeden Tag hier sind, dann kennen Sie die Menschen, die wie Sie hierherkommen, oder?«

»Es kommen im Grunde genommen nicht so viele«, wehrte sie ab. »Einmal im Jahr, im November, da kommen sie alle, aber sonst …«

»Na, umso mehr kennen Sie die wenigen, die kommen«, vermutete Duval.

»Nun ja, ich kenne die Angehörigen von diesem *Carré,* das ist richtig, und die eine oder andere Dame, Männer kommen seltener.«

»Haben Sie etwas bemerkt an diesem Nachmittag oder am frühen Abend? Einen Streit, laute Stimmen, eine Auseinandersetzung? Sie waren doch hier, am letzten Freitag?«

»Das habe ich mich auch sofort gefragt«, stimmte sie zu. »Denn ja, ich war hier. Wie immer. Aber ich habe nichts bemerkt.« Sie sah bekümmert aus. »Aber dann habe ich mir gesagt, es ist auch unwahrscheinlich, dass ich hier etwas höre, was auf der anderen Seite passiert. Der Friedhof ist groß, wissen Sie.«

»Er ist groß, aber es ist schon auch sehr still hier. Laute Stimmen oder Schreie kann man weit hören.«

»Meinen Sie?«

»Ich vermute das mal.«

»Aber ich habe nichts gehört.«

»Und den Mann, hatten Sie ihn schon einmal gesehen?«

»Welchen Mann? Den, der jetzt tot ist?«

»Ja, den meine ich. Verzeihung, ich habe mich nicht klar ausgedrückt.«

»Ich habe das schon überlegt, aber ich kann es nicht sagen. Das Einzige«, begann sie, »aber na ja, ich weiß nicht, ob es wirklich etwas zu bedeuten hat.«

»Sagen Sie es ruhig, oft sind es gerade die Kleinigkeiten, die wichtig sind«, ermunterte sie Duval.

»Nun«, begann sie und sah angestrengt vor sich hin, so als versuchte sie, das Bild wieder vor sich zu sehen: »Ich habe mehrfach einen Mann gesehen, der schnell über den Friedhof lief. Das fällt schon auf, wissen Sie. Normalerweise gehen hier alle langsam, es ist ein Friedhof immerhin, man ist andächtig, die wenigsten sind jung, und man trägt ein Blumengesteck in der Hand oder zieht ein Wägelchen hinter sich her.« Sie deutete auf ihr eigenes Gefährt, mit dem sie einen kleinen Sack Blumenerde und Gartengerät transportiert hatte. »Der Friedhof ist groß, und die Wege sind mitunter weit«, erklärte sie. »Dann gibt es noch die Touristen, die mit dem Faltblatt in der Hand herumlaufen und Gräber der Prominenten suchen. Das Grab dieses deutschen Schriftstellers, danach werde ich immer wieder gefragt. Es liegt im *Carré* 16 ganz unten. Schwierig zu finden. Aber die Touristen spazieren auch langsam herum und bleiben stehen und schauen. Aber da war dieser Mann, immer mal wieder, und der hatte es eilig.«

»Ein Mann, da sind Sie sicher?«

»Ja, doch«, sie zögerte kurz. »Doch, doch, ein Mann.«

»Immer mal wieder«, wiederholte Duval ihre Worte. »Meinen Sie immer mal wieder am letzten Freitag? Dass er eilig hin- und herlief?«

»Nein, immer mal wieder in den letzten«, sie überlegte,

»Wochen, Monaten vielleicht. Ich weiß nicht, wann er mir zum ersten Mal aufgefallen ist.«

»Es könnte einer der Friedhofsangestellten sein«, mutmaßte Duval.

»Ja, nein«, sie schüttelte entschieden den Kopf, »die hätte ich erkannt. Die kenne ich alle. Ich weiß, wie sie laufen, besonders schnell sind sie auch nicht.« Sie lächelte verschmitzt. »Es war niemand, den ich kannte.«

»War es an einem bestimmten Tag? Um eine bestimmte Uhrzeit?«

Sie schüttelte bedauernd den Kopf. »Tut mir leid, ich habe schon darüber nachgedacht, aber ich weiß es wirklich nicht.«

»Haben Sie ihn auch am letzten Freitag gesehen?«

»Möglich. Ich bin nicht sicher, ob ich da jetzt nicht etwas durcheinanderbringe ...«

»Haben Sie ihn denn seither noch einmal wiedergesehen?«

»Nein.« Das kam entschieden. »Vielleicht war es auch der Mann, der jetzt tot ist?«

»Das ist möglich. Ist Ihnen vielleicht sonst noch etwas oder jemand aufgefallen?«

Sie überlegte und zuckte mit den Achseln.

»Denken Sie in Ruhe nach«, ermunterte Duval sie. »Vielleicht kommen Sie an einem der nächsten Tage ins Kommissariat, und wir nehmen Ihre Aussage auf, Madame ...«

»Bosetti. Madeleine Bosetti.«

»Vielleicht fällt Ihnen bis dahin noch etwas ein, Madame Bosetti. Sie können mich auch jederzeit anrufen.« Er hielt ihr eine Visitenkarte entgegen.

Sie nahm sie und sah darauf. »In Ordnung, *Monsieur*

le Commissaire«, sie lächelte leicht. »Sie meinen, es ist so wichtig?«

»Ja«, sagte Duval schlicht, »das meine ich.«

Abends war Duval allein mit Julie. Und sie schrie. Sie war nicht zufrieden, vielleicht waren es die durchbrechenden Zähne, vielleicht hatte sie auch Bauchweh, was auch immer. Sie schrie. Ausdauernd. Duval schaukelte sie im Arm und versuchte, mit ihr zu sprechen. »Oijoijoij, meine Kleine, meine Kleine, wie ist das gemein mit diesen Zähnen, JULIE«, erhob er die Stimme, um durch ihr Jammern durchzudringen. Kurz hielt sie inne und sah ihn an. »Hier, nimm mal diesen wundervollen Beißring, der ist extra für so kleine Mädchen gemacht, die Julie heißen und Zähne kriegen.« Er hielt ihr den Beißring entgegen. Sie griff danach und warf ihn zornig zu Boden. Alles in ihr war Zorn. Wie ungerecht dieser Schmerz. Sie war rot und verschwitzt, so sehr strengte sie sich an.

»Na, also«, setzte Duval streng an und spürte diese ungute Mischung aus Hilflosigkeit und Erschöpfung, ihr nicht helfen und dieses Jammern nicht mehr lange ertragen zu können. Diese Überforderung, die Menschen manchmal dazu brachte, Kinder, auch ganz kleine, anzuschreien, zu schlagen und zu misshandeln, bis sie auf die eine oder andere Art ruhig waren. Er hatte mehr davon gesehen, als ihm lieb war. Er atmete tief durch und riss sich zusammen.

»Julie!«, rief er und versuchte erneut, zu ihr durchzudringen. »JULIE!« Sie ließ sich nicht beruhigen. *Er* aber brauchte jetzt Brassens. Brassens beruhigte zumindest ihn immer.

Er stand vor der Stereoanlage und suchte mit einer Hand durch den CD-Stapel, während er gleichzeitig Julie hin- und herschaukelte. »Oijoijoi«, murmelte er in ihr Ohr. »Da ist sie«, sagte er zu der weiterhin klagenden Julie, und hielt ihr die CD entgegen, »schau, Julie, das werden wir jetzt hören!« Mit dünner Stimme und ziemlich falsch sang er *»Je me suis fait tout petit devant une poupée«*, als sein Blick auf eine andere CD fiel; spontan entschied er sich um und schob *Le Fil* von Camille in den CD-Spieler. Eine Liedzeile war in seinem Gedächtnis aufgeblitzt: *Lève-toi, c'est décidé, laisse-moi te remplacer je vais prendre ta douleur* – er würde es Julie gerne hören lassen, dass jemand anderes ihren Schmerz übernehmen würde.

Je suis à l'age où l'on ne dort nulle part, tönte Camille hingegen in ihrem ersten Lied auf der CD viel zu laut, und Duval drehte erschrocken die Lautstärke herunter. Julie versuchte, den Kopf zu drehen, um zu sehen, wo diese neue Stimme herkam, von diesem Mädchen, das auch nicht schlafen konnte. Duval zeigte ihr das Cover. »Das ist Camille«, erklärte er. »Ich dachte mir, dass dir das gefallen könnte. Besser als der alte Brummbär Brassens, den hören wir später, wenn wir über die Texte sprechen können.« Dann zuckte er zusammen. *J'ai tué les parents* sang Camille, na, ob Elternmord so das richtige Thema war für noch sehr kleine Mädchen, aber schon sang sie weiter mit dieser glasklaren Stimme *Je suis la jeune fille aux cheveux blancs,* und Julie stoppte überrascht ihr Klagen, und sie vergaß den Schmerz, der sie plagte. Camilles Musik war fantasievoll und verspielt, sie sang ihre poetischen Texte nicht nur, sie artikulierte ihre Lieder mit allen Geräuschen, die ihr Mund hervorbringen konnte: Sie sprach, sie trötete, prustete, flüsterte, blubberte und summte, und Julie lauschte, war stumm und staunte.

Duval stand mit ihr vor dem Fenster, sah nach draußen in die Nacht, die von gelblichen Straßenlaternen erleuchtet war und wo es allmählich ruhiger wurde und hielt Julie, die auch still geworden war. Vielleicht beruhigte sie dieser vibrierende Ton H, mit dem die CD überraschenderweise begann und der sich im Hintergrund durch alle Lieder zog, wie ein Faden, *Le Fil,* der der CD den Namen gab, und der am Ende wie ein dezentes Bohrgeräusch noch über vierzig Minuten zu hören war. Aber so weit kamen sie gar nicht. Schwer hing Julie in seinen Armen, und er betrachtete sie liebevoll. Sie schläft, dachte er beinahe ungläubig. Sie war eingeschlafen! Vorsichtig legte er sie in ihr Bettchen und deckte sie zu. Sie atmete ruhig und gleichmäßig. *Merci* Camille, dachte er und küsste seine Tochter vorsichtig auf die Stirn.

»Weißes Rauschen«, sagte Annie, als sie von ihrem Yoga-Kurs zurück war und Duval ihr stolz von seinem Erfolg berichtete. »Angeblich schlafen Babys, wenn sie Grundgeräusche in einer gewissen Frequenz hören. Es beruhigt sie. Man macht so etwas auch bei Tinnitus. Also, wenn man den Menschen ein Grundgeräusch ins Ohr gibt, hören sie das Piepen des Tinnitus nicht mehr so aggressiv. Allerdings denkt man eher an Wellenrauschen, es gibt sogar Apps, die das Geräusch im Mutterleib imitieren. Aber dass ein Baby zu Musik von Camille eingeschlafen ist, habe ich noch nirgends gelesen. Faszinierend.« Sie beugte sich über ihr friedlich schlafendes Kind und strich ihm zärtlich eine Haarsträhne aus der Stirn. »Ist sie nicht ein Engel?« Sie sah Duval an. »Wenn ich sie so sehe, bin ich *so* verliebt!«

»Und wenn sie schreit, bist du *so* verzweifelt.«

Annie verzog das Gesicht. »Vielleicht hast du recht, und

es ist dieser komische vibrierende Ton. Ich habe gelesen, dass viele Menschen die CD zurückgegeben haben, weil sie glaubten, es sei ein Fehler bei der Aufnahme passiert, und es fehlte das Lied. Ich muss sagen, dass ich den Ton auch etwas nervend finde. Aber wenn Julie sich damit beruhigt ... Hast du dir schon eine weitere Musikauswahl überlegt?«

»Sehen wir dann.« Er zuckte mit den Schultern. »Erst mal versuche ich es weiter mit Camille.«

7

»Welchen Eindruck hatten Sie von diesem Boualam?«, fragte Duval Villiers. »Sie haben seine Aussage doch aufgenommen.«

»Der arabische Gärtner?«

»Genau der.«

»Bisschen sehr nervös, wenn Sie mich jetzt so fragen. Aber es ist vielleicht auch nur seine Situation. Er ist in so einem Wiedereingliederungsverfahren, und er hat Schiss vor der Polizei. Hat Angst, dass man ihm was anhängt. Er sagte verbittert, dass er zu Unrecht im Gefängnis gelandet sei, weil ihm schon mal irgendjemand etwas angehängt und die Justiz sich nicht die Mühe gemacht habe, es genauer zu beleuchten.«

Duval las die Aussage des Gärtners erneut. »Ich finde das nirgends.«

»Das habe ich nicht mit aufgenommen, weil es mit der Sache nichts zu tun hatte«, erklärte Villiers.

»Er hat an dem besagten Freitag auf dem Friedhof gearbeitet.«

»Ja, aber er ist früher gegangen, sagt er zumindest, weil er zum Freitagsgebet wollte. Das aber hat er heimlich gemacht. Weil er schon wusste, dass man ihm dafür keine Genehmigung geben würde. Also hat er doppelt Schiss, wenn er behauptet, er sei bis Ende seines Dienstes da gewesen, kann man ihm unter Umständen diese Tat anhängen, und wenn er offen sagt, dass er gegen seine Arbeitszeitregelung verstoßen habe, riskiert er, dass man ihn rauswirft, denn er ist dort bislang nur zur Probe.«

»Warum muss man in seiner Probezeit solche Risiken auf sich nehmen? Nur um irgendwo zu beten«, seufzte Duval. »Na gut, versuchen Sie mal diskret zu erfahren, ob er bei dem Freitagsgebet war. Vielleicht erinnert man sich dort an ihn. Welche Moschee? Wissen Sie das?«

»Petit Juas«, sagte Villiers.

»Und was ist das hier?«, wandte er sich an Léa Leroc.

»Na, das sind die Nummern, die Simon Wolff am häufigsten angerufen hat. Ich habe alle überprüft. Seinen Großvater, täglich, immer gegen 17 Uhr. Mélanie, Emmanuelle, seine Mutter, seine Geschwister, den Herrenausstatter in Monaco ... und die hier«, sie tippte auf eine Mobiltelefonnummer, die sie unterstrichen hatte, »kommt zwar nicht so oft vor, aber ...« Sie sah Duval mit wichtiger Miene an. »Raten Sie mal, wer das ist?«

»Ludovic Bergerac?«, vermutete Duval.

»Fast.« Sie lächelte. »Dessen Mutter. Madame Bergerac.«

»Nein!«

»Doch.«

»Haben Sie sie angerufen?«

»Na sicher, sonst wüsste ich es doch nicht.«

»Und?«

»Sie gab sich erstaunt und sagte, das müsse ein Versehen sein.«

»17 Mal in ...«, er blätterte die Listen durch, »in sechs Monaten?«

»Ja, eben. Sie blieb dabei.«

»Mal sehen, ob sie sich bei mir etwas anderes überlegt.«

Duval nahm den Hörer des Telefons ab und tippte die Nummer ein. Mehrfach läutete es, bevor sich eine Frauenstimme meldete.

»Ja bitte?«

»Madame Bergerac?«

»Wer möchte das wissen?«

»Commissaire Duval, *Police Nationale*. Sie sind Madame Louise Bergerac?«

»Ja.«

»Bonjour, Madame, ich leite die Ermittlungen in einem Mordfall. Wir haben die Telefonnummer, unter der ich Sie erreicht habe, überdurchschnittlich oft in der Anrufliste des Toten entdeckt«, begann er.

»Bitte, *Commissaire*«, unterbrach sie ihn, »ich kann hier momentan nicht sprechen«, ihre Stimme klang gepresst.

»Verstehe. Möchten Sie dann vielleicht für ein Gespräch ins Kommissariat kommen?«, schlug er höflich vor, wohlwissend, dass sie das ausschlagen würde.

»Ins Kommissariat?« Sie klang erschrocken.

»Ja. Spricht etwas dagegen?«

»Ich bitte Sie, man kennt mich dort, alle werden davon erfahren, wie soll ich das erklären«, sie klang leicht verzweifelt.

»Hören Sie Madame, ich ermittle in einem Mordfall, ich wäre Ihnen dankbar, wenn Sie sich kooperativ zeigen würden«, bemühte er sich die höfliche Form zu wahren. »Wir können ansonsten auch zu Ihnen nach Hause kommen …«

»Nein!«, rief sie erschrocken.

»Aha. Dann in einem Bistro vielleicht? Ich lasse Ihnen die Wahl.«

»Jetzt gleich?«

»Wenn Sie es einrichten können.«

»Gut.« Sie schien zu überlegen.

»Nun?«

»Ich weiß nicht, in den Restaurants oder *Salons de Thé,* die ich besuche, möchte ich natürlich nicht mit der Polizei gesehen werden«, erklärte sie.

»Ich bin in Zivil«, erklärte Duval, »aber wenn Sie erlauben, mache ich Ihnen einen Vorschlag. Kommen Sie in das Eckbistro am Anfang des Boulevard Carnot, gleich gegenüber dem Kommissariat; es hat neue Besitzer, sie sind jung und Skandinavier, die kennen hier niemanden, oder sagen wir, die kennen eine andere, jüngere und ausländische Klientel, die das Bistro jetzt frequentiert. Außerdem gibt es einen ersten Stock, dort sitzt man weitgehend unbeobachtet. Sie könnten vorgeben, das nostalgische Keramikwandgemälde ansehen zu wollen, das dort oben etwas versteckt sein Dasein fristet. Sie interessieren sich doch für Kunst?!«

»Das kennen Sie!« Sie war überrascht.

»Durchaus.« Duval verschluckte einen sarkastischen Zusatz über die angenommene Blödheit von *Flics.* »Es gibt ein Parkhaus in unmittelbarer Nähe, *Le Parking Vauban,* ein bisschen eng, ich würde nicht mit einem SUV dort hineinfahren.«

»Oh, aber das ist ein Albtraum von Parkhaus«, empörte sie sich.

»Wie Sie wollen. Sagen wir in einer halben Stunde?«

»Um elf Uhr«, schob sie den Termin etwas nach hinten.

»Um elf also. Ich erwarte Sie im ersten Stock.«

Pünktlich um elf hörte Duval eine weibliche Stimme, die unten am Tresen einen Kaffee bestellte. »Ich trinke den

Kaffee oben«, hörte er sie zu der jungen Frau sagen, während sie gleichzeitig die Wendeltreppe hinaufstieg.

Duval hatte einen Sessel der niedrigen Sitzgruppe vor dem Keramikgemälde gewählt. Zwei junge Frauen plauderten an einem der Tische am Fenster. An einem anderen tippte ein Mann konzentriert in ein Laptop.

»Madame!«, rief die junge Frau hinter dem Tresen. »Madame, warten Sie! Hier ist Selbstbedienung. Wenn Sie hochgehen, müssen Sie Ihren Kaffee schon selbst nach oben tragen.«

»Ah non!«, rief Madame Bergerac kategorisch zurück. »Dann nehme ich ihn nicht.«

»Bah, jetzt ist er fertig«, rief das junge Mädchen etwas patzig. »Ich stelle ihn hier hin!« Es klirrte ein wenig.

»Bringen Sie mir den Kaffee nach oben«, rief Madame Bergerac nun energisch von dort. »Bitte!«

»Aber ich bin allein, ich kann die Kasse nicht unbeaufsichtigt lassen!«

»Ich hole ihn«, mischte sich Duval ein.

Er eilte die Treppe hinab, und eine Minute später stellte er den Kaffee vor Madame Bergerac, die sich auf dem Sofa niedergelassen hatte.

»Ich danke Ihnen«, lächelte sie durchaus liebenswürdig. »Es ist wirklich beeindruckend, nicht wahr?« Sie löste einen Seidenschal vom Hals und deutete auf das Keramik-Kunstwerk, das beinahe die ganze Wand einnahm und eine Ansicht des historischen Cannes zeigte. »Ich habe es schon lange nicht mehr gesehen. Glücklicherweise haben sie es unter Denkmalschutz gestellt. Es gab unzählige Etablissements hier, die es sonst achtlos rausgehauen hätten. Es war hier nicht immer so adrett«, sie ließ den Blick schweifen.

»Ja«, stimmte Duval zu, »ich weiß.« Er legte ihr ein paar

Seiten Papier neben den Kaffee. Die Anruflisten. Mit einem gelben Marker war ihre Telefonnummer hervorgehoben. »Sie wissen, um wen es sich handelt, nicht wahr?«

Sie nickte.

»Möchten Sie mir dazu etwas sagen?«, fragte er halblaut.

»Ach«, seufzte sie schwer. »Bitte versprechen Sie mir, dass mein Mann nichts von diesem Gespräch erfährt. Und Ludovic auch nicht!«

»Ich möchte das gerne versprechen, aber solange ich nicht weiß, worum es geht, kann ich es nicht. Aber ich sichere Ihnen eine größtmögliche Diskretion zu.«

»Nun«, sie warf einen Blick auf die jungen Frauen und den Mann. Nachdem sie sich vergewissert hatte, dass niemand sie beachtete, begann sie mit halblauter Stimme zu sprechen. »Dieser junge Mann hat uns belästigt, und mich hat er erpresst. Nachdem er weder bei Ludo noch bei meinem Mann etwas erreichen konnte, hat er sich mich als Ziel ausgesucht. Ich bin das schwächste Glied in der Kette.«

»Wie kam er denn an Ihre Telefonnummer? Oder haben Sie sie ihm gegeben, bei irgendeiner Gelegenheit?«

»Natürlich nicht!« Sie schnaufte empört. »Meine private Telefonnummer hat er wohl von der Verlobten meines Sohnes bekommen«, begann sie.

»Emmanuelle Renaud«, warf Duval ein.

»Das wissen Sie schon?«

Duval machte ein zustimmendes Geräusch.

»Nun, ob direkt oder indirekt, das weiß ich nicht. Aber wie dem auch sei, in dem Mädchen haben wir uns gründlich getäuscht. Sehr bedauerlich. Wir hatten ihr das Haus und unsere Herzen geöffnet, wir sprachen schon von Hochzeit, aber das ist jetzt vorbei.« Streng presste sie die Lippen aufeinander.

»Simon Wolff hat sie also belästigt und erpresst, womit?«

»Immer und immer wieder rief er an und quälte mich mit Fragen nach der Vergangenheit der Familie Bergerac. Er hatte einen Zeitungsartikel gefunden, in dem jemand die Rechtmäßigkeit der Karriere meines Schwiegervaters angezweifelt hat und machte dunkle Andeutungen.«

»Was für eine Zeitung?«, fragte Duval dazwischen.

»Oh!«, machte sie. »Das weiß ich nicht.« Sie sah ihn schuldbewusst an.

»Schon gut«, beschwichtigte Duval. »Bitte sprechen Sie weiter.«

»Er drohte damit, einen Skandal zu machen. Ich könne es verhindern, wenn ich ihm regelmäßig Geld und den Bonnard endlich ›zurückgäbe‹. Der Bonnard zeige seinen Großvater als Kind, und das Bild gehöre rechtmäßig ihm. Die Bergeracs hätten es sich nach der Deportation seiner Familie unter den Nagel gerissen. Ich habe ihm ein paarmal Geld gegeben, aber irgendwann teilte ich es meinem Mann mit. Er war fuchsteufelswild. ›Dem werde ich das Handwerk legen!‹, wütete er. Mir hat er verboten, ihm noch einmal Geld zu geben. Und er würde nicht im Traum daran denken, irgendetwas ›zurückzugeben‹, als hätte sich seine Familie den Bonnard unrechtmäßig angeeignet. Das Bild sei Eigentum seiner Familie seit über achtzig Jahren, damit sei er groß geworden, es gehöre ihm, uns. Er habe nichts ›zurückzugeben‹ und nichts ›wiedergutzumachen‹, hat er mich angebrüllt.«

»Und Sie haben daraufhin nicht mehr gezahlt?«

»Doch.« Sie war rot geworden.

»Und Sie haben ihm auch den Bonnard gegeben?«

»Natürlich nicht!« Sie war laut geworden und funkelte ihn an. Dann besann sie sich und warf einen prüfenden

Blick zu den anderen Gästen. Leicht beugte sie sich zu Duval vor. »Simon Wolff hat ihn gestohlen!« Sie zischte es nur. »Ich vermute, dass Emmanuelle ihm auch den Code für die Zufahrt gegeben hat, dieses Mädchen ist wirklich unberechenbar, vielleicht steckt sie auch mit ihm unter einer Decke. Ich fasse es nicht, dass wir ihr so vertraut haben!« Sie rührte zum wiederholten Mal in ihrem Kaffee, ohne davon zu trinken. »Er hat ihn gestohlen, eines Tages, als wir nicht da waren. Er hat Maria, das Mädchen, beschwatzt, und sie hat ihn hineingelassen, das dumme Ding, aber dieser Kerl hatte wirklich eine bestechende Art zu erreichen, was er wollte. Und er verschwand mit dem Gemälde. Am helllichten Tag, einfach so. Wir waren so erschüttert. Ich war fast noch erschütterter über die Tat als über den Verlust des Bildes. Dass er uns ausspioniert hat und dass er so unverfroren bei uns eingedrungen ist und das Bild mitgenommen hat. Einfach so. Was für ein Schock! Was würde er sich als Nächstes einfallen lassen? Eines der Enkelkinder entführen, während sie bei uns im Park spielen? Charles war außer sich und hat den ganzen Abend hinter verschlossenen Türen telefoniert.«

Duval sah Madame Bergerac düster an. War sie sich bewusst, dass sie ihren Mann gerade belastete?!

Sein Telefon klingelte. Es war Annie. »Entschuldigung«, er stand auf, wandte sich zur Fensterfront und blickte auf den unablässigen Verkehr des Boulevard Carnot.

»Was gibt's, Annie?«

»Léon!« Annie klang aufgelöst. Sein Herz schlug schneller. Julie, dachte er. Irgendwas ist mit Julie. Daher verstand er auch nicht gleich, was Annie ihm sagte. »Jeanne hat sich ausgeschlossen. Sie kommt nicht mehr in die Wohnung.

Ich bin noch in Nizza bei Jakob Silberstern. Kannst du schnell nach Hause gehen und die Tür öffnen?«

»Was ist?«, fragte er dumm.

»Jeanne hat sich ausgesperrt!«, wiederholte Annie ungeduldig.

»Und Julie?«

»Das ist es ja, Julie ist drin, allein! Und Jeanne steht vor der Tür. Ich bin noch in Nizza. Selbst wenn ich sofort losfahre, bin ich frühestens in einer Dreiviertelstunde da, und man weiß nie, was unterwegs los ist.«

»Wieso bist du schon wieder in Nizza? Davon weiß ich gar nichts.«

»Ich habe es dir gestern Abend gesagt.« Annie klang ungehalten. »Das ist doch jetzt egal. Wo bist du? Kannst du hinfahren?«

»Ja, ich bin nicht weit. Ich kann sogar hinlaufen. Ruf Jeanne an, sag ihr, ich sei sofort da.«

»Mache ich.«

Er drehte sich zu Madame Bergerac um. »Es tut mir leid«, setzte er an.

Sie hatte die Situation erfasst und sich bereits erhoben. »Sie müssen los.«

»Richtig. Aber wir müssen uns noch einmal sprechen, Madame Bergerac. Sie bleiben in Cannes und sind erreichbar?«

»Es ist nichts anderes vorgesehen.«

»Ich rufe Sie wieder an. Danke, dass Sie gekommen sind.«

»Keine Ursache.«

Duval ließ Madame Bergerac noch höflich den Vortritt auf der Wendeltreppe, stürmte dann hinunter und die Avenue de Grasse hinauf.

Jeanne war den Tränen nah und hörte nicht auf sich zu entschuldigen. Nie sei ihr das bisher passiert. Noch nie! Sie schlug die Hände zusammen. Die arme Kleine!

»Es ist doch nichts passiert, Jeanne«, beruhigte sie Duval. Julie hatte friedlich in ihrer Babyschale gelegen und von der ganzen Aufregung nichts mitbekommen. Schließlich schickte er die aufgelöste Jeanne nach Hause. »Gehen Sie, beruhigen Sie sich. Ich bleibe bei Julie, bis Annie kommt.«

Eine gute Stunde später öffnete Annie außer Atem die Tür. »Oh, du bist noch da! Alles in Ordnung?«, fragte sie. »Wo ist Jeanne?«

»Hab ich nach Hause geschickt, sie war so aufgelöst.«

»Wie geht's Julie?«

»Alles in Ordnung.« Er deutete auf Julie, die müde an ihrem Fläschchen saugte.

»Oh, meine Süße«, stürzte Annie sich auf Julie und küsste sie ab. Aber Julie quäkte unzufrieden und stieß sie von sich. »Na, also so was. Bestrafst du mich, weil ich dich allein gelassen habe?« Annie gab Duval einen Kuss.

»Ihr habt schon gegessen?«

»Julie schon, ich nicht.«

»Prima, ich habe unterwegs Kalbsbäckchen à la Bourguignon mitgenommen, mir lief das Wasser im Mund zusammen, als ich es roch. Dazu gibt's cremige Polenta mit Pfifferlingen und vorher einen Chicoreesalat mit Äpfeln und Nüssen. Passt dir das?«

»Wunderbar.«

»Und beim Bäcker war ich auch.« Sie legte ein Baguette auf den Tisch und vier kleine runde Törtchen.

»Was ist das?« Er zeigte auf die Törtchen. *»Flan?«*

»So was in der Art. Es ist neu in ihrem Sortiment. Gab's

zum Einführungspreis. Eine portugiesische Spezialität, ich kann's nicht aussprechen. Aber ich glaube, niemand in der Bäckerei kann es aussprechen, alle nuscheln nur etwas Unverständliches. Weshalb sie ein Schildchen mit ›portugiesische Spezialität‹ angebracht haben.«

Sie hantierte am Herd, und während Duval den Tisch deckte, strich der Kater laut maunzend um seine Beine.

»Du hast auch Hunger, was? Alle haben Hunger in diesem Haus, es ist ein Elend.«

Er öffnete die Blechdose mit Trockenfutter, gab eine Portion in das Katzenschälchen und tauschte das Wasser im zweiten Schälchen aus. Der Kater stürzte sich darauf, als hätte er wochenlang nichts gefressen. Er schnurrte und schmauste und biss krachend die Körnchen entzwei, dass sie rechts und links aus dem Schüsselchen flogen.

»*Mon Dieu*. So eine ausgehungerte Katze. Man sollte nicht glauben, dass sie regelmäßig gefüttert wird.«

»Das denke ich von dir auch immer, wenn ich sehe, was du bei jeder Mahlzeit so verputzt«, sagte Annie.

»Echt?« Duval entkorkte einen Rotwein und goss sich und Annie davon ein.

»Ich frage mich manchmal, wieso du nicht aussiehst wie Obelix.«

»Jetzt übertreibst du aber.« Er nahm sich von dem Salat und warf einen Blick zum Herd, wo die Kalbsbäckchen in ihrer Sauce bereits einen wundervollen Duft verströmten.

»Jetzt erzähl mal, wieso warst du noch mal in Nizza?«

»Cora Wolff hatte mich doch noch einmal angerufen. Ihr Vater erinnere sich an ein Bergdorf, und sie wollte wissen, ob ich dazu Informationen hätte.«

»Und hattest du?«

»Ja. Das Schöne ist, in fast jedem Dorf im Hinterland

hat irgendjemand ein oder zwei Kinder versteckt. Weniger schön ist, dass in fast jedem Dorf auch irgendjemand diese Menschen oder die Kinder denunziert hat und die Kinder immer schnell weitergeschickt werden mussten. Ich hatte etwas von Annot gelesen und von Beuil.«

»Beuil? Bei Valberg?«

»Ja, und Annot, das ist im Prinzip auch nicht weit davon, liegt aber im Nachbardepartement, in den *Alpes de Haute-Provence*. In Beuil wurden sogar mehrere Familien versteckt. Aber es war in St.-Martin-Vésubie.« Sie sah Duval zufrieden an und steckte sich eine Gabel Salat in den Mund und kaute schnell.

»Erinnerst du dich?«, fragte sie mit vollem Mund.

Duval schüttelte den Kopf. »Sollte ich?«

»Das ist neben dem Wolfspark, erinnerst du dich nicht?! Wir waren mal mit den Kindern da, im Winter, als ich noch in Valberg gelebt habe.«

»Aha.«

»An den Wolfspark erinnerst du dich doch noch?«

»Ja, durchaus.«

»St.-Martin-Vésubie liegt direkt davor, es ist ein überraschend großes und lebendiges Bergdorf, es gibt dort viel Sommer- und auch Wintertourismus im benachbarten Skigebiet La Colmiane. Wir sind damals nur durchgefahren. Dabei wurde dort Geschichte geschrieben! Aber das wusste ich damals noch nicht.« Sie aß noch etwas Salat. »Ich habe übrigens beschlossen, *Nice-Matin* den Rücken zu kehren«, sagte sie unvermittelt. »Die können mich mal mit ihrer restriktiven Politik. Ich will was über diese Zeit und die versteckten Kinder schreiben, das interessiert mich schon so lange. Habe ich ihnen vorgeschlagen, wollen sie natürlich nicht haben, passt nicht als Thema in ihre weichgespülte Beilage. Also mache ich es ohne sie und schreibe ein Buch.« Sie blitzte Duval an.

Er ließ die Gabel sinken. »Ein Buch! Und wer soll das kaufen? Hast du nicht selbst gesagt, das Thema interessiert keinen?« Duval sah Annie kritisch an. »Solche Entscheidungen triffst du ohne mich und so nebenbei? Das regelmäßige Gehalt von *Nice-Matin* war doch nicht verkehrt.«

»Und wenn schon.« Annie wischte seinen Einwand mit der Hand weg. »Ich bekomme ja etwas von der Wohnung, die ich vermietet habe. Willst du die Geschichte von St.-Martin-Vésubie nun hören oder nicht?«

Duval schnaufte und blickte zum Herd. »Kann ich vielleicht etwas Kalbsbäckchen dazu bekommen?«

»Dafür sind sie da.« Sie stellte den Topf mit dem fast schwarzen Fleisch in einer dickflüssigen Sauce auf den Tisch und die Schüssel mit cremiger Pfifferling-Polenta daneben. »Bedien dich.«

Duval nahm von dem Fleisch und schnupperte daran. »Köstlich!«

»In St.-Martin-Vésubie wurden im Sommer 1943 etwa tausend Juden einquartiert«, begann sie, und Duval sah sie entgeistert an.

»Tausend? In einem Bergdorf?«

»Vermutlich waren es noch mehr. Damit hat sich die Bevölkerungszahl dort über Nacht quasi verdoppelt. Es lebten damals etwa 1500 Personen in dem Dorf.«

Duval löffelte Polenta auf seinen Teller. »Was heißt einquartiert?«

»Einquartiert heißt, dass sie dort in Hotels, Fremdenzimmern oder leer stehenden Ferienhäusern und Villen lebten, dafür allerdings bezahlten, sie lebten also mehr oder weniger bescheiden, je nachdem wie viel Geld sie hatten. Sie konnten sich frei bewegen, mussten sich nur einmal am Tag bei der italienischen Kommandantur melden. Der Osten von Südfrankreich, also hier bei uns, Menton, Nizza und so weiter, war damals von Italien besetzt. Italien hatte Frankreich den Krieg erklärt und war mit Deutschland verbündet, sie hatten aber nicht dieselbe Ideologie, was die Juden anging. Also haben sie die ausländischen Juden, derer sie im März 1943 habhaft werden konnten, nicht deportiert, sondern in dieses Bergdorf verfrachtet. Es waren alles ausländische Juden, so wie Jakob Silbersterns Familie. Nur dass dessen Familie schon 1942 bei der ersten Razzia abgeholt wurde.«

»Iss mal«, unterbrach Duval sie und wies auf ihren Teller. »Es wird sonst kalt, und es ist so fein! Das hat es nicht verdient.«

Annie schaufelte sich etwas Polenta in den Mund, trank einen Schluck Wein und sprach schon weiter.

»So blieb es bis Anfang September, als Italien mit Frankreich Frieden schloss und die Italiener abzogen. Die Gemarkungsgrenze von St.-Martin-Vésubie verläuft im Gebirge und grenzt an Italien. Viele italienische Soldaten gingen daher über die Berge zu Fuß zurück nach Italien. Und die meisten Juden folgten ihnen, in der Hoffnung, den Deutschen, die nun nachkamen, zu entgehen und in Italien in Sicherheit zu sein. Es war ein richtiger Exodus, Frauen, Männer, junge, alte, ganz alte, Kinder, alle, die schon oder noch laufen konnten, machten sich auf den Weg und stiegen mit Rucksäcken und Koffern in zwei Tagen und zwei Nächten hinauf, eine richtige Bergwanderung war das. Es ging auf zweitausend Meter hoch, sie übernachteten im Freien, und als sie über den Gipfel kamen, ging es auf der anderen Seite wieder bergab. Völlig entkräftet kamen sie im ersten Dorf auf italienischer Seite an und …« Annie machte eine dramaturgische Pause. »Trafen dort auf deutsche Soldaten, die sie ohne Widerstand festnehmen konnten, in eine Kirche sperrten und am nächsten Tag schon deportierten.« Sie schnaufte.

»Iss«, sagte Duval. Aber sie schüttelte den Kopf.

»Deportiert wurden aber auch die, die in St.-Martin-Vésubie geblieben waren. Die Deutschen haben sie von beiden Seiten in die Zange genommen. Nur eine Handvoll Menschen, die sich auf französischer oder italienischer Seite versteckt hatten, haben überlebt. Und zwei Kinder, ein Junge und ein kleines Mädchen, die je in einer Familie in St.-Martin-Vésubie aufgenommen worden waren. Die Familien gaben die Kinder als ihre eigenen aus, und das hat mithilfe des katholischen Pfarrers, der darüber wachte, dort funktioniert. Niemand hat die Kinder oder die Familien denunziert.«

»Und der Junge«, vermutete Duval, »war Jakob Silberstern.«

»Richtig.« Annie lächelte. »Er kam zu einem kinderlosen Ehepaar, sehr einfache Leute, die aber alles dafür getan hätten, ihn behalten zu können. Aber nach dem Krieg hat das *Réseau Marcel* die Kinder baldmöglichst wieder aus den katholischen Familien und Klöstern, wo man sie versteckt hatte, geholt, um sie zu ihren richtigen Familien zurückzubringen.«

»Verständlich.«

»Ja, aber man holte auch die Kinder zurück, die keine Angehörigen mehr hatten, weil sie ja Juden waren und keinesfalls in einem katholischen Umfeld erzogen und möglicherweise katholisch werden durften. Da entbrannte eine merkwürdige Konkurrenz zwischen den Katholiken, die glaubten, ein gutes Werk zu tun, wenn sie Kinder zum katholischen Glauben bekehren würden, und den Juden, die alles taten, um den jüdischen Kindern die gerade erst erlernten katholischen Gebete wieder auszutreiben.«

»Iss mal weiter«, forderte Duval sie auf. »Es ist so fein! Du hast das Fleisch noch nicht probiert. Es zergeht auf der Zunge!«

Annie kaute schnell, »hmm«, machte sie, »wirklich fein«, aber schon sprach sie weiter.

»Ein kinderloses katholisches Ehepaar durfte also keinesfalls einen elternlosen jüdischen Jungen adoptieren. Und so kam Jakob Silberstern in ein staatliches Kinderheim, wo er als Jude – mit diesem Namen!«, warf sie ein, »von den anderen Kindern drangsaliert wurde. *Sale juif* haben sie ihn beschimpft und – ach«, sie winkte ab. »Irgendwann hat er es nicht mehr ausgehalten und ist ausgerissen, wurde entdeckt und bestraft, riss wieder aus und landete letztlich in einem Kinderheim für schwer erziehbare Kinder, mit mehr Drill und Schikane und immer so weiter. Schrecklich, diese schwarze Erziehung damals.«

Sie aß und trank einen Schluck Wein. »Ich sage dir, wir haben alle drei geweint, als Jakob Silberstern sich erinnerte, wie man ihn von den Rouviers weggeholt hat. Kein Wunder, dass er eines Tages alles in sich abgekapselt hat und nicht mehr daran denken wollte.«

»Und er erinnerte sich an St.-Martin-Vésubie?«

»An Details. Das Dorf ist lang gezogen und liegt am Hang. Als ich ihm ein Foto zeigte, gab es nur einen Hauch von Wiedererkennen. Aber es fließt ein kleiner überirdischer Wasserlauf durch das gesamte Dorf. Das gibt es so in der Gegend nirgendwo anders. Und als ich ihm Fotos davon zeigte, machte es *klick*. Das Bächlein, da hatte er gespielt, daran konnte er sich erinnern. Plötzlich wusste er wieder, dass er hinter einer Kirche in einem roten Haus gewohnt hatte. Und aus irgendeinem Grund erinnerte er sich an einen besonders gekachelten Fußboden. Weißt du, eines der Muster dieser Zementkacheln. Von dem Haus hatte ich natürlich kein Foto. Es gibt auch mehrere Kirchen. Keine Ahnung, wo das war. Cora Wolff wird, wenn das Wetter so mild bleibt und da oben nicht mit einem Schneeeinbruch zu rechnen ist, mit ihrem Vater dorthin fahren. Vielleicht warten sie aber auch bis zum Frühjahr.«

»Und dieses Ehepaar? Was ist aus denen geworden?«

»Na, die leben leider nicht mehr.«

»Das ist mir klar, aber weiß man sonst was? Wird ihrer irgendwo gedacht?«

»Zu Lebzeiten nicht. Nach dem Krieg hat niemand mehr darüber gesprochen. Man hätte sonst auch über alles andere sprechen müssen. Über die tausend Juden, die im Sommer 1943 da waren und was mit ihnen passiert ist, den Exodus, die Deportation. Das eigene Verhalten. Das wollte niemand. Niemand wollte mehr daran denken. Erst jetzt, siebzig Jahre später, in einer anderen Generation, ist es möglich, daran zu erinnern. Die Rouviers bekamen eine posthume Ehrung. Seit ein paar Jahren gibt es in St.-Martin-Vésubie mehrere Erinnerungstafeln, in die die Namen sämtlicher deportierter Juden eingraviert wurden, und es gibt auch Gedenktafeln für die ›Gerechten‹, die die Kinder versteckt haben.«

»Was für eine Geschichte!«

»Ja, nicht wahr!« Annie aß jetzt hastig das kalt gewordene Fleisch mit der Polenta. »Du verstehst, dass ich das aufschreiben *muss!*«

»Ich verstehe dich, aber ich habe meine Zweifel, ob du damit auf großes Interesse stößt.«

»Ich glaube, dass man sich jetzt mehr dafür interessiert als je zuvor. Es ist tragisch, dass es so spät ist, aber ich glaube, da war so viel Schmerz bei den Betroffenen, erst jetzt wollen oder können die meisten darüber sprechen. Und das will ich dokumentieren, bevor es *zu* spät ist.«

Duval erhob sich und goss sich etwas Kaffee in eine Tasse.

»Möchtest du nicht eines der portugiesischen Törtchen probieren?«, fragte Annie.

»Doch, aber mit dem Kaffee.« Er schnappte sich ein Törtchen und aß es im Stehen.

»Und jetzt lege ich mich kurz hin. Solange Julie noch schläft. Kommst du?«

»Ich bin viel zu aufgedreht«, Annie schüttelte den Kopf.

Er war nur ein paar Minuten weggenickt, dann krähte Julie ihn wach. Er trank einen Kaffee, kitzelte Julie den Bauch und die Füße, was sie kurzzeitig glucksen ließ, bevor sie wieder unzufrieden jammerte. »Bleibt das jetzt so, bis sie alle Zähne hat?«, seufzte Annie.

»Ich kann mich ehrlich gesagt nicht mehr erinnern«, bekannte Duval. »Vielleicht rufst du mal Hélène an? Ihr versteht euch doch gut, oder?«

»Ja, mal sehen.«

»Oder du fragst die Kinderärztin.«

»Hm.«

»Ich bin jetzt weg, Annie, aber, wenn was ist, rufst du mich an, o.k.?«

Sie nickte müde.

»Allez, courage!« Er hob ihr Kinn an und gab ihr einen Kuss. Dann lief er, durchaus weniger dynamisch als üblich,

zum Kommissariat. Dort angekommen goss er sich sofort einen neuen Kaffee ein.

In seinem Kopf vermischten sich Annies Recherchen mit dem, was Madame Bergerac erzählt hatte.

Simon Wolff hatte einen Artikel über die zweifelhafte Karriere des Schwiegervaters von Madame Bergerac gefunden. Zunächst suchte er auf gut Glück »Staatsanwalt Bergerac« im Internet. Aber er fand nur offizielle Verlautbarungen, feierliche Anlässe, Lobeshymnen.

Er nahm sich den Stapel Papier vor, den Léa ihm auf den Tisch gelegt hatte. Die Auswertungen des PC von Simon Wolff. Er blätterte und las hier und da hinein. Léa hatte es vorgeordnet, und er wählte den Teil zur Familiengeschichte. Ausdrucke von alten Briefen, deren schmale schräge Handschrift er nicht entziffern konnte, verschiedene Dokumente im Stil von Geburtsurkunden, Heiratsurkunden vermutete er. Er blätterte weiter. Schwarz-Weiß-Fotos aus einer anderen Zeit, von ernst in die Kamera starrenden Familienmitgliedern ohne Namen, ohne Datum. Er erinnerte sich, dass er selbst im Keller eine Kiste mit alten Fotos gefunden hatte und bis heute nicht in der Lage gewesen war, die Personen darauf zuzuordnen. Freunde der Urgroßeltern? Familie? Hatte er sogar noch italienische Cousins irgendwo? Und warum interessierte es ihn nicht? Weil er mit Familie um sich herum aufgewachsen war? Er hatte weitergeblättert und zuckte zusammen. »Vererbte Macht. Die Dynastie der Bergeracs.«

Das war der Artikel. Erschienen in einem engagierten und satirischen Magazin aus der Region. *Le Ravi*. Eine Art Cousin von *Charlie Hebdo*, der sich, wie das Pariser Vorbild, immer am Rande der Insolvenz befand. Duval überflog den Text. Die Bergeracs, vier Generationen Mauschelei und Korruption, hieß es. Diese Art mit den Mächtigen zu paktieren würde anscheinend, ebenso wie die juristischen Ämter in Erbfolge weitergegeben. Duval schnaufte. In dem Artikel wurde Richter Charles Bergerac beschuldigt, seinerzeit wichtige Gerichtsunterlagen im Verfahren gegen einen italienischen Mafiaboss »verloren« zu haben, was seiner Karriere aber nicht geschadet habe, im Gegenteil, denn interessanterweise war er kurz darauf zum Staatsanwalt ernannt worden. Schon sein Vater sei unter ominösen Umständen Staatsanwalt geworden, da der eigentliche Kandidat für diesen Posten, Richter Eugène-Jacob Lévy, überraschend »verschwunden« sei, er habe sich als reicher Jude nach Südamerika abgesetzt, wurde damals gemunkelt, und so rückte der zweite Mann auf der Liste nach oben und auf den Stuhl des Staatsanwalts: Georges Bergerac. Tatsächlich, so hieß es in diesem Text, habe man Eugène-Jacob Lévy im August 1942 gegen seinen Willen und trotz seines Richterstatus zu einem nächtlichen Ausflug abgeholt, und er fand sich alsbald in einem Viehwaggon Richtung Auschwitz wieder, ein Ausflug, von dem er nicht mehr zurückkommen sollte.

Duval schluckte. Das war harter Tobak. Nur der Urgroßvater Henri Bergerac habe eine verdiente Karriere in der Justiz gemacht. Man frage sich noch, in welche Richtung der junge Richter Ludovic Bergerac tendiere, seine Karriere als Staatsanwalt aber sei vorgezeichnet. Tradition verpflichte.

Der Artikel war anonym mit »Le Ravi« signiert.

Duval suchte auf der Internetseite des *Ravi* lange nach einer Telefonnummer. Seitdem alle ein Mobiltelefon hatten und überall erreichbar waren, schien es ihm, als würde niemand mehr gern telefonieren. Alle kommunizierten nur noch mit Mails und schickten sich Nachrichten aufs Telefon. Und natürlich war unter der angegebenen Telefonnummer nur ein Anrufbeantworter erreichbar. Er hinterließ eine Nachricht für den Chefredakteur und bat um dringenden Rückruf. Dann fuhr er nach Grasse und lieferte Madame Marnier einen Bericht über das, was sie inzwischen wussten. Seine Zusammenkunft mit Madame Bergerac verschwieg er und gab den Diebstahl des Gemäldes als Vermutung aus. Als Letztes legte er den Ausdruck des Artikels aus dem *Ravi* auf den Tisch.

Madame Marnier las ihn und schob ihn dann zurück zu Duval.

»Was sagen Sie dazu, dass Charles Bergerac wichtige Akten im Prozess gegen Gregorio Del Monte ›verloren‹ hat?«, fragte Duval.

»Die können von Glück sagen, dass die Bergeracs keine Klage wegen Verleumdung angestrebt haben. Das hätte dieses Blättchen ruiniert.« Sie sah ihn beinahe amüsiert an. »Das ist alles, was Sie haben?« Sie schüttelte unzufrieden den Kopf. »Und was soll ich Ihrer Meinung nach jetzt tun?« Provokant sah sie ihn an. »Das ist alles nicht sehr konkret, Duval, keine Fakten, keine Beweise, rein gar nichts. Was wollen Sie? Einen Durchsuchungsbeschluss für Bergerac? Um was zu finden? Alte Akten? Einen weißen Fleck an der Wand, wo früher ein Bonnard hing? Hören Sie auf.«

»Es muss doch eine Möglichkeit geben, mit dem Staatsanwalt *Tacheles* zu reden«, murrte Duval.

»Tacheles«, wiederholte Madame Marnier spitz, »Sie sind ja bereits sehr in der jüdischen Welt zu Hause. Dann wissen Sie sicher auch, dass ich den besorgten Rabbiner der jüdischen Kultusgemeinde von Cannes beinahe täglich am Telefon habe, der bereits alle jüdischen Gemeinden

im Umkreis, einschließlich Marseille und Toulouse, hinter sich versammelt hat, und die schnelle Resultate fordern. Die Presse bedrängt uns.« Sie blickte Duval grimmig an. »Wir haben nicht nur diesen einen Fall aufzuklären.«

Duval schwieg.

»Sehen Sie. Und wenn Sie nichts anderes haben, dann …« Sie blickte auf ihre Armbanduhr.

Duval erhob sich. »Auf Wiedersehen, *Madame le Juge.*«

»LA«, korrigierte sie.

»Wie bitte?« Duval tat so, als hätte er es nicht verstanden.

»Madame *la* Juge.«

»Natürlich, verzeihen Sie. Madame *la* Juge.«

Sie lächelte aufgesetzt.

Und jetzt rufst du dumme Kuh als Erstes Bergerac an und erzählst ihm alles brühwarm, dachte er wütend und schloss hörbar die Tür.

Er selbst wählte Annies Nummer.

»Ja?«, fragte sie abgehetzt.

»Hast du irgendwas angeleiert mit der Jüdischen Kultusgemeinde?«, fragte er direkt, ohne sie zu begrüßen.

»Was?«

»Ich komme eben von der Untersuchungsrichterin und musste mich zusammenfalten lassen, weil die Presse und die Jüdische Kultusgemeinde Druck machen. Sie sagte es mir so, als wüsste ich es, das heißt, sie vermutet, es komme von dir«, polterte Duval.

»Hallo, Léon, schön, dass du anrufst, möchtest du wissen, wie es uns geht?«, fragte sie kalt zurück.

»Annie, wir haben uns vor zwei Stunden das letzte Mal gesehen«, antwortete er genervt, »ich habe nicht bei jedem Anruf Zeit, deine Befindlichkeit abzufragen. Was also hast du gemacht?«

»Nichts habe ich gemacht, Herrgott noch mal. Ich habe Cora Wolff nur geraten ...«, setzte sie an.

»Schon verstanden«, wütete Duval. »Danke, dass du mir in den Rücken fällst.«

»Jetzt hör aber auf ...«, setzte sie an, aber er hatte die Verbindung unterbrochen.

Gleich darauf klingelte das Telefon wieder.

»Was gibt's da noch zu sagen?«, meldete er sich knapp, aber es war der Chefredakteur des *Ravi*.

»Verzeihung«, sagte Duval. Aber noch immer war er wütend und forderte aggressiv den Namen des Informanten des Artikels. Der Chefredakteur lehnte das entschieden ab.

»Ich habe einen Mordfall aufzuklären, verstehen Sie das? Und dieser Artikel ist nicht unschuldig an der Eskalation, so wie ich das sehe.«

Der Chefredakteur lachte auf. »Ich wollte ja immer, dass unsere Artikel etwas bewegen, aber dass es zu einem Mordfall kommen könnte ...« Er klang spöttisch-ironisch.

»Sie sind doch sehr gewalttätig, mit dem, was Sie schreiben.«

»Wir sind militante Wahrheitssucher, das ist alles. Ich hoffe immer, dass einmal ein Text von uns es in die nationale Presse schafft, damit wir mal wirklich gelesen werden. Bisher spielen wir immer nur in unserem kleinen Sandkasten im Süden.«

»Immerhin wurde mit diesem Artikel jemand erpresst.«

»Seien wir realistisch, Commissaire, es ist mehr als unwahrscheinlich, dass sich jemand wie Charles Bergerac von einem Text im *Ravi* einschüchtern oder gar erpressen lässt. Der Artikel ist vor fünf Jahren erschienen und hat nichts bewirkt. Kein anderes Magazin, keine Zeitung hat unseren Artikel übernommen. Niemand hat nachgefragt, niemand hat sich dafür interessiert. Wir sind wie eine lästige Fliege, aber mehr auch nicht. Wir haben keine wirkliche Macht, auch wenn ich das in keiner Redaktionskonferenz zugeben würde.«

Er hatte sicher recht, Charles Bergerac ließ sich davon nicht aus der Ruhe bringen, aber eben Madame Bergerac, die aus allen Wolken gefallen war, Angst vor einem Skandal und um den Ruf der Familie hatte und die um die Karriere ihres Mannes und ihres Sohnes fürchtete.

»Trotzdem ist jemand, der mit diesem Artikel versuchte Wirbel zu machen, gewaltsam ums Leben gekommen.«

»Das tut mir leid. Aber ich lehne jede Verantwortung für das, was andere mit unserem Text machen, ab. Vor allem Erpressung. Erpressung finde ich widerwärtig. Wir decken Dinge und Sachverhalte auf und benennen sie. Das hat manchmal eine Wirkung, oft leider nicht.«

»Sagen Sie mir wenigstens, wer Ihnen die Informationen über Georges Bergerac gegeben hat«, bat Duval.

»Bergerac, der Denunziant«, spottete der Chefredakteur. »Ich kann Ihnen den Namen nicht geben, aber ich versichere Ihnen, dass unser Informant das gründlich recherchiert hat und wir es gegengecheckt haben. Georges Bergerac ist für seine Karriere buchstäblich über Leichen gegangen.«

8

»Villiers hat angerufen«, sagte Annie, als Duval verschwitzt von seinem Morgenlauf zurückkam, und hielt ihm das Smartphone entgegen. »Seit wann läufst du ohne dein Telefon?«

Er zuckte mit den Schultern. »Um was geht's?«, schnaufte er.

»Glaubst du im Ernst, das sagt er mir, der Journalistin, die der Polizei in den Rücken fällt?« Sie war immer noch gekränkt. »Du sollst anrufen. Klang dringend.«

Duval wählte die letzte Nummer auf der Anrufliste. »Villiers, ich bin's. Was gibt's?« Er lauschte einen Moment. »Ich komme. Bin gleich da.«

»Was ist los?«, drängte Annie ihn.

»Ich kann dir nichts sagen, Annie.«

»Herrjeh, ich habe NICHTS gemacht, Léon. Cora Wolff hat mich gefragt, und ich habe ihr geantwortet. Das hättest du doch auch gemacht! Was sie daraus macht, ist dann nicht mehr meine Verantwortung. Vertrau mir bitte!«

»Versprich mir, dass du nicht sofort deinen neuen Chef anrufst, um den Titel von *Nice-Matin* zu ändern«, setzte Duval an.

»Oh, mein neuer Chef«, sagte sie abwertend. »Der ist sowieso mein zukünftiger Ex-Chef.«

»Hast du schon gekündigt?«, fragte Duval.

Sie schüttelte den Kopf. »Was ist los?«

»Wir haben eine zweite Leiche auf dem Friedhof.«

»Scheiße«, sagte sie.

»Ja.«

»Du warst also auf einer falschen Piste? Vielleicht hat das alles gar nichts mit Simon Wolffs Tod zu tun? Und es handelt sich um einen Serienmörder?«

»Was weiß ich.« Duval blieb einsilbig, goss sich einen Kaffee ein, warf ein Stück Zucker hinein und rührte um. Er trank den lauwarmen Kaffee mit zwei großen Schlucken. »Ich geh duschen«, murmelte er und verschwand.

Bemüht ausdruckslos betrachtete Duval die klaffende Wunde an der Schläfe, die starrenden Augen und den offenen Mund.

»Wie beim letzten Mal. Keine Brieftasche, kein Portemonnaie, kein Mobiltelefon.« Der Polizeibeamte zeigte auf die Handtasche, die offen am Boden lag. »Da hat es jemand auf das Geld und die Telefone abgesehen. Kann man immer für ein paar Euros verscherbeln«, erklärte er.

»Und für das bisschen Geld und ein altes Telefon bringt man gleich jemanden um?«

»Vielleicht hat sie Geld aus einem Automaten gezogen, und jemand hat sie dabei beobachtet? Ein Drogenabhängiger, der dringend einen Schuss und dafür Geld brauchte? Der Täter hat zunächst versucht, sie zu erdrosseln«, er zeigte auf die Würgemale am Hals, »und ihr wohl zusätzlich mit diesem kleinen Marmorengel«, der Polizist zeigte die kleine weiße Statue in einer durchsichtigen Plastiktüte, »eins übergebraten. Der Engel war vermutlich tödlich.«

»Der Engel war tödlich«, wiederholte Duval und seufzte.

»*Bah oui,* der stand vermutlich in Griffnähe herum und ist schön handlich.« Der Polizist hob die Tüte an. »Nicht zu schwer«, befand er pragmatisch.

»Ach, Madame Bosetti«, murmelte Duval, »es tut mir wirklich leid.«

»Kardialer Reflextod«, ließ sich der Gerichtsmediziner später zu einer ungewohnt schnellen Aussage hinreißen. »Kommt nicht häufig vor, man muss gewisse Risikofaktoren mitbringen, aber sie war über sechzig und Diabetikerin.« Er zeigte auf die Einstiche in den Fingerkuppen.

»Die Strangulation erfolgte nicht sehr professionell«, erläuterte er. »Die Kompression des Halses erfolgte beidhändig symmetrisch von hinten, schauen Sie«, sagte er zu Duval und zeigte auf den Hals der Toten, »diese ovalen Hämatome an den Halsseiten sind ganz typische Würgemale, aber mir scheint, dass der Täter oder die Täterin den Druck auf die Karotide nicht ausreichend lange ausgeübt hat.« Er betrachtete nachdenklich die Flecken am Hals. »Sie wäre daran nicht gestorben. Vermutlich erlitt sie einen Herzinfarkt, den der Täter aber nicht als solchen erkannt hat. Er vermutete möglicherweise Bewusstlosigkeit, und hat, um sicherzugehen, noch einmal mit dem Marmorengel zugeschlagen. Einmal nur. Dieser Schlag wurde nur mit wenig Kraftaufwand, ich möchte fast sagen, etwas zögerlich, von oben ausgeführt, so in etwa«, er deutete einen Schlag an, »da lag sie vermutlich schon am Boden. Vielleicht wurde ihm gleichzeitig klar, dass sie bereits tot war, was diesen halbherzigen Schlag erklären würde. An dem sie, genau wie an dem zu wenig aggressiv ausgeführten Würgegriff, nicht gestorben wäre, wenn das Herz nicht aufgegeben hätte, das kann ich Ihnen mit Bestimmtheit sagen.«

»Ich glaube nicht an die Theorie eines drogensüchtigen Serienmörders, der Menschen wegen ein paar Euros und eines Telefons auf dem Friedhof ermordet«, sagte Duval entschieden.

»Und ich finde das sehr plausibel«, verteidigte Madame Marnier vehement ihre Idee. »Menschen werden immer wegen Kleinigkeiten getötet. Hier«, sie deutete auf eine Akte, »dieser junge Mann hier hat seine Frau mit 16 Messerstichen getötet, weil sie eine halbe Stunde zu spät nach Hause gekommen ist.«

Duval nickte. Das Drama hatte die ganze Stadt erschüttert. Ein junges binationales Paar mit einem Baby, bislang unauffällig in dem großen Apartmenthaus, beide berufstätig, der Täter ohne Vorstrafen. Er war weder alkoholisiert noch stand er unter Drogeneinfluss, und trotzdem hatte er diesen brutalen Aussetzer, der seine junge Frau das Leben kostete, ihn lange Zeit ins Gefängnis bringen würde und ein sechs Monate altes Baby in ein Waisenhaus. Mit dem Baby im Arm hatte er die Polizisten empfangen. »Ich habe gerade meine Frau getötet«, hatte er in großer Ruhe gesagt, als er selbst den Polizeinotdienst verständigt hatte. Was für eine tragische Geschichte.

»Diese großen dramatischen und verwickelten Fälle mit dunklen Geheimnissen aus vergangenen Zeiten«, Madame Marnier sah ihn spöttisch an und schüttelte den Kopf, »das gibt's nur im Fernsehen«, sagte sie entschieden. »Wir haben zwar eine zweite Leiche, aber auf jeden Fall haben wir es nun definitiv nicht mit einem antisemitisch begründeten Mord zu tun, und wir können die Jüdische Kultusgemeinde beruhigen.« Madame Marnier wirkte sehr zufrieden. »Madeleine Bosetti war gute Katholikin und wurde, das ist durchaus tragisch, am Fuße der Mauer, in dem sich das Urnengrab ihrer Tochter Marine befindet, gefunden. Sie wollen jetzt nicht auch all die Angehörigen der anderen Urnengräber überprüfen, hoffe ich.« Ihr Spott war unüberhörbar.

Duval reagierte nicht.

»Sehen Sie«, sagte sie zufrieden. »Ich wusste, dass Ihre bisherige Ermittlung uns in die Irre führt, und ich weiß nicht, warum Sie so auf diesem Thema herumreiten, Duval. Ich bin davon überzeugt, dass der Täter derselbe ist, und es geht ihm um Geld. Warum er sich den Friedhof für seine Opfer ausgesucht hat, wer weiß. Alte Damen sind eine leichte Beute.«

»Simon Wolff war alles andere als eine leichte Beute. Das war ein muskulöser junger Mann«, widersprach Duval.

»Wer weiß schon, warum er ein Opfer wurde, das wird uns nur der Täter sagen können«, wehrte die Richterin ab. »Hatte nicht seine Freundin erzählt, dass er immer viel Bargeld mit sich herumtrug? Vielleicht hat das auch jemand anderes bemerkt.

Lassen Sie den Friedhof offiziell überwachen, offizielle Polizeipräsenz am Eingang, damit sich die Besucher des Friedhofs in Sicherheit fühlen können. Und zwei Beamte in Zivil, die auf dem Friedhof patrouillieren. Wenn morgen die Schlagzeile von *Nice-Matin* lautet, der Mörder vom Friedhof habe wieder zugeschlagen, dann haben wir sofort jede Menge Schaulustige auf dem Friedhof, alle, die sich gern gruseln wollen. Aber, und das ist vielleicht interessant, möglicherweise auch unseren Täter, der sich zwischen die Menschen mischt und ein weiteres Opfer aussucht.«

»Ich bin nicht von Madame Marniers These überzeugt«, sagte Duval später zu den Kollegen. »Ich glaube, Madame Bosetti hat sich an etwas erinnert und irgendjemandem verhängnisvolle Fragen gestellt.«

»Dem Mann, den sie gesehen hat? Vielleicht ist er wieder aufgetaucht, und sie hat ihn angesprochen?«

»Glaubst du, dass eine ältere Dame einen potenziellen Täter einfach so anspricht?«

»Warum nicht? Mit einer Portion Naivität? Außerdem fühlte sie sich auf dem Friedhof zu Hause. Das war ihr Terrain.«

»Vielleicht hielt sie sich ja auch plötzlich für Miss Marple?«

»Vielleicht glaubte nur jemand, sie könne sich an etwas erinnern und verhängnisvolle Fragen stellen? Und hat sie vorsorglich umgebracht.«

»Suchen wir eigentlich immer noch einen Mann?«

»Nicht unbedingt«, stimmte Duval zu. »Die kleine Dame kann durchaus auch von einer energischen Frau getötet worden sein.«

»Im Prinzip könnte auch Simon Wolff von einer energischen Frau getötet worden sein, oder? Stand nicht im Bericht des Gerichtsmediziners, dass der erste Schlag von schräg unten erfolgt ist? Eine kleinere Person also. Warum nicht eine Frau? Ich erinnere mich nur an diese Furie aus der Irrenanstalt ...«

»Irrenanstalt«, Léa Leroc stöhnte auf, »könnt ihr nicht *einmal* korrekt reden? Das ist eine Psychiatrische Klinik.«

»Psychiatrische Klinik«, äffte Villiers sie nach. »Seitdem du auf dem Psycholog*innen*-Trip bist, bist du ganz empfindlich geworden, was?«

»Du bist manchmal so ein Arschloch, Villiers.«

»Oh«, machte Villiers gespielt empört, »aber Léa, kannst du nicht *einmal* korrekt reden?«

»Können Sie Ihre Spielchen später untereinander regeln«, unterbrach Duval, »Léa hat recht, wenn wir nicht aufpassen, wie wir im Alltag miteinander reden, dann rutscht uns das auch in Situationen raus, in denen es nicht passt, und wir werden sofort als die dumpfen rassistischen *Flics* hingestellt, die wir ja nicht sind, nicht wahr, Villiers? Und könnten wir uns jetzt mal auf unseren Fall konzentrieren?«

»Welchen?«, fragte Villiers frech.

»Das dachte ich gerade, es können genauso gut zwei Täter sein, oder?«, schlug LeBlanc vor. »Zwei Fälle. Der zweite Fall hat nicht unbedingt mit dem ersten zu tun. Eine Art Trittbrettfahrer hat die Situation ausgenutzt.«

»Hm«, machte Duval nicht überzeugt.

»Oder es ist derselbe Täter, aber der zweite Fall soll uns vom ersten ablenken? Und uns gerade von dieser Spur wegbringen, weil wir da zu sehr hinsehen?«, mutmaßte Léa Leroc.

»Es kann tatsächlich sein, dass uns, während wir uns um Madame Bosetti kümmern, irgendetwas anderes entgeht«, sagte Duval. »Oder entgehen soll. Ich will, dass wir beides im Auge behalten. Leroc und LeBlanc, schauen Sie sich mal die Wohnung von Madame Bosetti an, vielleicht finden Sie da etwas, das uns Aufschluss geben kann. Villiers und ich, wir nehmen uns noch mal die Angestellten des Friedhofs vor.«

»Das war eine komische Stimmung da, fandet ihr nicht?«, fragte Villiers.

»Stellen Sie sich vor, Sie finden zweimal einen Toten bei uns im Kommissariat, da wäre hier auch eine komische Stimmung«, gab Duval zurück.

Obwohl die Polizei in Zusammenarbeit mit der Stadt Cannes hatte verlautbaren lassen, dass der Besuch des Friedhofs sicher sei, standen die Telefone nicht still. Die Menschen ängstigten sich, forderten noch mehr Polizeipräsenz, und abenteuerliche Geschichten von vermeintlich dunklen Gestalten, die den Friedhof frequentierten, wurden über Facebook-Gruppen in Windeseile verbreitet. »Warum tut die Stadt nichts?«, schrien die einen. »Warum tut die Polizei nichts?«, schrien die anderen. Mehrere Tage waren die Beamten damit beschäftigt, allen Anrufen und Hinweisen nachzugehen. Auch die Friedhofsangestellten wurden erneut befragt.

»Also noch mal, Monsieur Boualam«, sagte Duval, »Sie haben die Frau am besagten Abend schon gefunden, aber nicht reagiert. Sie haben niemanden verständigt, weder die Friedhofsleitung noch den Notarzt noch die Polizei. Sie haben sie liegen lassen und sich aus dem Staub gemacht. Wissen Sie, wie man das nennt? Unterlassene Hilfeleistung nennt man das. Dafür können Sie ins Gefängnis kommen.«

Der Friedhofsgärtner vergrub stöhnend sein Gesicht in

den Händen. »Dort lande ich doch auf jeden Fall. So ist es immer. Ich passe perfekt in Ihr Profil. Hätte ich die Polizei gerufen, hätten Sie mich festgenommen, rufe ich sie nicht, nehmen Sie mich auch fest. Ich lande so oder so im Knast. Immer die gleiche Geschichte. Der Araber vom Dienst. Ich hätte mich absetzen sollen. Ich bin so ein Trottel.«

»Hören Sie auf«, sagte Duval ärgerlich. »Wenn Sie nichts zu befürchten haben, landen Sie auch nicht im Knast.«

»Jaja«, winkte der Gärtner ab. »Ich habe das schon hinter mir. Wenn bei den senilen Nachbarn Geld und Schmuck verschwindet, dann ist es der Araber, der es geklaut hat. Genau so bin ich in den Knast gekommen. Nur weil ich gern auf Pferderennen wette, also Geld brauche, wie der Richter meinte. Mit einem Fingerabdruck an einem Türgriff bei den Nachbarn haben sie mich festgenagelt, und ich hatte kein Alibi. Ich habe ihnen manchmal Wasser hochgetragen und in die Wohnung gebracht, aber ich beklaue doch nicht zwei hilflose Alte.« Empört sah er Duval an. »Aber der Richter war da anderer Ansicht. Ein Araber ist immer der ideale Täter. Die Krankenschwestern, die morgens und abends kommen, oder der Taxichauffeur, der sie herumfährt, hätten es genauso gut sein können, aber nein, meine Fingerabdrücke sind die eines Täters. Und wenn irgendwo jemand getötet wird, dann ist es natürlich auch der Araber«, schimpfte er.

Duval wusste, worauf der Gärtner anspielte. Die »Affäre Omar Raddad« erhitzte auch nach dreißig Jahren noch die Gemüter. Omar Raddad, Gärtner einer wohlhabenden Witwe in Mougins, war des Mordes an besagter Dame angeklagt worden. Man hatte sie grausam zugerichtet in ihrem Keller gefunden. An der Wand eine Inschrift aus Blut: *»Omar m'a tuer«*. Obwohl der Gärtner seine Unschuld beteuerte, es sich widersprechende Zeugenaussagen gab und nur unzureichende Beweise, hatte man den Gärtner zu achtzehn Jahren Haft verurteilt. Für ein paar Tausend Franc habe er diese grausame Tat begangen, hatte der Richter damals entschieden. Omar Raddad, der weiterhin seine Unschuld beteuerte, wurde zwei Jahre später nach Intervention des marokkanischen Königs Hassan II. vom damaligen Staatspräsidenten Chirac begnadigt, nie aber wurde er von dieser Schuld reingewaschen. Noch immer war die Welt gespalten in dieser Sache. Duval hielt es eher für unwahrscheinlich, dass ein Gärtner, der sein Auskommen bei der Witwe hatte, die er geradezu unterwürfig verehrte, diese für ein paar Tausend Franc, umgerechnet vielleicht 1000 Euro, grausam getötet haben sollte. Niemand hatte in dieser Affäre gefragt, wem der Tod der alten Dame genützt habe. Den Erben nämlich, den Kindern, die unbehelligt ein Millionenerbe angetreten hatten. Wenn die Ermittlung auch allerhand merkwürdige Wendungen nahm, so hatte bis heute niemand in diese Richtung recherchiert.

»Ich weiß, wie es läuft«, schimpfte Rachid Boualam noch einmal. »Ich war schon einmal im Knast für gar nichts. Und jetzt ...«

»Nun hören Sie schon auf, niemand macht aus Ihnen einen zweiten Omar Raddad«, gab Duval verärgert zurück. »Erzählen Sie mir lieber, was Sie genau gesehen und gemacht haben. Sie haben die Leiche also entdeckt.«

»Ich habe sie gefunden, ja, am Abend, als ich durch die *Allée des Violettes* zurückgegangen bin. Ich kannte sie, jeder hier kennt sie. Sie ist nett und harmlos, aber sie ist auch ein bisschen geschwätzig und neugierig und fragt einen aus, außerdem will sie mich immer zum Christentum bekehren«, sagte er grimmig. »Immer endet es damit. Dass ich zu irgendeiner Heiligen beten soll. Ich habe schon eine Religion! Ich bekehre niemanden, aber ich will, dass man mich in Ruhe lässt. Religion ist Privatsache, heißt es doch, oder?« Er blitzte den Kommissar an.

»Richtig.«

Zufrieden über die Zustimmung, wurde Rachid Boualam etwas ruhiger. »Manchmal kann ich es nicht ertragen, und ich weiche ihr aus. Aber neulich hatte ich noch ein Stündchen Zeit bis Dienstschluss rumzukriegen und dachte, ich schau mal, ob sie da ist. Wenn ich mit ihr rede, dann kriege ich die Zeit rum, ohne dass mir noch jemand Arbeit aufbrummt. Ich bog von der *Allée* ab und ging in das *Carré* 6, es liegt ein bisschen versteckt hinter Hecken. Ich hab sie dann aber nicht gesehen, Madame Bosetti, meine ich. Aber die Kerzen waren hier und da angezündet. Nicht alle haben das, aber auf manchen Gräbern stehen welche. Ich finde das schön«, er blickte verlegen unter sich. »Wir haben so etwas nicht in unserer Tradition, aber mir gefällt das, diese Lichter in der Dämmerung. Einmal habe ich ihr das gesagt, und seitdem belästigte sie mich mit ihren Heiligen.« Er verdrehte die Augen. »Sie schenkte mir eine dieser geweihten Kerzen. Ich habe sie weggeworfen«, sagte er verächtlich. »Ich brauche keine andere Religion. Ich bin Muslim und basta«, sagte er aggressiv.

»Alles gut«, fühlte Duval sich bemüßigt zu sagen. »Alles gut. Möchten Sie ein Glas Wasser?«

»Danke, ja.«

Duval machte Villiers ein Zeichen, der einen Becher Wasser aus dem Wassersprudler blubbern ließ und es Rachid Boualam hinstellte.

Der trank das Wasser in einem Zug aus. »Danke«, nickte er.

»Also«, nahm Duval das Wort wieder auf. »Sie haben die Kerzen gesehen.«

»Ja. Sie war also zumindest da gewesen, dachte ich. Nur die Kerze vor dem Urnengrab ihrer Tochter leuchtete nicht, das fand ich merkwürdig. Und dann sah ich sie. Sie lag am Boden. Die Kerze lag daneben. Ich war so erschrocken, ich dachte, sie habe vielleicht einen Herzinfarkt, und ich *habe* sie angefasst!« Er sah Duval eindringlich an. »Ich *wollte* ihr helfen! Madame, habe ich gerufen, Madame, aber dann sah ich die Wunde am Kopf und diese weiße Statue, diesen Engel, der da lag, und ich begriff, dass sie schon tot war. Ich war furchtbar aufgeregt. Die Handtasche lag am Boden und war offen, und ich dachte, wenn ich noch eine Sekunde dableibe und mich jemand sieht, wird man glauben, dass ich es war und dass ich sie umgebracht und bestohlen habe. Ich habe gemacht, dass ich wegkam, und dann habe ich noch total auffällig eine Hecke beschnitten und einen Riesenbogen zum Ausgang geschlagen, damit es nicht so aussah, als käme ich von dort, wo sie lag. Aber sie war schon tot! Ich schwöre es beim Leben meiner Mutter!«

»Na ja«, spottete Villiers später, »vielleicht ist seine Mutter schon tot, da kann man gut schwören.«

»Noah«, empörte sich Léa, »was ist denn mit dir los? Du wirst langsam auch rassistisch.«

»Das macht das gute Umfeld, in dem ich mich bewege«, grinste Villiers und zeigte auf die aktuelle Schlagzeile von *Nice-Matin* »Neue rassistische Chatgruppe in der Polizei aufgedeckt«.

Fünf Polizisten waren wegen rassistischer und antisemitischer Äußerungen in einer privaten Whatsapp-Gruppe angeklagt worden und erwarteten demnächst ein Disziplinarverfahren. Der Polizeidirektor der *Police Nationale* versicherte sofort, dass dieses Verhalten in der Polizei nicht tragbar sei und dass die Kollegen mit aller gebotenen Strenge zur Verantwortung gezogen würden. Die Polizei ist nicht rassistisch, betonte er entschieden gegenüber der Presse. Und zog zum Beweis die vielen Kollegen herbei, die arabischstämmig seien und aus den überseeischen Départments stammten. Nur einzelne Kollegen werfen ein schlechtes Licht auf die Gesamtheit der Polizei.

»Die Polizei ist nicht rassistisch«, wiederholte Villiers bitter. »Genau, davon kann ich ein Lied singen. Wenn ich nicht entschieden hätte, dass ich darüberstehe, hätte ich schon manch einem der Kollegen die Fresse polieren müssen. Ganz schlimm war es während der Ausbildung. Zwischen Negro, Schokoboy, Kameltreiber und Milchkaffee habe ich schon alles zu hören gekriegt. Außerdem wird man immer sofort geduzt. Ey, Negro, komm mal her. Aber damals hätte ich meinen Vorgesetzten nicht anklagen können. Disziplinarverfahren, dass ich nicht lache. Wenn ich das gemacht hätte, wäre ich meines Lebens nicht mehr sicher gewesen. Aber nein, die Polizei ist nicht rassistisch.«

»Und ausgerechnet du machst frauenfeindliche und rassistische Bemerkungen«, konnte Léa sich nicht verkneifen.

»Das war ein Witz, Léa! Ironie, schon mal gehört?«

»Ironie. Ganz toll«, Léa verzog verächtlich das Gesicht.

»O. k., o. k., ich geb's zu, es war daneben.«

»Also«, unterbrach Duval, »es kann so gewesen sein. Muss aber nicht. Auf dem Engel waren keine Fingerabdrücke, abgewischt, genau wie auf den Keramikblumen. Hat unser Gärtner denn ein Alibi für den Freitag, an dem man Simon Wolff gefunden hat?« Er sah Villiers an. »Konnten Sie da was erfahren?«

»Ja«, Villiers nickte. »Er ist in der Moschee bekannt, jeder dort kennt seine Gefängnisgeschichte. Mehrere Zeugen bestätigen, dass er anwesend war.«

»Das könnten sie auch aus Gefälligkeit tun, oder?«, zweifelte LeBlanc.

»Könnten sie. Aber wir wollen mal nicht annehmen, dass in einer Moschee, im Angesicht von Allah, gleich mehrere Personen lügen«, entschied Duval. »Was sagen denn die anderen Friedhofswärter?«

»Na, laut Dienstplan war Philippe Mollard eingeteilt für die Schließung. Er hat Madame Bosetti aber nicht gefunden. Er hat mir lang und breit seinen abendlichen Weg beschrieben, ich will es nicht ausschließen, dass er ebenfalls einen großen Bogen geschlagen hat«, grinste Villiers. »Vielleicht wollte er auch keine zweite Leiche finden.«

»Was ich verstehen könnte.«

»Laut den Nachbarn war Madame Bosetti eine reizende kleine Dame, sehr beliebt, ruhig, niemand hat ein böses Wort verloren. Nur eine jüngere Nachbarin fand sie etwas aufdringlich, geschwätzig und bigott, sie ging ihr deswegen manchmal aus dem Weg«, berichtete Léa Leroc. »Aber auch sie, wie sämtliche anderen Nachbarn, ist nur erschüttert, dass sie so ums Leben kommen musste. Sie wohnte in einer kleinen Zweizimmerwohnung in einem einfachen Mehrfamilienhaus in der *Rue des Vosges,* nicht weit vom Friedhof«, fuhr sie fort. »Schlicht eingerichtet, Holzmöbel in einem rustikalen Achtzigerjahre-Stil. Perfekt aufgeräumt, sauber. Geschirr gespült. Badezimmer glänzt. Bett gemacht. In einem Vitrinenschrank stehen ein paar gerahmte Fotos, die Eltern, Familienangehörige und ein Mädchen in allen Altersstufen vom Baby bis hin zur jungen Frau, vermutlich ihre verstorbene Tochter. Außerdem ein bisschen Nippes, ein paar bunte Briefbeschwerer, ein paar Porzellanengelchen. Nichts Wertvolles. Kaum Bücher, keine CDs. Ein Fernseher im Wohnzimmer. Im Schlafzimmer ein Weihwasserkesselchen an der Wand neben dem Bett und ein kitschiges Heiligenbildchen. Die heilige Rita. So was habe ich schon lang nicht mehr gesehen«, lächelte Léa. »Im Nachttisch ein Gebetbuch, ein Rosenkranz und andere Heiligenbildchen. Die heilige Rita war wohl ihre Lieblingsheilige.«

»Wobei hilft sie?«, fragte Duval.

»Keine Ahnung.« Léa zuckte mit den Schultern.

»Bei aussichtslosen Fällen«, warf Villiers ein.

»Noah!« Léa riss die Augen auf. »So was weißt ausgerechnet du?«

»Ich habe eine strenge katholische Erziehung genossen«, erklärte Villiers und verdrehte die Augen. »Das sitzt. Und meine Mutter betet neuerdings ständig zur heiligen Rita, seit mein Vater krank ist.«

»Oh«, sagte Duval. »Ich wusste nicht, dass es um Ihren Vater so schlimm steht.«

Villiers zuckte mit den Schultern. »Sie haben ihm den Krebs rausoperiert. Sollte wieder aufwärts gehen. Er lässt sich nicht gehen. Alter Militär immerhin. Wir zeigen keinen Schmerz und keine Schwäche. Und meine Mutter betet ja viel.« Er verzog spöttisch das Gesicht.

Duval lächelte schief. »Tut mir leid. Wenn Sie freie Tage brauchen oder wenn wir sonst etwas tun können«, setzte er an.

»Schon gut«, wehrte Villiers ab, »aber danke.«

»Auch Noah ist ein alter Militär und zeigt keinen Schmerz«, spottete Léa, aber sie lächelte ihn freundlich an.

Villiers grinste zurück. »Du kennst mich eben.«

»Gut, zurück zu Madame Bosetti, bitte«, forderte Duval.

Léa sah auf ihre Notizen, »ein paar gerahmte Drucke von Blumen im Wohn- als auch im Schlafzimmer«, las sie vor. »Nirgends etwas Wertvolles. Kein verstecktes Geld zwischen der Wäsche, kein bedeutender Schmuck, keine Besonderheiten in den Kontoauszügen. Sie hatte eine kleine Witwenrente und bekam etwas Wohngeld. Eine normale einfache kleine Frau. Das Einzige, was wir gefunden haben, kann sein, dass es zu weit hergeholt ist«, sie zuckte mit den Schultern, »war in der Küche. Die Küche übrigens, mit ihrem abgenutzten kleinen Resopaltisch und zwei Hockern, sah aus, als wäre es ihr Hauptaufenthaltsraum gewesen.« Sie blickte erneut auf ihre Notizen: »Dort steht ein kleines Kofferradio; auf einer Stoffserviette sind eine Milchkaffeeschale und eine Zuckerdose vorbereitet. Daneben ein fast leeres Glas löslicher Kaffee. Eine geöffnete Tüte mit Madeleines, mehrere Stifte, ein Notizblock mit einer kleinen Einkaufsliste, Weißwein, Oliven, Nescafé, Würfelzucker, Bananen, *Mir Express*«, las sie vor.

»Was ist *Mir Express*?«, fragte Villiers.

»Ein Handwaschmittel für die kleine Wäsche«, erläuterte Léa. »Sag jetzt nichts!«, drohte sie ihm.

»Was denn? Was soll ich denn sagen?«, er grinste frech.

»Weiter bitte«, forderte Duval.

»Unter dem Tisch steht ein Korb mit Zeitungen und Kreuzworträtselheften.« Sie hielt eines davon hoch. »Es war das Einzige, was uns aufgefallen ist, nicht wahr Michel?« Michel LeBlanc nickte. »Sie hat wohl zuletzt an diesem hier«, sie schlug das Heft auf, »gearbeitet.« Sie zeigte eine noch halb leere Kreuzworträtselseite. »Aneignung fremden Eigentums«, las sie vor. »Mit neun Buchstaben.«

»Diebstahl«, sagte Duval.

»Richtig, ziemlich einfach. Diebstahl. Aber sie hat das Wort mehrfach überschrieben. Das ist das einzige Mal, dass es mir so aufgefallen ist. Wir haben die anderen Kreuzworträtsel daraufhin durchgesehen. Manchmal hat sie etwas überschrieben, wenn sie sich zuerst getäuscht hatte, dann wird ein E in ein U überschrieben oder so etwas, aber dass sie ein auf Anhieb gefundenes Wort so oft überschreibt, das kommt so nur einmal vor.«

»Diebstahl«, überlegte Duval laut. »Wer hat wem was gestohlen? Kann Madame Bosetti von dem gestohlenen Bonnard etwas gewusst haben? Ich wollte Madame Bergerac sowieso noch einmal sprechen.« Ein Blitz zuckte durch den grauschwarz gewordenen Himmel, und Duval sah beunruhigt aus dem Fenster des dritten Stocks. Das seit Tagen angekündigte Unwetter kam näher. »Ich geh kurz nach Hause«, entschied Duval. »Ich will sicher sein, dass dort alles in Ordnung ist. Wenn Sie gehen müssen ...« Er sah die Kollegen an und ließ den Satz unbeendet in der Luft hängen. »Ich geh auch mal«, Villiers nickte und nahm seine Jacke. »Audrey ängstigt sich, dass es so werden könnte wie vor fünf Jahren.«

Das Unwetter, vor dem der Wetterdienst schon seit Tagen warnte, und an das man angesichts des milden sonnigen Herbstwetters nicht glauben wollte, hatte sich in den vergangenen Stunden mit heftigen Windböen und tief hängenden düsteren Wolken bemerkbar gemacht. Jetzt hatte sich der Himmel am helllichten Tag verfinstert, Windböen fegten Laub und Müll über die Straßen, nicht rechtzeitig eingefahrene Markisen flatterten im Wind, und das Gestänge ächzte gefährlich. Hier und da flog polternd ein Plastikstuhl davon, und die Menschen, die noch unterwegs waren, stemmten sich mit hochgezogenen Schultern gegen den Wind. Die Uferstraßen und die Unterführungen waren bereits gesperrt, die Palmen wiegten sich im stärker werdenden Wind, und ihre Blätterkronen weit oben sahen bereits aus wie verwehte Haarschöpfe. Ein Palmwedel fegte herab und knallte auf das Dach eines geparkten Autos. Es war leichtsinnig, während eines Unwetters so nah am Meer sein Auto abzustellen. Niemand wusste, wie hoch und weit die Wellen schlagen würden. Jedes Jahr wurden Autos vom kurzfristigen Hochwasser buchstäblich weggeschwemmt, ineinandergeschoben oder an der Begrenzungsmauer zum Meer zerquetscht. Sämtliche Strandrestaurants hatten ihre nagelneuen Pavillons so gut wie möglich verbarrikadiert.

Bereits am Vortag hatte Météo France die Warnstufe Orange auf Rot angehoben, und man hatte die Bevölkerung gebeten, nicht dringend erforderliche Fahrten zu unterlassen. Die Schulen blieben aus diesem Grund geschlossen, auch die Einkaufszentren schlossen um 14 Uhr ihre Tore. Der Zugverkehr sollte am Nachmittag eingestellt werden.

»Wenn Sie unterwegs sind, gehen Sie schnellstmöglich nach Hause, bleiben Sie dort. Suchen Sie im Zweifelsfall Schutz in den oberen Etagen Ihres Hauses«, wurde seit ein paar Minuten in sämtlichen Medien verbreitet.

Man erinnerte sich noch eindringlich an die Überschwemmungskatastrophe, die die Stadt vor fünf Jahren heimgesucht hatte. Sintflutartiger Regen hatte die vielen kleinen Bäche, die seit jeher die Stadt überirdisch und unterirdisch durchzogen – immerhin war das heutige Stadtgebiet von Cannes auf einem ehemaligen Sumpfgebiet gegründet worden –, plötzlich zu reißenden Strömen anschwellen lassen, die über die Ufer traten und in kürzester Zeit ganze Stadtviertel überschwemmten, Straßen unterhöhlten und zum Bersten brachten. Souterrain- und Erdgeschosswohnungen, Läden, Lagerräume, Werkstätten, Garagen, Keller waren abgesoffen, und noch wochenlang lagen verschlammte und unbrauchbar gewordene Möbel, Einrichtungsgegenstände, Bücher und Kleidung auf den Gehwegen und Straßen. Über den betroffenen Stadtvierteln lag damals wochenlang der Geruch von Feuchtigkeit und Kloake. Nie wieder wollte der Bürgermeister von Cannes seine Stadt so verwüstet sehen und so viele Tote zu beklagen haben. Man hatte für zukünftige Unwetter Szenarien und Notfallprogramme entwickelt, bis hin zu automatisierten Warn- und Informationsanrufen bei der Bevölkerung. Trotzdem hielten alle bei dem nun angesagten Unwetter den Atem an.

Duval hatte eilig das Laub von den Abflüssen vor und hinter dem Haus und unter der Regenrinne entfernt und schloss eben noch die Wohnungstür hinter sich, als der Regen schlagartig einsetzte. Senkrecht rauschte eine Wasserwand nach unten. Noch immer waren Autos unterwegs, die hier und da ins Schlingern kamen, die abschüssige Straße vor dem Haus Duvals hatte sich in eine Wasserrutschbahn verwandelt. Sirenen zeugten schon bald von den ersten Feuerwehreinsätzen. Es schüttete, Blitze zuckten am Himmel, und Donnergetöse krachte über dem Haus. Das Gewitter war genau über ihnen. Ein Blitz, ein weiteres ohrenbetäubendes Krachen, das Licht ging aus, im Sicherungskasten piepste es. Der Strom war ausgefallen.

Duval wiegte Julie in seinen Armen. Sie standen zu dritt im Halbdunkel vor dem Fenster und betrachteten das Wasserspektakel. Das Gewitter zog weiter. Der heftige Regen blieb. Die Windböen schüttelten die hohen Zypressen im Park.

Später, als die Stromversorgung wiederhergestellt war, schaltete Duval den Fernseher ein. In Cannes und an der Küste sah man riesige Wellen über die Uferstraßen peitschen, France 3 zeigte aber auch erste Amateurvideos aus dem Hinterland. Man sah erschreckende Bilder von braunen schlammigen Wasserfluten, die sich entfesselt durch Bergdörfer wälzten, Autos und Motorräder, Bäume und Strommasten mitrissen. Dort hatte der sintflutartige Regen schon vor Stunden begonnen und noch nicht nachgelassen. Das Video einer wegbrechenden Brücke mit einer großen Explosion wurde immer wieder gezeigt. Es stammte aus St.-Martin-Vésubie.

»Oh mon Dieu«, sagte Annie leise. »St.-Martin-Vésubie, stell dir das vor! Ich hoffe, Cora Wolff ist mit ihrem Vater nicht gerade jetzt dorthin gefahren«, sagte Annie, die die Nachrichtensendung im Fernsehen verfolgte, auf ihrem Smartphone tippte und immer mal wieder ins Internet klickte. Einen Nachmittag, einen Abend und eine Nacht hielt das Sturmtief *Alex* den Osten Südfrankreichs im Griff. Es regnete, Fensterläden schlugen, der Wind heulte ums Haus.

Gegen 2 Uhr morgens zogen Sturm und Regen genauso plötzlich ab, wie sie aufgekommen waren.

9

Der nächste Tag begann sonnig und warm. Nur die braunschlammigen, wirbeligen Wasser des Var, der vor ein paar Stunden nur knapp davor gewesen war, in Nizza über die Ufer zu treten, und der tonnenweise Unrat mitgeschleppt hatte, der sich jetzt auf dem verbliebenen Strand vor St.-Laurent-du-Var auftürmte, erinnerten an der Küste an das Unwetter der vergangenen Nacht. In Cannes zeugten verschlammte Uferstraßen, riesige Pfützen, manch ein überschwemmter Keller, die Strandrestaurateure, die ihren Schaden begutachteten, und zwei Jachten, die gestrandet waren, von dem durchgezogenen Sturmtief.

Im Fernsehen aber sah man die ersten Bilder des Hinterlandes, die von einem Helikopter aufgenommen worden waren. Verwüstung überall. Aus den kleinen Gebirgsbächen waren kilometerbreite entfesselte Schlammlawinen geworden, die mit Gewalt alles mitgerissen hatten. Autos, Brücken, Bäume, Häuser und Menschen. Inmitten der grauen Schlammfluten lagen Häuser herum, geborsten, entzweigebrochen, wie kaputtes und weggeworfenes Spielzeug. Andere standen nur noch zur Hälfte an einem Steilhang, den die Naturgewalt in einer Nacht geschaffen hatte. Ein Friedhof war weggeschwemmt worden, erfuhr man, und eine Tankstelle. Augenzeugen hatten in der Nacht ein älteres Ehepaar gesehen, das mitsamt seinem Haus in den Fluten versunken war.

Viele Dörfer waren seit der Nacht abgeschnitten und isoliert: Tende, Saorge, St.-Martin-Vésubie, Breil-sur-Roya. Die Zufahrtsstraßen waren von abgerutschten Hängen verschüttet, Brücken und Straßen waren weggebrochen. Es herrschte Katastrophenzustand.

»Mon Dieu«, wiederholte Annie, *»mon Dieu.* Die armen Menschen.«

Annie starrte auf die Bilder im Fernsehen und hatte das Telefon am Ohr.

Duval blätterte durch die Zeitung mit den ersten noch vagen Berichten und Fotos, die er gerade im Fernsehen gesehen hatte. »Musst du da hin?«, fragte er.

»Ich muss nicht, nein. Sie haben mich ja von allem Aktuellen abgeschnitten. Ich würde gerne und gleichzeitig ... weißt du was? Zum ersten Mal finde ich es widerlich, wie sie sich jetzt alle auf die armen Menschen in den Dörfern stürzen. Wer hat den dramatischsten Bericht? Die berührendste Geschichte, das emotionalste Foto. Ich denke trotzdem, ich sollte hin, weil ich die Menschen dort oben kenne, weil ich dort gelebt habe, aber ...«

»Hast du Cora Wolff eigentlich erreicht?«, unterbrach er sie.

»Noch nicht.«

Duval machte ein besorgtes Gesicht. »Was hast du also vor? Du fährst da hoch?«

»Hm.« Annie konnte den Blick nicht von den Bildern im Fernsehen lösen.

»Annie!«

»Ja?« Sie sah ihn halb abwesend an.

»Du fährst nicht da hoch? Auch nicht auf eigene Faust?«, forschte er nach.

»Nein.«

»Ich muss mir keine Sorgen machen um dich und um Julie?«

Sie lächelte leicht. »Nein. Versprochen. Ich bleibe hier. Und bin heute den ganzen Tag mit Julie zusammen. Mal sehen, was wir Aufregendes machen«, sagte sie spöttisch. »Einen Spaziergang im Park vielleicht.«

»Sieh dich vor, dort können Bäume entwurzelt sein oder Äste herabfallen.«

»Oh! Du machst dir wirklich Sorgen«, sagte sie überrascht.

»Natürlich«, er zog sie an sich und küsste sie. »Ihr seid das Wertvollste, was ich habe«, murmelte er leise. »Es wird mir bei diesen Katastrophen immer bewusst, wie winzig und machtlos wir sind und wie schnell alles vorbei sein kann.« Er küsste sie erneut, und Annie schmiegte sich in seine Arme. »Ich bin so müde«, nuschelte sie.

Er drückte sie. »Ich auch.« Seine Finger verhakten sich in ihren blonden ungekämmten Locken, und sie küssten sich leidenschaftlicher. Eine Rassel machte ihr vertrautes kleines Geräusch. Julie war aufgewacht und bewegte die Spielzeugkette, die an ihrem Bettchen hing.

»Deine Tochter ist wach«, seufzte Annie.

»Und ich muss los«, seufzte Duval. »Für mich geht es weiter wie jeden Tag.«

»Gib ihr noch einen Kuss.«

Duval streichelte der vergnügt strampelnden und quietschenden Julie über den Bauch und küsste sie. »*Bisou, bisou,* meine Kleine«, schnurrte er, dann küsste er Annie noch einmal sehnsüchtig und verschwand.

»Madeleine Bosetti, sagen Sie?« Madame Bergerac betrachtete das Foto, das ihr Duval zeigte. Sie schüttelte den Kopf. »Nie gesehen. Warum sollte ich diese Dame kennen?«

Dieses Mal hatte sie Duval offiziell-inoffiziell ins Château Vallombrosa gebeten. Ihr Mann würde nicht vor heute Abend zurück sein. Können Sie mit einem neutralen Wagen kommen?, hatte sie gebeten. Und Duval hatte ihrer Bitte entsprochen. Nun saßen sie in einem cremeweiß gehaltenen Salon mit Blick auf den Park.

»Es gibt Anzeichen dafür, dass Madame Bosetti etwas von dem Diebstahl des Bonnard gewusst hat.«

»Bitte?« Madame Bergeracs Überraschung war echt. »Was denn für Anzeichen?« Sie betrachtete erneut die Aufnahme der älteren Dame. »Und deswegen hat sie jemand umgebracht?«

»Wir wissen es nicht. Ich suche in den Puzzleteilchen, die ich finde.«

»Aber wie soll sie davon erfahren haben? Von wem? Ist sie eine Verwandte von Simon Wolff?«

»Es sieht nicht so aus.«

Sie hob ihrerseits die Schultern. »Also dann weiß ich auch nicht. Ich kenne sie nicht. Habe sie nie gesehen.«

»Lassen Sie uns dort weitermachen, wo wir das letzte Mal aufgehört haben«, bat Duval. »Wie ging es weiter, nachdem Simon Wolff sich den Bonnard angeeignet hat?«

»Gestohlen hat er ihn!« Sie sagte es voller Empörung.

»Gestohlen«, bestätigte Duval.

»Wie es weiterging? Er hat mich nach wie vor erpresst. So ging es weiter.« Sie klang bitter. »Der Bonnard war nur der Anfang. Er forderte nun den Flügel, stellen Sie sich das vor. Sein Großvater habe sich an diesen Flügel erinnert. Das behauptete er zumindest. Mein Mann war erbost. Man werde doch nicht den Spinnereien eines senilen alten Mannes und seines kriminellen Enkels nachgeben! Charles war mit diesem Bild und dem Flügel aufgewachsen, für ihn gehörte beides zu seinem Familienbesitz, auch wenn er nicht wusste, wen der Bonnard eigentlich darstellte, ›Kubi und die Katze‹. Wir dachten, oder sagen wir, ich dachte, sie hätten das Bild bei einem Antiquitätenhändler oder bei einer der vielen Versteigerungen, die es hier immer gibt, erworben. Warum ausgerechnet ein Porträt eines kleinen Jungen mit Katze«, sie zuckte mit den Schultern. »Manchmal gefällt einem etwas, ohne dass man es begründen kann, oder? Vielleicht war es erschwinglich, und sie wollten einen Bonnard haben, wer weiß das schon. Ich habe mir die Frage nicht gestellt. Auf jeden Fall war das Gemälde schon im Besitz der Bergeracs, als ich Charles kennenlernte. Genau wie dieser Flügel, die Möbel. Sie waren schon immer da gewesen. Sie gehörten seiner Familie. Charles wollte daher nichts ›zurückgeben‹. Vor allem nicht an diesen streitbaren Simon, der es so kategorisch einforderte.« Sie atmete hörbar ein und aus.

»Simon Wolff ist eines Tages mit seinem Großvater hier im Château aufgetaucht, richtig?«, fragte Duval.

»Richtig«, nickte sie. »Es war eine dramatische Situation. Es war erschütternd. Ich hatte Angst, dass sein Großvater zusammenbricht, einen Herzinfarkt bekommt. Er war sichtlich überwältigt von seinen Gefühlen. So aufgewühlt. Er erinnerte sich an den Ort, wo sie damals gelebt haben. Er wollte nicht zu uns, er wollte ›seine‹ Wohnung sehen. Die jetzigen Besitzer waren anscheinend sehr wenig verständnisvoll und verweigerten ihm den Zugang. So haben die beiden es mir erzählt, als ich zufällig vorbeikam, und es brach mir das Herz, dass sie es diesem alten bescheidenen

Herrn abschlagen konnten, der so offensichtlich zu Tränen gerührt war, den Ort seiner Kindheit wiedergefunden zu haben. Aber wenn ich gewusst hätte, was uns erwartet, hätte ich ihn und seinen verschlagenen Enkel niemals zu uns hineingelassen.«

»Es könnte eine abgekartete Sache gewesen sein«, vermutete Duval. »Man behauptet, dass die Nachbarn den Zugang verweigern, und so kommt man zu Ihnen?«

Sie starrte Duval fassungslos an. »Jetzt, wo Sie es sagen«, ihre Stimme klang gepresst. »Das ist sogar sehr gut möglich.« Sie stöhnte auf. *»Oh, mon Dieu!«* Sie erhob sich und lief unruhig hin und her. »*Oh, mon Dieu!* Wie konnte ich so dumm sein! Er hatte alles geplant!«

»Wie ging es weiter?«

Sie setzte sich wieder, spielte nun aber unaufhörlich mit ihren zahlreichen goldenen Armreifen. »Bei uns wurde die Situation schnell unerträglich ...«, sie stockte. »Ich habe es nicht gleich gemerkt, aber«, sie schnaufte, »aber Simons Großvater war überrascht, und fast ein bisschen verwirrt bei uns. Ich schob es auf die Emotion, das Haus wiedergefunden zu haben. Aber er hatte viel mehr wiedergefunden. Er *erkannte* Dinge wieder. Ich spürte es an seinem liebevollen, manchmal erschrockenen Blick, mit dem er unsere«, sie stockte erneut, »nun, sagen wir *die* Einrichtung betrachtete. Den Blüthner-Flügel, eine Jugendstilkommode, die barocke Tischuhr. Die Art, wie er über das lackierte Holz des Flügels strich ... es verwirrte mich, mir wurde heiß und kalt, und plötzlich wusste ich ... ich verstand plötzlich, dass die gestickten Monogramme auf der alten schweren Tischwäsche, die ich immer zu entziffern versucht hatte, zu einer anderen Familie gehörten. Plötzlich hatte ich Angst, dass alles, was wir besaßen, ursprünglich seiner Familie gehört hat, und ich habe den Tee schnell in einem schlichten weißen und zeitgenössischen Service serviert, das ich selbst gekauft hatte, und nicht in dem Porzellan, das immer als das Familienporzellan gehandelt wurde.« Sie schüttelte den Kopf und drehte weiterhin nervös an ihren vielen goldenen Armreifen. »Wissen Sie, als junge Frau fand ich es zunächst auch überraschend, dass diese durch und durch französische Familie kein Porzellan aus Limoges hatte, wie meine Familie und wie eigentlich alle gutbürgerlichen französischen Familien, sondern ein vielteiliges Ess-, Kaffee- und Teeservice im Jugendstil, das aus einer Porzellanmanufaktur aus Karlsbad stammte. Gleichzeitig fand ich es charmant, dass meine Schwiegereltern andere Objekte hatten als die anderen. Vielleicht waren sie gereist? Ich fand, es zeige eine gewisse Weltoffenheit. Mir gefiel das. Und das Service gefiel mir in seinem besonderen Stil auch, genau wie das Tafelsilber. Nach dem Tod meiner Schwiegermutter habe ich es gerne übernommen und nicht mehr darüber nachgedacht. Ich kann verstehen, dass mein Sohn sagt, er habe das alles schon bei seinen Großeltern gesehen, es gehört der Familie und damit ihm! Aber ich hatte plötzlich solche Zweifel, und mich ekelte das alles an. Ich würde es weggeben, schon, um sicher zu sein, dass man es nicht gestohlen hat.« Sie atmete schwer.

»Ihr Sohn war zugegen?«

»Ludovic kam zufällig vorbei an diesem Tag. Gott sei Dank. Er ist nicht so emotional wie ich und hatte die Situation sofort im Griff. Er hat dafür gesorgt, dass Simon Wolff und sein Großvater alsbald wieder gingen. Sie stritten sich herum, während ich dem alten Herrn Tee servierte. Simon Wolff war wütend, aggressiv und hat aus heiterem Himmel den Bonnard abgehängt und stürmte damit zu seinem

Großvater. Wenn ich noch einen Beweis brauchte, dann war es das. ›Das bin ich‹, hat der alte Herr gesagt, ›aber das bin ich!‹« Sie atmete schwer. »Ludo hat sie dann gelinde gesagt rausgeworfen, aber es war für uns alle sehr aufwühlend.«

»Vielleicht haben Ihre Schwiegereltern alles tatsächlich nur an sich genommen, um es aufzubewahren, bis dass die Nachbarn wieder zurückkämen«, schlug Duval vor. »Und dann kam niemand mehr. Ihre Schwiegermutter hat das Grab auf dem Friedhof anlegen lassen. 1952 war das. Vielleicht war das der Moment, wo sie sich gesagt haben, wir haben lange genug gewartet. Es wird niemand mehr kommen.«

Louise Bergerac sah den Kommissar mit müdem Blick an.

»Sie wussten von diesem Grab, oder?«

»Ja.«

»War es Simon Wolff, der Ihnen davon erzählt hat?«

»Nein.« Wieder atmete sie tief durch, erhob sich mühsam aus dem Sessel und stöhnte leicht. Sie hielt sich den Rücken, während sie sich langsam aufrichtete. »Warten Sie, ich hole etwas.«

Sie verschwand, und Duval blieb zurück, blickte aus den bodentiefen Fenstern in den Park und hörte nur das gemächliche Ticken einer Uhr. Jemand fuhr die Auffahrt hinauf und bog zu den Stellplätzen neben dem Concierge-Haus ab.

»Hier habe ich es.« Entschlossen hielt sie Duval ein altes Schulheft entgegen. Der Kartonumschlag war aus einem verwaschenen Blau, die linierten gebrochen weißen Seiten waren an den Rändern leicht vergilbt. Jemand hatte mit einer kleinen feinen und sehr schrägen Schreibschrift Seite um Seite gefüllt.

Fein säuberlich war das Datum zu Beginn des Textes eingetragen.

27.8.1942. 16 Uhr 30. Sie haben die K.s abgeholt.

So lautete der erste Satz. Duval sah Madame Bergerac fragend an.

»Meine Schwiegermutter, Blanche, hat es aufgeschrieben. Ich habe es nach ihrem Tod, als wir die Wohnung übernommen und alles ausgeräumt haben, in einem der alten Kleiderschränke gefunden. Im mittleren Teil des Schrankes waren drei Schubladen, und eine hatte einen doppelten Boden. Eine Art Versteck, ich habe dort ein mit Perlen besticktes Säckchen mit etwas Schmuck gefunden und dieses Schulheft.«

Duval blätterte vorsichtig die trockenen Seiten um. Es war eine Art Tagebuch.

Sie verließen das Haus erstaunlich würdevoll und schweigend, die beiden Männer trugen einen Koffer, ganz so, als würde sie der große schwarze Citroën zum Zug bringen. (Wohin auch sonst?) Sie sahen sich nicht mehr um. Ganz vorne liefen Dr. Keller und seine Frau, dann seine Schwester mit ihrem Mann, und am Ende Camilla. Sie war unruhig und die Einzige, die ihren Kopf suchend in alle Richtungen drehte.

»Allez«, sagte ruppig einer der Polizisten, der sie abgeholt hatte, »ne traines pas, allez, monte.« Trödel nicht rum, los, rein. Er schubste sie in den Wagen. Trotz der Hitze trugen sie diese neuen blauen Uniformen und sahen aus wie Prinzen. Der junge Jean-Louis Bonnet, der Sohn der Metzgerei Bonnet in der Rue Meynadier, gab die Befehle. Er hat offensichtlich Karriere gemacht.

Duval stutzte. Wenn er noch Zweifel gehabt hatte, hier stand es schwarz auf weiß. Die Polizisten waren Franzosen gewesen.

Dann las er weiter.

Sie haben die Wohnungstür sperrangelweit offen stehen lassen. Ich habe mich lange nicht getraut hinauszugehen. Erst am frühen Abend spazierte ich etwas durch den Park. Bei der Gelegenheit schloss ich wenigstens die Tür. Im Park traf ich auf den kleinen Jakob. Er kletterte gerade über das Tor des Nebeneingangs zum Park, er war verschwitzt und erhitzt. Ich hielt ihn fest und sagte, seine Familie sei überraschend abgereist. »Ohne mich?!« Er war fassungslos. »Und Maman? Maman ist auch abgereist? Wo sind sie hin? Wann kommt sie zurück?«, fragte er mich immer wieder.

»Alle sind abgereist«, sagte ich ihm und versuchte, ihn zu trösten.

»Ich habe die Zeit vergessen«, weinte er. »Wir haben gespielt, und ich habe den Kakao noch dort getrunken und habe die Zeit vergessen.« Er weinte und glaubte, es sei seine Schuld. Ich tat mein Bestes, um ihm zu versichern, es sei nicht seine Schuld, aber was sollte ich ihm sonst sagen? Außerdem hatte ich Angst, dass sie wiederkommen könnten, um den Jungen zu suchen. Ich habe ihn zu uns in die Wohnung gezogen und zunächst in der Wäschekammer versteckt. Spät abends nahm Pascaline ihn mit in ihr Zimmer unter dem Dach. Sie kam noch einmal nach unten, um mir zu sagen, dass der Kleine weinte und seinen Teddy zum Einschlafen wolle. Also suchte ich in der Wohnung der Kellers diesen Teddy und musste dazu natürlich Licht anmachen, als ich wieder hinauskam, überraschte mich L., wie ich den Teddy in meinem Arm hatte, es war kompromittierend. Er hat seine Augen und Ohren überall. Er nickte mir verschwö-

rerisch zu. Ich habe nichts erklärt, aber ich habe keine Ahnung, was er wirklich denkt. Bekam wahnsinnige Angst, dass mitten in der Nacht noch einmal die Polizei komme und fürchtete, dass sie dann bei uns eine Durchsuchung machen würden und vielleicht auch bei Pascaline.

»Wer ist L.?«, fragte Duval und unterbrach seine Lektüre, »wissen Sie das?«

»Ich denke, es ist der Concierge.«

Duval nickte und las weiter.

28. 8. 1942 Die ganze Nacht wach gelegen und auf Geräusche gelauscht. J. ganz früh in das Sanatorium gebracht. Ich denke, unter den kranken Kindern in einem katholischen Sanatorium werden sie ihn nicht vermuten. Sie haben ihn sofort aufgenommen. Dass ich für seinen Aufenthalt Geld dagelassen habe, hat die Sache vielleicht vereinfacht. Der Junge war verstört. »Deine Mutter wird dich später hier abholen«, habe ich gesagt. Er weinte, »sie weiß doch gar nicht, dass ich hier bin«, sagte er immer wieder. »Sie wird dich finden«, versicherte ich ihm. Was sagt man nicht alles.

»Was ist das für ein Sanatorium?«, unterbrach Duval seine Lektüre.

»Es ist sicher die Villa Santa Maria. Nicht weit von hier. Heute ist in dem Anwesen die Internationale Sprachschule untergebracht. Ursprünglich war es ein Sanatorium für tuberkulosekranke Kinder aus ärmeren Bevölkerungsschichten, gegründet von einem Dr. Pascal, er wurde unterstützt von Nonnen der Ordensgemeinschaft Saint Thomas de Villeneuve.«

Duval nickte. Er erinnerte sich an Jakob Silbersterns

Erzählungen von den Kindern, mit denen er die Vormittage am Strand verbracht und die Mittagsruhe im Innenhof unter Schirmpinien gehalten hatte.

»Gibt es dort eine Kirche?«, erkundigte er sich.

»Eine Kapelle«, bestätigte Madame Bergerac. »Die ist heute allerdings in einem schlechten Zustand.«

»Hmhm.«

»Wieso interessiert Sie das?«

»Weil Jakob Silberstern sich an ein ›Kinderheim‹ erinnert, in dem er Zeit verbracht hat und weil seine Erinnerungen sich mit den beiden Kinderheimen, die es damals in Cannes gab, nicht decken. Er sprach immer von einer Kirche, die es in den beiden Heimen, die staatlich waren, nicht gab. Es könnte sich also um dieses Sanatorium handeln.«

»Ich verstehe.«

Duval versenkte sich wieder in die Lektüre.

29.8.1945 L. kam aus der Wohnung der Kellers. Ich weiß nicht, was ich von ihm halten soll. Er sagte mir in einer unangenehm-verschwörerischen Art, ich solle Dinge an mich nehmen, bevor sie verschwänden.

»Nehmen Sie den Flügel und die Gemälde«, bedrängte er mich. »Sie haben den Platz. Zu Ihnen passt es. Ich kann mir keinen Flügel in die Concierge-Wohnung stellen«, sagte er.

Ich wehrte das ab. »Was sollen die Kellers denken, wenn sie zurückkommen?«, sagte ich ihm.

»Bewahren Sie die Sachen für das Kind auf«, sagte er. »Le gosse«, sagte er. »Gardez les affaires pour le gosse.« Wenigstens den Flügel solle ich nehmen ... Ich habe die ganze Nacht darüber nachgedacht, was er meinte. Es stimmt, Jakob ist sehr begabt am Klavier.

Mit Georges gesprochen. Ich sagte nichts von dem Kind und von dem Concierge. Ich fragte ihn nur, ob er nicht dächte, wir könnten den Flügel der Kellers an uns nehmen. Ich sagte, ich hätte mir immer einen Flügel gewünscht und was denn nun aus den Sachen werden sollte?

Georges war sofort einverstanden. Es beschämte mich, wie schnell und bereitwillig er durch diese Wohnung schritt und sagte, nimm dir, was du willst. Er hatte L. gerufen und tippte mit einem Stock auf die Möbel, die ihm gefielen, damit L. sie uns hinübertransportierte. Ich wich seinem Blick aus. »Möchtest du nicht das Service?« Georges hatte eine Vitrine geöffnet. »Es ist originell.« Ich zögerte. »Und wenn sie wiederkommen?«, fragte ich ihn. »Das würde mich wundern«, antwortete er nur. »Und wenn, dann haben sie noch genug Geld, um sich etwas anderes zu kaufen.« Und so nahmen wir nicht nur den Flügel, sondern auch eine Kommode, ein paar Kleinmöbel und Objekte, das Tafelsilber, das Service, ein paar Tischdecken, und ich nahm im Kinderzimmer das Porträt von Jakob mit. »Weshalb nimmst du denn ausgerechnet diesen Kitsch mit?«, empörte sich Georges. Er wollte die große Landschaft, die über dem Diwan hing, aber mir war sie zu düster. Ich wählte einen Blumenstrauß, und das Porträt des Jungen räumte ich in meinen Kleiderschrank.

Duval blickte auf. »Den Blumenstrauß, haben Sie den noch?«

Sie errötete leicht. »Wir haben ihn verkauft seinerzeit.«

»Verstehe.« Duval fragte nicht nach dem Wert des Bildes. »Den Bonnard aber haben Sie behalten und aufgehängt?«

Madame Bergerac lächelte. »Ja. Nach dem Tod meiner Schwiegereltern, als wir die Wohnung übernommen haben, habe ich ihn im Schrank entdeckt. Ich war so überrascht, einen echten Bonnard, stellen Sie sich das vor! Ich habe eine

Echtheits-Expertise, das Gemälde ist in den Unterlagen des Malers inventarisiert. Als sie das Museum in Le Cannet gebaut haben, wurde ich selbstverständlich sofort Mitglied im Verein der Freunde und Förderer. Das Gemälde war sogar Teil einer Ausstellung!«

1.9.1942 Charles wurde nun doch zum Staatsanwalt befördert! Wir haben standesgemäß im Carlton gefeiert. Wunderbares Ambiente. Ich hatte mir bei Aline Buffet ein neues Kleid schneidern lassen. Ein Traum!

Ein paar Monate lang gab es keinen weiteren Eintrag. Duval schlug eine Seite um.

8.8.1943. Die Deutschen haben für ihre Soldaten und Offiziere Villen und Hotels requiriert. In die Wohnung der Kellers wurden mehrere Offiziere einquartiert. (Ich bin froh, dass wir Dinge an uns genommen haben, bevor sie kamen. Georges sagt ein ums andere Mal, Gott sei Dank, dass wir ihnen den Champagner und den Wein nicht gelassen haben.)

18.8.1943 Sie haben eine Ausgangssperre verhängt! Empörend!

25.9.1943 Die Deutschen verbieten und blockieren nun den Zugang zum Meer, Betonmauern und Bunker sogar entlang der Croisette, und alle Häuser mit Zugang zum Strand werden in den nächsten Tagen evakuiert.

1.10.1943 Wir hatten heute die deutschen Offiziere zum kleinen Empfang. Charles sagte, man müsse sich gut stellen. Es war ein äußerst angenehmes Zusammentreffen. Gut aussehende und gebildete junge Männer mit Manieren. Einer von ihnen, Leutnant Bode, spricht ein ganz passables Französisch, allerdings mit einem etwas harten Akzent. Er spielte für uns auf dem Flügel Chopin. Ganz reizend!

23.11.1943 Das Sanatorium wurde evakuiert! Alle Kinder wurden nach Hause geschickt. Ich weiß nicht, wo sie den Jungen hingebracht haben.

Duval blätterte vor.

15.8.1944 Wir werden bombardiert! Überall explodiert etwas. Im Hafen! In La Bocca! Sind das jetzt die Deutschen oder unsere Alliierten?

23.8.1944 Die deutschen Offiziere sind über Nacht verschwunden. Sie haben nicht einmal die Wohnungstür geschlossen.

24.8.1944 Die Amerikaner sind da. Frankreich ist frei! Vive la France!

7.12.1944 Ich sah heute Leo Lipinski, den Anwalt, wieder. Wir grüßten uns, aber er blieb seltsam distanziert. (»Sie kriechen alle wieder aus ihren Löchern«, sagt Georges.)

23.6.1945 Die Bernsteins, die das Hotellerie-Fachgeschäft in der Rue d'Antibes hatten, sind wieder da. Ich habe heute zwei Dutzend Damastservietten erstanden. Die Bernsteins waren freundlich und zuvorkommend wie eh und je.

1.1.1946 Bislang keine Nachricht von den Kellers. Dito J. Silberstern.

1947–1950 Bis heute keine Nachricht von Jakob Silberstern. Nichts von seiner Familie. Vielleicht sind sie gemeinsam nach Palästina ausgewandert und leben dort in jüdischen Gemeinschaften. (»Kibbuz« nennen sie das, es ist wohl Landarbeit in kommunistischen Siedlungen, unerhört eigentlich, aber man erfährt das von so vielen Juden. Palästina! Was für ein Land. Fast nur Wüste. Wäre für mich undenkbar, dort zu leben.)

1.9.1952 Die Wohnung der Kellers ist an eine Schweizer Familie verkauft worden.

Es war der letzte Eintrag.

Zwischen den folgenden Seiten lag eine sorgfältig gefaltete, mit Schreibmaschine getippte Rechnung der Stadtverwaltung Cannes, Abteilung Friedhofsamt, über den Erwerb einer lebenslangen Konzession eines Grabes mit der Nummer 56 im *Carré Israélite A*. Es fand sich auch der Kostenvoranschlag sowie die Rechnung für die zu fertigende Grabplatte und den Grabstein, die sie über das Beerdigungsinstitut *Pompes Funèbres Benvenuti* in der *Allée du Cimetière* in Auftrag gegeben hatte. Das Keramikblumengesteck hatte sie ebenso bei *Benvenuti* erstanden.

»Zumindest Ihre Schwiegermutter hat das Gemälde und den Flügel ursprünglich ›für das Kind‹ aufbewahrt, für Jakob Silberstern, den sie versteckt hat, nur eine Nacht, aber andere hätten ihn denunziert. Sie glaubte, er und seine Familie würden zurückkommen. Es kam aber niemand mehr. Und dieses Gedenkgrab, das ist doch eine schöne Geste Ihrer Schwiegermutter. Warum hat Simon Wolff sie denn trotzdem erpresst? Oder warum haben Sie sich erpressen lassen? Sie hatten doch gar nichts zu fürchten.« Er wies auf das Heft.

»Sie haben nicht alles gelesen«, sagte sie, nahm ihm das Heft aus der Hand, drehte es um und schlug das Heft nun von hinten auf. »Wenn Sie von hier anfangen zu lesen.« Sie reichte es ihm wieder.

31.1.1941 Dr. Keller war erneut da. Unterwürfig und würdelos. Er sprach lange mit Georges in der Bibliothek, Georges wurde irgendwann laut. »Ich kann nichts für Sie tun!«, sagte er. »Bitte gehen Sie!«

Georges war den ganzen Abend sehr erbost. »Was diese Juden sich einbilden«, schimpfte er. »Als ob sie mit ihrem Geld alles kaufen könnten! Es ist eine Unverschämtheit!«

Es stimmt schon, die Rothschilds in ihrer protzigen Villa gegenüber sind unerträglich. Ansonsten finde ich diese Juden als Nachbarn nicht so unangenehm, wie ich befürchtet habe, also für Juden aus dem Osten sind sie sehr distinguiert, nicht sehr laut und immerhin sprechen sie französisch. Mit einem etwas zu starken »R« und einem schleppenden Akzent, aber grammatikalisch einwandfrei. Das kann man nicht von all den Fremden sagen, die neuerdings in Cannes auftauchen, in schäbiger Kleidung auf der Croisette herumlungern und unser Brot wegessen. Alles ist schon rationiert, und dann müssen wir auch noch diese schmutzigen Ausländer durchfüttern. In Nizza soll es noch viel schlimmer sein. Aber Nizza ist auch eine vulgäre Stadt, die Marseille in nichts nachsteht. In Nizza haben sie all diese Juden, auch die Ärmsten aufgenommen, nur damit ihre Hotels ausgelastet sind. Geld stinkt nicht. Es ist eine Schande. Überall sind sie jetzt, diese Juden. Georges hat recht, es gibt Grenzen, man kann nicht alles mit Geld kaufen.

Duval sah auf.

»Es geht weiter in diesem Stil«, entschuldigte sich Madame Bergerac. »Sie schreibt unkritisch, was sie im Radio gehört oder in der Zeitung gelesen hat, es ist von antisemitischem Gift durchtränkt, dass es mich schmerzt. ›Über die Freveltaten des hebräischen Volkes in der Geschichte‹ – unerträglich.« Sie machte ein gequältes Gesicht.

»Ich glaube, es hat sich erst in dem Moment etwas für sie geändert, als die Familie abgeholt wurde und sie es gesehen hat und kurz darauf auf den verlorenen Jungen stieß. Georges, mein Schwiegervater, äußert sich dazu folgendermaßen, wenn Sie erlauben«, sie nahm ihm das Heft aus der Hand und blätterte einige Seiten weiter. »Hier«, sie zeigte auf einen Satz: *»Ich habe nichts gesehen, und selbst wenn ich etwas gesehen hätte, würde ich dazu nichts sagen. Wenn die Polizei sie abgeholt hat, dann hat sie ihre Gründe gehabt.«*

»Das ist der letzte Satz, den sie hier geschrieben hat. Dann hat sie das Heft umgedreht und erneut angefangen zu schreiben.«

»Sie fühlen sich also schuldig, weil Ihr Schwiegervater der Familie Keller nicht geholfen hat, wenn ich es richtig verstehe, und wegen dieses Antisemitismus, der aus allen Zeilen trieft.«

Sie nickte. »Lesen Sie alles. Meine Schwiegermutter hat vielleicht korrekt gehandelt, aber nicht mein Schwiegervater« – sie stockte und knetete nervös ihre Finger. »Man kann wohl davon ausgehen, dass mein Schwiegervater seine damaligen Nachbarn denunziert hat.«

»Warum?«

»Warum, warum – ich weiß es nicht. Vermutlich weil er Antisemit war, wie so viele damals. Antisemitismus war damals so weit verbreitet. Die Juden waren schuld an allem, das glaubte er wohl oder wollte es glauben. Schuld an der Weltverschwörung. Am Krieg. Da war auch Neid, vermutlich. Sie waren so wohlhabend. Und selbst in ihrer Fluchtunterkunft lebten sie so großbürgerlich.«

»Antisemitisch waren damals fast alle. Es war diese Zeit. Diese Ideologie. Und Simon Wolff konnte das doch gar nicht wissen.«

»Er gab mir das Gefühl, dass er noch mehr wusste. Er hatte schon diesen Zeitungsartikel ausgegraben, ich hatte Angst, was da noch alles kommen könnte. Ich habe nur dieses eine Schulheft, das meiner Schwiegermutter als Tagebuch gedient hat, hier gefunden. Aber sie hat wohl immer geschrieben, ich dachte, sie habe alles andere vernichtet, aber vielleicht nicht und wer weiß, wo die anderen Hefte aufgetaucht sind? Wissen Sie, mich hat Blanches Eintrag aufgerüttelt, dass Georges überraschend doch Staatsanwalt geworden ist. Das könnte mit diesem grässlichen Zeitungsartikel übereinstimmen, dass man den Richter Lévy deportiert habe. Ich hatte Angst, dass Georges dahintersteckte.«

»Das ist fast achtzig Jahre her, Madame. Ihr Schwiegervater ist vor Jahren schon verstorben.«

»Aber mich wühlt das auf, verstehen Sie?« Sie atmete schwer. »Und auch weil Charles HEUTE dieselben Ansichten hat. Und sogar Ludo. Und weil ich *natürlich* nicht dieses Heft vorzeigen und Simon Wolff dann den Flügel und den Bonnard zurückgeben konnte.«

»Und wenn doch?«

»Bitte?« Sie sah Duval entgeistert an. »Das wäre ein Schuldanerkenntnis! Niemals! Da kennen Sie meinen Mann schlecht. Nichts wird ›zurückgegeben‹, das ist Eigentum seiner Familie seit über achtzig Jahren, damit ist er groß geworden, es gehört ihm, uns. Er habe nichts ›zurückzugeben‹ und nichts ›wiedergutzumachen‹, hat er mich angebrüllt. Er habe damit nichts zu tun. Er sei noch nicht einmal auf der Welt gewesen, als diese ... er vermied das Wort ... diese, diese Leute, schrie er dann, als das mit diesen Leuten geschah!«

Entschuldigend und resigniert sah sie Duval an. Noch bevor er reagieren konnte, sprach sie schon weiter: »Und kurz darauf«, sagte sie mit gepresster Stimme, »kurz darauf hat Simon Wolff den Bonnard gestohlen. Es war so ein Schock! ›Da siehst du, wie sie sind, diese Juden‹, sagte Georges nur.«

Sie atmete tief ein und aus und blickte Duval an. »Sie verstehen die Situation?!«

»Sie konnten wegen des gestohlenen Bildes keine Anzeige erstatten.«

»Natürlich nicht. Und Simon Wolff wusste das auch. Ich bitte Sie, wenn das in die Presse käme: Der ehrenwerte Staatsanwalt Bergerac von Grasse hat seit Generationen geraubtes jüdisches Eigentum bei sich zu Hause, oder was immer die Presse daraus machen würde, wenn sie davon Wind bekäme, und Simon Wolff würde schon dafür gesorgt haben, dass die Presse es erfährt.« Sie drehte nervös an ihren Armreifen.

»Ich weiß nicht, was Charles hinter verschlossenen Türen organisiert hat. Mit mir sprach er nicht mehr. Er hielt mich nicht mehr für vertrauenswürdig. Aber er hatte Ludovic eingeweiht, und der war ebenso außer sich. ›Weißt du, was das Bild wert ist, *Maman?*‹, hat er mich angeherrscht. Er habe das recherchiert, man könne damit auf einer Auktion gut und gerne 500 000 Euro erzielen. ›Damit haben sie doch genug Geld für den Rest ihres Lebens, findest du nicht?‹, fragte er mich.«

»Nun«, sie sah Duval an. »500 000 Euro sind eine Menge Geld, das ist richtig, aber ich fand es ein bisschen unangenehm von Ludo, der sich gerade einen alten Sportwagen für 120 000 Euro gekauft hat. Aber er widersprach mir: ›Es ist UNSER Geld! Es ist auch MEIN Geld, MEIN Erbe! Was habe *ich* denn noch mit dieser Geschichte zu tun, *Maman*? Und was kommt danach? Die werden dich immer weiter erpressen, es wird nie genug sein, NIE! Ich kenne diese Leute! Immer geht es denen ums Geld.‹ Er hat sich so wahnsinnig aufgeregt, ich habe ihn noch nie so gesehen. ›Damit muss Schluss sein!‹, schrie er. ›Das MUSS aufhören, und das WIRD aufhören!‹« Sie atmete schwer. »Auch Georges machte mir immer wieder Vorwürfe, wie ich so dumm und unverantwortlich hatte sein können.« Sie blickte Duval unglücklich an.

»Nun, einen Moment war tatsächlich Ruhe. Ich hoffte, dass Simon Wolff sich mit dem Bonnard zufriedengeben würde. Aber nein. Schon kurz darauf hat er mich wieder kontaktiert und dieses Mal sogar noch mehr Geld verlangt. Ich muss sagen, dass mich diese Art dann doch sehr angewidert hat, und ich dachte in dem Moment ehrlich gesagt, alles, was man über die Juden und das Geld sagt, habe schon seine Berechtigung! Nun ja. Ich wehrte mich, ich sagte, ›Sie haben doch schon das Bild, was wollen Sie denn noch?‹. Das habe damit nichts zu tun, sagte er. Das Bild gehöre seinem Großvater, und er verlange weiterhin auf Lebenszeit eine monatliche inoffizielle Wiedergutmachung, wenn ich nicht wolle, dass er alles an die große Glocke hänge. Und da ich ihn angeblich schon zweimal versetzt hätte, forderte er jetzt das Dreifache, also 3000 Euro in bar. Nicht nur, dass ich immer erst Bargeld aus dem Safe nehmen musste, ohne dass mein Mann es bemerkte, ich habe das auch nicht verstanden mit dem fehlenden Geld. Ich habe das Geld immer genau dann und so deponiert, wie er es wollte.«

»Wann und wo?«, unterbrach Duval plötzlich sehr wachsam.

»Den Tag und die Uhrzeit gab er mir erst kurz vorher bekannt. Dieses Mal war es am Freitag zwischen 16 und 17 Uhr. Aber es war immer am Grab seiner Familie.«

»Sieh an«, sagte Duval trocken. »Was für eine hübsche Idee.«

»Das war Teil der Strafe, vermutete ich, dass man dieses Grab und das Todesdatum 1942 jedes Mal zur Kenntnis nehmen musste. Obwohl ich es schon wusste.«

»Sie trafen sich zu einer direkten Übergabe?«

»Nein. Das erste Mal wartete ich lange, dann schickte er mir eine Nachricht, er könne nicht kommen, ich möge das Geld unter dem Blumengesteck deponieren.«

»Aha.«

»Und so blieb es dann.«

»Und dort haben Sie das Geld auch dieses Mal wieder deponiert?«, fragte Duval.

»Ja.«

»3000 Euro in bar?«

»Ja, ich habe zehn Zweihunderteuroscheine und zehn Hunderter der Länge nach gefaltet und in ein Stück Alufolie gepackt. Ich wusste nicht, wie lange das Geld dort liegen würde und ob es nachts feucht würde oder sogar regnet.«

Die Alufolie! Sie war vielleicht doch nicht von den Möwen aus dem Abfallbehälter gezerrt worden.

»Warum haben Sie die Scheine gefaltet?«

»Damit das Päckchen schmaler wird und nichts unter dem Blumengesteck hervorschaut. Wenn es stimmte, dass das Geld zweimal verschwunden war, dann vielleicht, weil jemand etwas von der Alufolie hat hervorblitzen sehen.«

»Zwanzig Scheine je einmal gefaltet, das gibt schon ein kleines Päckchen.«

»Ich habe auch erstmals bedauert, dass es die Fünfhunderteuroscheine nicht mehr gibt«, lächelte sie amüsiert. »Es liegen noch ein paar im Safe, aber ich fand es zu riskant, sie zu nehmen. Das hätte mein Mann dann schon bemerkt, denke ich. Ich habe die Scheine einzeln gefaltet und den Falz geglättet, damit es schön flach wurde. Es ging. Und das Blumengesteck ist recht schwer, es plättet das

Päckchen zusätzlich. Man hat nichts gesehen. Ich habe das überprüft!«

»Haben Sie mit irgendjemandem darüber gesprochen?«

»Natürlich nicht.«

»Ihr Mann hat das fehlende Geld bemerkt?«

»Ich weiß es nicht. Ich dachte, nicht. Er hat nichts gesagt oder sich zumindest nichts anmerken lassen.«

»3000 Euro immerhin.«

»Na, er öffnet nun auch nicht jeden Abend den Safe und zählt das Geld nach«, wehrte sie mit einem ironischen Blick ab.

»Hat er Sie vielleicht beobachtet, als Sie das Haus verlassen haben, um auf den Friedhof zu gehen?«

»Mein Mann! Sie verdächtigen meinen Mann?«, erschrak sie. »Niemals würde er so etwas tun!«

»Madame Bergerac, nach allem, was Sie mir erzählt haben, ist es naheliegend, dass ich Ihren Mann oder Ihren Sohn verdächtige.«

»Aber nein, niemals ...«, sie stockte unter Duvals Blick. »Ausgeschlossen«, setzte sie nach.

Duval machte ein skeptisches Gesicht. »Es bedeutet nicht, dass Ihr Mann oder Ihr Sohn selbst aktiv geworden sind, man kann heute für jede Art von Dienstleistung Menschen anheuern.«

Sie schnaufte empört. Duval sah, wie sie überlegte.

»Aber natürlich! Das ist es!« Sie starrte Duval an. »Ich hatte immer das Gefühl, dass mich auf dem Friedhof jemand beobachtete. Wissen Sie, schon das erste Mal, als mir Simon Wolff die Nachricht schickte, er könne nicht kommen, hatte ich dieses Gefühl, dass er irgendwo steht und mich beobachtet. Ich musste auf dem Grab in die Knie gehen, um das Geld zu deponieren. Ich dachte, das sei eine

Absicht der Aktion: in die Knie gehen, demütig sein, und ich hatte das Gefühl, dass Simon Wolff irgendwo lauert, um genau das zu sehen. Dass er daraus eine Befriedigung zieht. Aber vielleicht war es gar nicht er?«

»Jemand hat Sie *und* Simon Wolff beobachtet oder beobachten lassen«, mutmaßte Duval.

»Sie denken schon wieder an meinen Mann«, Madame Bergerac sah Duval verärgert an.

Duval breitete gespielt hilflos die Arme aus.

»Und wenn es jemand ganz anderes war?«

10

Es war feuchtkalt in dem kleinen Mausoleum. Die niedrigen steinernen Bänkchen an den Seiten waren nicht gerade komfortabel, und die Kälte der Wände, an die sie sich lehnten, zog ihnen in die Knochen. Duval sah auf die Uhr. 17.10 Uhr. Seit über einer Stunde saßen sie schon hier. In einer Dreiviertelstunde würde der Friedhof schließen. Es war still. Nur von Ferne vernahm man Autolärm. Hin und wieder zwitscherten ein paar Vögel.

Villiers reckte sich und versuchte vorsichtig, die langen Beine in eine andere Position zu bringen. Eine Bodenvase fiel mit einem hellen Geräusch um und zerbrach.

»*Merde*«, zischte er. Seine Füße scharrten dabei im Staub und rutschten zwischen den Scherben der Blumenvase und den Zementresten, der halb zusammengebrochenen Deckenstreben herum.

»Was machen Sie denn?«, fauchte Duval leise.

»Mir sind die Beine eingeschlafen«, entschuldigte sich Villiers flüsternd. »Ich weiß nicht, für welche Zwerge man diese Bänkchen gemacht hat«, schimpfte er halblaut, »so kann man doch nicht sitzen!«

»Pssst!« Duval legte seine Hand auf Villiers' Arm.

Villiers verharrte in seiner Position und atmete nicht mehr.

Durch die geschwungenen verzierten Gittertüren des

kleinen Mausoleums sahen sie auf die Reihe der gegenüberliegenden Gräber. Die Krone einer Palme, die ihren Standort weiter unten hatte, ragte dekorativ in das Bild und lieferte ein schwarzes Relief vor dem Himmel, der sich von Blau nach Orange verfärbt hatte. Noch hing die Sonne wie ein goldener Ball im Westen über dem Esterelgebirge.

Möwen kreisten und schrien sich hin und wieder etwas zu, aber jetzt wurde ihr Kreischen ohrenbetäubend und stakkatoartig, *kiau kiau kiau,* sie zogen ihre Kreise höher und entfernten sich. Durch die neue Stille hörten sie Schritte auf der Treppe, dann auf dem Kies. Dann sahen sie eine Person in einem hellen Mantel, die sich den Gräbern gegenüber näherte. Sie blieb stehen, schaute sich um und lauschte. Villiers und Duval drückten sich an die Seitenwände des Mausoleums und hielten den Atem an.

Die Frau, denn es handelte sich um eine Frau, nestelte etwas aus ihrer Handtasche, faltete ein Stück Papier oder einen Umschlag zusammen, genau ließ es sich nicht erkennen, und bewegte sich mit ein paar unsicheren Schrittchen in dem engen Zwischenraum der Gräber zum Kopfende des Grabes. Noch einmal verharrte sie, hob den Kopf und sah sich um. Dann bückte sie sich und machte sich am Kopfende des Grabes zu schaffen. Sie stöhnte auf. Die Männer hörten ein helles schabendes Geräusch. Sie erhob sich, indem sie sich am Grabstein abstützte, seufzte und stöhnte erneut und stieß noch einen leisen Klagelaut aus, als sie sich ganz aufrichtete. Schnell klopfte sie den Mantel aus, dessen Saum auf dem Grab geschleift hatte, und balancierte wieder zwischen den Gräbern heraus. Sie eilte davon, ohne sich umzusehen. Duval und Villiers blickten ihr nach und hörten bald nur noch die Schritte, die sich auf dem Kies wieder entfernten.

»Madame Bergerac«, zischte Villiers.

Duval nickte. Es war 17.30 Uhr. Die Sonne war nun untergegangen, und die Farbe des Himmels wechselte in ein dunkles Orange, dann Rot, und wurde mit jeder Sekunde intensiver. Eine Wolkenformation hing schwer wie ein großes außerirdisches Raumschiff dunkelgrau und violett am Himmel. Mit jeder Sekunde zog sich das Grau mehr auseinander. Gleichzeitig wurde es dunkler und kälter. In ihrem Versteck zogen beide Männer zeitgleich den Reißverschluss ihrer Jacken nach oben und stellten den Kragen auf. Villiers setzte zusätzlich eine Mütze auf seinen fast kahl rasierten Kopf.

Die Zeit schien stillzustehen. Nichts geschah. Die Gräber und Grabsteine, selbst die Palme hatten sich in der einsetzenden Dunkelheit in einem diffusen Grau aufgelöst, weit oben hing eine dünne Mondsichel. Um kurz vor 18 Uhr war kaum noch etwas zu erkennen.

Jetzt hörten sie die Trillerpfeife mit der die nahende Friedhofsschließung angekündigt wurde. Einmal, zweimal. Der schrille Ton erklang von ferne, dann wurde er in ihrer Nähe ausgestoßen. Schnelle Schritte nahten. Wie aus dem Nichts huschte ein Schatten durch das Gräberfeld und blieb genau an dem Grab stehen, wo sich vor einer guten halben Stunde Madame Bergerac noch stöhnend erhoben hatte. Die Männer im Mausoleum starrten durch die Dunkelheit und erahnten mehr, als sie sahen, die kleine gedrungene Person in einem Parka und mit einer Schildmütze. Wenig pietätvoll machte sie drei schnelle Schritte auf der Grabplatte, bückte sich, hob mit einem energischen Griff die Keramikblumen an, steckte mit einer schnellen Geste etwas ein und setzte das Gesteck mit einem hellen Geräusch unsanft wieder ab. Sie hatten es mehr erahnt als gesehen.

»Guten Abend, Monsieur Mollard«, rief Duval; beide Polizisten versuchten zeitgleich, das sich nach innen öffnende Törchen des Mausoleums zu öffnen und behinderten sich gegenseitig, Duval fluchte und stolperte endlich die drei flachen Stufen hinab. Villiers nahm sie mit einem Sprung, aber es war schon zu spät. Der kleine rundliche Mann war in der Dunkelheit des Friedhofs verschwunden. Sie hörten, wie sich seine Schritte über die Stufen eilig entfernten.

»Bleiben Sie doch stehen, Mollard«, brüllte Duval durch die Nacht. »Es hat keinen Zweck!« Villiers leuchtete mit einer Taschenlampe über den Friedhof. »Da!«, rief er. Weit unten huschte ein Schatten zwischen den Gräbern.

»Mollard«, brüllte Duval, lief in die Richtung, in der sie den Mann fliehen sahen und versuchte dabei, ihn mit dem Strahl der Taschenlampe zu fixieren. Der Lichtstrahl ihrer Taschenlampen sprang und hüpfte, da Villiers und Duval ihrerseits über die verschlungenen Wege des Friedhofs rannten, und über manch einen Grabstein sprangen und hüpften. Nur kannte Monsieur Mollard den Friedhof, die Wege, die Treppen und Abkürzungen und alle eventuellen Hindernisse wie seine Westentasche, während Duval und Villiers sich orientierungslos zwischen eng stehenden Grabsteinen hindurchschlängelten oder wie beim Hürdenlauf darübersprangen, um den mutmaßlichen Weg abzukürzen, und hier einen Blumentopf und dort ein Marmortäfelchen zu Fall brachten. Immer wieder versperrte ihnen eine Reihe wuchtiger Gräber das Weiterkommen. Zwischen Duval und Villiers und dem fliehenden Mollard hatte sich schon eine beträchtliche Distanz gebildet. »Hier lang«, schrie Villiers, stolperte im gleichen Augenblick über eine niedrige Grabeingrenzung und fiel der Länge nach auf die Grabplatte, mitten hinein in eine

Chrysanthemenschale und aufgestellte Erinnerungstafeln, »In ewiger Erinnerung an unsere liebe Mutter, Großmutter, Schwester, Tante und Patin«, die klappernd unter ihm zusammensackten. *»Merde!«*, brüllte er und rappelte sich wieder auf. »Verdammte Kacke!« Er humpelte die nächsten Meter weiter, während Duval sich plötzlich vor einer Mauer wiederfand. Hier irgendwo war doch ein Durchgang, aber wo? Er leuchtete die Mauer nach allen Seiten ab. Er war viel zu weit unten. Er hetzte den Weg entlang der Mauer hinauf. »Da!« Villiers fuchtelte mit der Taschenlampe. Er hatte eine Bewegung weiter oben links erhascht. »Mollard! Bleiben Sie stehen! Es hat doch keinen Zweck!«, rief Duval noch einmal.

Im Zickzack liefen sie durch den Teil des Friedhofs, wo sie glaubten, den Mann zuletzt gesehen zu haben, beleuchteten die Gräber eins nach dem anderen, aber Monsieur Mollard war wie vom Erdboden verschwunden. Schwer atmend blieben sie stehen und versuchten, eine Bewegung oder ein Geräusch zu orten. Nichts. »Meinen Sie, er ist in einer der Pyramiden verschwunden?« Villiers leuchtete schon die erste Pyramide ab und klopfte mit der Hand, dort, wo er die Graböffnung vermutete. »Vielleicht gibt es einen Zugang.« Villiers klopfte die Steine ab, und zog und drehte an den eisernen Ringen. Anders als vielleicht in einem Abenteuerfilm, in dem sich gigantische Steine plötzlich wie von Wunderhand geöffnet hätten und Wege in die Unterwelt möglich wurden, bewegten sich die Quader der Pyramide keinen Millimeter. »Ich bin sicher, er versteckt sich hier irgendwo.«

»Ich vermute, er hat sich schon aus dem Staub gemacht. Vielleicht kennt er einen unterirdischen Weg, der aus dem Friedhof hinausführt«, mutmaßte Duval. »Er entkommt uns nicht.« Er orderte einen Streifenwagen zum Friedhof und rief die *Police Municipale* an, damit sie die Kameras rund um den Friedhof überwachten. Für irgendwas mussten diese Kameras, die an allen Straßenkreuzungen hingen, doch gut sein. Er beschrieb den kleinen, rundlichen Mann. »Philippe Mollard, er arbeitet für die Friedhofsverwaltung. Kriegt raus, wo er wohnt und stellt einen Wagen dort ab. Nein, ich denke, er ist nicht bewaffnet, aber vermutlich in Panik.«

Langsam liefen sie durch die Nacht zum Ausgang des Friedhofs und fanden sich hinter dem hohen Tor wieder, das bereits zugesperrt war.

»Das artet ja geradezu zu einem kleinen Fünfkampf aus«, grinste Villiers, »Sprint, Hürdenlauf, Klettern, fehlt nur noch, dass wir irgendwo schwimmen müssen.« Er rüttelte am Tor. »Und Schießen«, ergänzte Duval in Gedanken. Villiers setzte einen Fuß zwischen die Gitterstäbe und schwang sich nach oben, um das Tor zu überwinden, als er von einem grellen Lichtstrahl angeleuchtet wurde. »Halt!«, brüllte ein Polizist und richtete eine Waffe auf Villiers. Villiers hielt mühsam die Balance und hob vorsichtshalber die Hände. »Ich bin *Flic*«, brüllte er zurück.

»*Police Nationale*«, rief Duval. »Wir haben euch gerufen!«

»Ah«, der zweite Polizist stieg aus dem Wagen aus und näherte sich ebenfalls mit einer starken Taschenlampe, überprüfte die Dienstausweise und grüßte kurz militärisch mit einer Handgeste an die nicht vorhandene Mütze. »Verzeihung, *Commissaire*.« Villiers sprang auf der anderen Seite des Tors hinab und knickte mit einem Fuß um.

»Au!«, schrie er. »Fuck!« Stöhnend stützte er sich am Tor ab. »Das fehlt mir noch«, schimpfte er.

»Der andere Eingang ist noch offen«, einer der Polizisten

zeigte mit dem Kinn zu dem Tor, das etwa 100 Meter weiter nördlich lag.

»Hättest du das nicht früher sagen können«, maulte Villiers und versuchte vorsichtig, den Fuß aufzustellen. »Au«, zischte er noch einmal.

»Habt ihr jemanden gesehen?«, fragte Duval.

»Ein paar Leute sind unterwegs, aber niemand, auf den eure Beschreibung passt.« Im Sprechfunk des Wagens war eine Stimme zu hören.

»Elster zwo, Elster zwo, wo seid ihr?«

Einer der Beamten antwortete. »Hier Elster zwo. Sind am Friedhof. Was gibt's?«

»Negativ. Keine Kamera rund um den Friedhof hat euren Mann festgehalten. Wir haben alle Bilder der letzten halben Stunde durchgesehen. Niemand hat den Friedhof verlassen. Nirgends. Weder über die Seitenausgänge *Le Riou* und *Avenue du Grand Jas,* noch über die drei Ausgänge in der *Allée du Cimetière.*«

»Er ist also noch da«, sagte Duval. »Oder gibt es einen unterirdischen Ausgang, der ganz woanders hinführt?« Er erinnerte sich, wie nah er den Friedhof von *La Croix des Gardes* wahrgenommen hatte.

Die Beamten sahen sich an und zuckten mit den Schultern. »Wer kann das wissen?«

»Der Leiter oder ein Angestellter des Friedhofsamtes«, entschied Duval.

»Wo sollen wir den denn jetzt herbekommen? Am Freitagabend?«

»Rufen Sie den Bürgermeister an – das ist doch Ihr Chef«, forderte Duval.

»Glauben Sie, das ist nötig? Kann das nicht bis – äh«, der Beamte überlegte kurz – »bis Montag warten?«

»Nein, das kann nicht bis Montag warten, es ist Gefahr im Verzug«, entschied Duval. »Er ist hier irgendwo, und ich habe kein gutes Gefühl.«

»Aber, was soll er denn hier machen, außer sich verschanzen? Tote als Geiseln nehmen? Haben Sie nicht gesagt, er sei unbewaffnet?« Der eine der Beamten lachte ein bisschen.

Der andere aber telefonierte mit dem Sprechfunk und rief ungeduldig in das Mikrofon. »Gefahr im Verzug, muss ich dir erklären, was das heißt? Ja, es ist Freitagabend, na und?«

Zwanzig Minuten später erschien der Direktor des Friedhofsamtes, der bereits sichtlich den freitäglichen Feierabend eingeläutet hatte. Er roch nach Pastis, trug eine ausgeleierte braune Kordhose und hatte ein grob kariertes Wolljackett über einen schwarzen verfilzten Rollkragenpullover geworfen, dessen Reißverschluss er gerade nach oben zog.

»Guten Abend«, grüßte er. »Thierry Delattre«, stellte er sich vor, »ich bin der Leiter des Friedhofsamtes.« Er schloss das kleine Büro neben dem Friedhofseingang West auf.

»Um was geht es?«

»Wir suchen Philippe Mollard. Und wir vermuten, dass er sich auf dem Gelände versteckt hält.«

»Sie meinen, er ist der Täter?«

»Auf jeden Fall ist er stark tatverdächtig«, antwortete Duval knapp. »Gibt es einen unterirdischen Weg, der aus dem Friedhof führt? Einen alten Brunnenschacht oder so etwas?«

»Nein. Einen unterirdischen Weg gibt es nicht.«

»Wo könnte er sich also verstecken?«

Thierry Delattre überlegte. »Das Beinhaus«, sagte er.

»Oder die Arbeitsschuppen. Hier, schauen Sie!« Er zeigte auf dem großen Lageplan, der im Büro an der Wand hing, die beiden Schuppen und die Stelle, an der sich das Beinhaus befand.

»Dann los«, sagte Duval.

Sie eilten zu dem Arbeitsschuppen, der am nächsten lag. Villiers humpelte, so gut er konnte, fluchend und mit knirschenden Zähnen hinterher. Dunkel lag der kleine Schuppen mit dem Wellblechdach in einer Friedhofsecke, beinahe nicht sichtbar, von einer großen Hecke abgeschirmt. »Philippe«, rief der Direktor schon von außen. »Philippe, ich bin es, Thierry.« Duval verdrehte die Augen. Mit nervös zitternden Händen schloss der Direktor die Eisentür auf. »Philippe«, rief er erneut. Die Beamten jedoch stürmten den kleinen Schuppen mit gezogener Waffe und leuchteten mit Taschenlampen hinein. »LICHT!«, forderte Duval.

Thierry Delattre drückte auf den Schalter. Die Neonröhre blinkte grell, zuckte nervös und wurde wieder schwarz. »Bedaure«, sagte der Direktor.

Duval leuchtete mit der Taschenlampe über die Wände: Werkzeuge. Schaufeln, Spaten, Spitzhacken, Besen und andere Arbeitsgeräte standen und hingen an der Wand, davor lehnten zwei Schubkarren, ein kleiner Schaufelbagger stand auf der anderen Seite. An der rechten Wand war eine Ausziehleiter horizontal befestigt.

»Hier ist niemand«, einer der Beamten der *Police Municipale* hatte einen alten Metallspind geöffnet, in dem sich Pflanzenschutz- und Schädlingsbekämpfungsmittel stapelten.

»Aber hier ist etwas«, sagte Duval und leuchtete in einer Ecke des Schuppens einen Spaten an, der scheinbar achtlos auf dem Boden lag. »Ich bin sicher, das ist die Tatwaffe.

Villiers«, sagte er, »kümmern Sie sich darum? Wir suchen weiter.«

Villiers nickte und zog ein Paar Einweghandschuhe aus seiner Jackentasche.

Kurz darauf standen sie vor dem Beinhaus. Duval erwartete ein geordnet-makabres Inneres, wie er es aus den Katakomben in Paris kannte, wo man durch unterirdische Gänge entlang an einer kunstvollen Inszenierung von gestapelten Totenschädeln und Knochen laufen konnte.

»Achtung, es ist eine Gewölbedecke, und sie ist niedrig«, warnte der Direktor. »Wenn Sie wollen, gehe ich voran.« Aber Duval war schon vorgeprescht und zog noch hastig den Kopf ein. Beim ersten Schritt ins Dunkel stolperte er schon, was war das? Erschrocken zog er den Fuß zurück und knallte gleichzeitig mit dem Kopf an eine Deckenstrebe. *»Merde«,* fluchte er.

»Ich sagte doch, die Decke ist niedrig«, entschuldigte sich halblaut der Direktor, der mit gebeugten Schultern und eingezogenem Kopf neben ihm stand. Die Neonröhre flackerte zuckend auf und erhellte grell den Raum, und Duval sah nun auch, worüber er gestolpert war: Direkt vor seinem Fuß lag ein Totenschädel. *»Pfffh«,* machte er und schlug sich erneut den Kopf an. *»Herrgott«,* zischte er dieses Mal und verlor beinahe das Gleichgewicht auf dem sandigen Boden voller Steine. Aber es waren keine Steine, er lief mitten durch ein Knochenfeld, es war mehr als makaber. »Was ist das denn?«, angewidert sah er den Direktor an. Er wagte sich keinen Schritt mehr voran.

»La fosse commune«, antwortete lapidar der Direktor. »An dieser Stelle hat man früher die Armen in einem Massengrab beigesetzt. Dies sind die Überreste, zusätzlich zu den

Überresten, die wir in den aufgegebenen Gräbern finden. Alles landet hier.«

Die Reste von Menschen, achtlos abgeladen, hineingeworfen, nach dreißig, fünfzig oder hundert Jahren war es vorbei mit der Pietät. Es erinnerte an die Überreste eines Massakers, das Entscheidende aber war, dass Monsieur Mollard sich nicht unter diesem Knochenhaufen verbarg. Hier war keine Menschenseele.

»Wo könnte er noch sein?« Duval war ungeduldig. »Was ist mit den Gräbern in diesen Pyramiden? Und all diese großen Mausoleen? Geht es da vielleicht irgendwo hin?«

»Das Grab der Familie Proal«, stöhnte der Direktor auf und schlug sich an die Stirn. »Und es ist heute geöffnet worden. Wir haben am Sonntag eine Beisetzung.«

»Es ist von außen schon beeindruckend und wuchtig«, erklärte der Direktor kurzatmig, während sie über den Friedhof hasteten, »aber das Besondere ist der unterirdische Grabraum. Die Familie hat seinerzeit eine riesige Gruft anlegen lassen, es geht über eine Stahlwendeltreppe zwölf Meter in die Tiefe, und dort unten ist Platz für mehr als zehn Särge. Die Särge werden mit einer Seilwinde hinabgelassen. Es erfordert einige Erfahrung, einen Sarg dort würdig hinunterzulassen, ohne dass er kippt. Wir haben heute sogar einen kurzen Testlauf gemacht, damit am Sonntag nichts schiefläuft.« Abrupt blieb er stehen. »Dort ist es«, mit dem Kopf machte er eine Bewegung in die Richtung vor ihnen. Unwillkürlich hatte der Direktor leise gesprochen.

Duval hatte ein eigenartiges Gefühl, als er sich dem wuchtigen Grabmal näherte. Im Lichtstrahl der Taschenlampe sahen sie zunächst den gewaltigen schwarzen Steinquader, der zur Seite geschafft worden war und so eine große Öffnung, halb so hoch wie eine Tür, erkennen ließ.

Er bückte sich, um in die Graböffnung zu sehen, »Monsieur Mollard«, rief er. Seine Stimme hallte dumpf wider. Er lauschte. Im Innern sah er eine kleine Plattform von der, wie es der Direktor beschrieben hatte, eine steile gewundene Eisentreppe hinabführte. Duval schlüpfte gebückt durch die Öffnung, im Inneren des Grabmals auf der Plattform konnte man überraschenderweise aufrecht stehen. Schnell leuchtete er alle vier Wände der Gruft ab und senkte den Lichtstrahl nach unten. Drei Särge standen dort. Zwei an der rechten Wand, einer an der linken. Während er die Wendeltreppe hinabstieg leuchtete er die Wände ab, auf der Suche nach einer Nische, einem Vorsprung oder einer anderen Unregelmäßigkeit. Dann spürte er es. Mit jedem Schritt, den er nach unten stieg, bewegte sich weit unten etwas. Oder jemand. Er blieb stehen. Die Eisenstufen und das Geländer der Treppe vibrierten weiterhin leicht. Dort unten war eine Bewegung. »Monsieur Mollard«, rief er halblaut und entsicherte seine Pistole. »Alles in Ordnung, Monsieur Mollard? Sind Sie verletzt?«

»Haben Sie ihn?«, gellte die Stimme eines der Beamten durch die Stille, als müsse er den Lärm eines vorbeifahrenden Güterzugs übertönen. Dabei war hier nur Stille. Und das leichte, kaum vernehmbare regelmäßige Quietschen weit unten an der Wendeltreppe. Bei jedem Schritt, den Duval weiter hinabstieg, wurde es durch das sanfte Schaukeln ausgelöst, in dem der Körper von Monsieur Mollard unter ihm hin- und herschwang.

»Haben Sie ihn?«, brüllte der Beamte erneut und machte Anstalten, sich durch die Öffnung zu stemmen. *»Commissaire!* Was ist los? Warum antworten Sie nicht?«

»Er ist hier«, rief Duval nach oben. »Und er ist tot.«

»Oh, mein Gott«, der Direktor fuhr sich erschüttert mit beiden Händen über das Gesicht. »Oh mein Gott.«

—

»Suizid durch Strangulation« hatte der Gerichtsmediziner festgestellt. Monsieur Mollard hatte sich mit einem der zwei für die Beisetzung bereitliegenden Seile der Seilwinde im unteren Drittel der Wendeltreppe erhängt. Er hatte das eine Ende des Seils an einer der Treppenstreben befestigt und war vermutlich über das Geländer geklettert und in die Tiefe gesprungen. »Fraktur des Dens axis«, murmelte der Gerichtsmediziner in sein Aufnahmegerät. »Genickbruch«, erklärte er den Umstehenden. »Er hat bewusst oder unbewusst die Technik des ›langen Falls angewendet‹«, erklärte er weiter. »Eigentlich eine Technik des Hängens, die so auch heute noch in dem einen oder anderen Land angewendet wird. Der dazu Verurteilte fällt durch eine plötzlich geöffnete Falltür im Boden, und der Sturz wird von dem Strang ruckartig gebremst. Die beabsichtigte Folge ist eben dieser Genickbruch. Neurophysiologisch gesehen hat diese Art der Strangulation denselben Effekt wie das Enthaupten. Er hat es instinktiv richtig gemacht«, sagte der Arzt. »Ist der Strick zu lang bemessen, kann es nämlich zum Abreißen des Kopfes kommen, ist er zu kurz, wird man möglicherweise nicht sofort bewusstlos. Aber, so wie ich das hier sehe, hatte er instinktiv die richtige Stricklänge gewählt.« Bravo, sagte er nicht, aber es war ihm anzusehen, dass er dem Selbstmörder dafür Achtung zollte. Der Umschlag, den er am Grab der Familien Keller, Pick und Silberstern an sich genommen hatte, befand sich noch in seiner Hosentasche. Darin jedoch waren nur zurechtgeschnittene Papierstreifen.

»Na, bitteschön, was habe ich gesagt, kein antisemitisch begründeter Mord«, sagte Madame Marnier sehr zufrieden. »Es wird mir eine Freude sein, die Jüdische Kultusgemeinde davon in Kenntnis zu setzen.«

»Aber warum?«, fragte Cora Wolff. »Warum hat er das Geld überhaupt gestohlen? Hatte er Schulden?«

»Ja. Er hatte Schulden. Er spielte regelmäßig im Casino.«

»Ah bon?«, machte Cora Wolff ungläubig. »Ein kleiner Friedhofsangestellter?«

»Was glauben Sie, wer alles spielt«, seufzte Duval. »Das geht durch alle Gesellschaftsschichten. Ganz häufig sind es die sogenannten kleinen Leute.«

»Aber im Casino?«

»Das ist nicht so glamourös, wie man sich das denkt und wie man es in James-Bond-Filmen sieht. Meist ist es sehr banal. Die meisten spielen dort an Automaten.«

»Ich habe das nie verstanden.« Cora Wolff schüttelte den Kopf.

»Häufig spielen Einsamkeit und ein geringes Selbstbewusstsein eine Rolle. Während man spielt, sei es im Casino am Automaten oder meinetwegen bei Pferdewetten im Hippodrom oder weniger glamourös vor einem Fernseher in einem Wettbüro, ist man erstens nicht allein, und man ist mit etwas Faszinierendem beschäftigt, mit einem System, das es zu knacken gilt, und, davon sind alle Spieler überzeugt, das sie beim nächsten Mal knacken werden. Oder man fuchst sich in die Regeln der Pferdewetten ein, kennt die Pferde und ihre Jockeys, hat ein Insiderwissen, das kann durchaus spannend sein. Und man gewinnt ja hin und wieder. Es fängt alles klein an. Man kann nur einen Euro setzen. Einen Euro, das ist ja gar nichts. Stellen Sie sich vor, Sie gewinnen bei ihrem ersten Einsatz. Was für ein Glücksgefühl! Natürlich wollen Sie das wiederholen. Und Sie sind schneller davon angefixt, als Sie glauben.«

»*Pfh*«, machte Cora Wolff abschätzig.

»Es ist eine Krankheit.« Duval zuckte mit den Schultern. Er sagte ihr nicht, dass ihr Sohn ebenfalls gespielt hatte. Online-Poker, immer mal wieder. Für zehn Euro Einsatz, fünfzig Euro. Manchmal auch mit höheren Summen. »Die Menschen verlieren den Bezug zur Realität. Manche verspielen ihr Hab und Gut.«

»Und dieser Herr also?«, fragte Cora Wolff spitz.

»Dieser Herr«, seufzte Duval, »war vor allem sehr einsam. Außer seinem Friedhofsjob, den er gewissenhaft ausübte, hatte er nichts und niemanden. Keine Familie, keine Kinder, keine wirklichen Freunde. Er war auch bei den Kollegen nicht besonders beliebt. Niemand kannte ihn wirklich. Das Spielen war sein großes Geheimnis. Beim Spielen erlebte er etwas, was er nicht kannte, heftige Gefühle, Adrenalinausstoß, rauschhafte Glückszustände, wie in einer leidenschaftlichen Affäre. Also, das nehme ich an«, relativierte Duval, »auf jeden Fall hat er dafür alles versetzt, was er hatte. Vermutlich immer in der Hoffnung, es beim nächsten Gewinn wieder auslösen zu können. Er besaß quasi nichts mehr, hatte bei einem windigen Kreditunternehmen gegen einen lächerlichen Kredit sein Häuschen als Sicherheit eingesetzt, und nun rückten ihm Gerichtsvollzieher und jede Menge weniger korrekte Geldeintreiber auf die Pelle. Wir haben bei ihm zu Hause eine Schublade voller Mahnungen, Zahlungsaufforderungen und sogar Drohbriefe gefunden.«

Cora Wolff hörte ungläubig zu. »Das ist ja unfassbar.«

»Allerdings. Das erklärt, dass er das Geld, das Madame Bergerac für Ihren Sohn auf dem Friedhof deponiert hat, so unbedingt haben wollte, dass er dafür gewalttätig wurde.«

Unvermittelt begann Cora Wolff zu weinen. »Entschuldigen Sie«, schluchzte sie, »ich kann nichts dagegen machen.«

»Schon gut.« Duval wartete, bis sie sich wieder gefangen hatte.

»Wissen Sie«, begann Cora Wolff mit halb erstickter Stimme, »Simon hat das alles nur für seinen Großvater gemacht! Ich habe das von der Direktion des Altersheims erfahren, die Rente meines Vaters reicht nämlich nicht aus, um dort dieses Zimmer zu bewohnen, und Simon hatte sich bereit erklärt, jeden Monat die fehlenden tausend Euro zu übernehmen. Aber er hatte ja selbst kaum Geld und schlug sich mit meiner Hilfe so durch. Dass es ein Problem mit dem Altersheim gab, das wollte er mir natürlich nicht sagen. Er hat es uns damals so vorgerechnet, als würde die Rente meines Vaters dafür ausreichen. Ich fiel aus allen Wolken, als mich die Direktorin jetzt darauf hinwies, dass noch ein Betrag von dreitausend Euro ausstehe und sie mich fragte, wie ich die ergänzenden Zahlungen zukünftig vornehmen wolle.« Sie wischte sich über die Augen und schnäuzte sich laut in ein Taschentuch. »Simon hat das für seinen Großvater gemacht!«, sagte sie dann mit Nachdruck. »Die Bergeracs waren Schuld an der Deportation unserer Familie, und sie haben sich an ihr bereichert. Mein Vater, Simons Großvater, einst Sohn einer reichen Familie, hat sein ganzes Leben lang gearbeitet und konnte sich jetzt nicht mal ein angemessenes Zimmer in einem Altersheim leisten! Simon wollte, dass zumindest das Altersheim für meinen Vater finanziert wurde. Dafür hat er das getan.«

»Er hat immerhin Madame Bergerac erpresst«, konnte Duval nicht umhin richtigzustellen.

»Ach«, Cora Wolff wischte den Einwand mit einer verärgerten Geste zur Seite.

»Nun, sagen wir, Madame Bergerac war bereit, Simon Wolff jeden Monat tausend Euro zukommen zu lassen, und das in einem etwas lächerlich-pathetischen Prozedere, weil sie sich mitschuldig fühlte an dem, was Ihrer Familie zugestoßen ist, auch wenn sie, das müssen wir deutlich sagen, keine Schuld daran hat.« Duval sah Cora Wolff eindringlich an. »Aber dann fehlte das Geld zweimal. Ihr Sohn war wütend, dass Madame Bergerac seiner Ansicht nach nicht mehr zahlen wollte, was er eine inoffizielle Wiedergutmachung nannte, und er stahl zur Strafe den Bonnard. Verkaufen konnte er ihn nicht, aber immerhin hat das Gemälde einen beachtlichen Wert, jenseits des Erinnerungswertes, den es für Ihren Vater hat. Simon Wolff hatte es vermutlich der Direktorin als Gegenwert angeboten, für den Fall, dass ... oder täusche ich mich?«

Cora Wolff nickte. »Was soll ich denn jetzt mit diesem Bild machen?«

»Diese Entscheidung kann ich Ihnen nicht abnehmen, Madame.«

Er sah, wie sie überlegte. »Mein Vater würde es nicht verstehen«, setzte sie an.

»Es wurde bislang keine Anzeige erstattet«, rang sich Duval ab. »Aber von mir haben Sie das nicht gehört«, setzte er hinzu.

Sie starrte ihn an. »Bislang«, wiederholte sie.

»Denken Sie noch etwas darüber nach.«

»Ja«, sie nickte. »Das muss ich wohl.«

»Möchten Sie, dass ich weitermache?«

»Ja, natürlich. Dieser Kerl hat Simon also das Geld gestohlen«, setzte sie empört an, »und ihn«, unvermittelt schluchzte sie wieder, »dabei getötet.« Aus ihren verweinten Augen sah sie ihn fragend an.

Ein Dieb wurde bestohlen, dachte Duval, aber das sagte er nicht. Stattdessen nickte er.

»Aber wie hat er denn überhaupt davon erfahren?«

»Er sah und wusste alles. Wie ein Concierge. Nicht aus böser Absicht, aber es gehörte zu seinen Aufgaben, den Friedhof und seine Besucher im Auge zu behalten, und er machte es gewissenhaft und mit einer gewissen Neugier. Die elegante Madame Bergerac, die er kannte, Bergeracs haben ein pompöses Grabmal dort«, erläuterte Duval, »immer wieder auf dem Friedhof zu sehen, hatte seine Neugier geweckt. Es gab keinen Todesfall bei den Bergeracs, warum kam sie also? Außerdem nahm sie nicht den Weg zum Familiengrab. Zu wem ging sie, fragte er sich und folgte ihr. Vermutlich hat er Madame Bergerac beobachtet, wie sie sich an dem Grab zu schaffen gemacht hat, und so sah er auch Simon Wolff, der etwas zeitversetzt ebenso auf den Friedhof und zum selben Grab kam. Er kam, legte ein Steinchen zum Gedenken auf den Grabstein, nahm dabei das von Madame Bergerac deponierte Geld mit und lief eilig wieder davon. Das hatte ein paarmal gut funktioniert, aber dann war ihm der neugierige Philippe Mollard zuvorgekommen und hatte das Geld an sich genommen.«

»Ha!«, schnaufte Cora Wolff empört.

»Für Philippe Mollard waren die 1000 Euro ein unvermuteter Glücksfall. Damit konnte er die Gläubiger hinhalten. Jetzt harrte er gierig darauf, wann Madame Bergerac das nächste Mal kam, und siehe da, wieder 1000 Euro. Bingo! Und von nun an rechnete er fest mit diesem Geld. Er verlor den Sinn für die Realität. Dieses Geld gehörte jetzt ihm. Dann ist er allerdings mit Ihrem Sohn zusammengestoßen, für den dieses Geld ebenso wichtig war. Kein Wunder, dass es zu einer Auseinandersetzung kam, bei der Ihr Sohn, obwohl er deutlich kräftiger gewesen ist …«

Cora Wolff schluchzte wieder auf, und Duval ersparte ihr die Details.

Denn Philippe Mollard hatte Simon Wolff mit dem Spaten, es war der, den sie im Schuppen auf dem Friedhof gefunden hatten, eins übergezogen, und als er am Boden lag, hatte er, vermutlich in Panik, noch ein paarmal auf ihn eingeschlagen. An dem Spatenblatt sowie an den Nieten, mit denen der Spaten eingestielt war, fanden sich Blut, Hautpartikel und Haare von Simon Wolff. Alles wäre anders ausgegangen, wenn dieser Spaten nicht bei einem Grabaushub vergessen worden wäre und Philippe Mollard ihn nicht, gewissenhaft wie er war, an sich genommen hätte, um ihn in den Schuppen zurückzubringen.

»Wir haben Bargeld bei Monsieur Mollard zu Hause gefunden. Ein paar Hunderteuroscheine. Wir können davon ausgehen, dass es sich dabei um das gestohlene Geld handelt, denn Madame Bergerac hatte die Scheine der Länge nach gefaltet. Dieser ungewöhnliche und ungewöhnlich kräftig ausgeführte Falz ist bei diesen Scheinen noch gut sichtbar.«

»Aber ich verstehe nicht, wieso Madame Bergerac jetzt überhaupt noch mal Geld versteckt hat. Simon ist tot. Das wussten doch inzwischen alle, vor allem dieser, dieser …«, sie fand kein angemessenes Wort.

»Es ging Madame Bergerac darum auszuschließen, dass weder Vater noch Sohn Bergerac oder ein von ihnen gedungener Mörder Ihren Sohn getötet hatte. Madame

Bergeracs Theorie, der ich mich anschließen konnte, war, dass Jemand das Geld, das sie dort deponiert hatte, mehrfach gestohlen hat. Und dass dieser Jemand dabei Ihren Sohn getötet hat. Wenn wir also noch einmal, und dieses Mal sehr auffällig, Geld beziehungsweise in diesem Fall nur Papier, verstecken würden, dann würde dieser Jemand es bei Gelegenheit vielleicht noch einmal stehlen. Es gab ja keine offizielle Erklärung, warum Madame Bergerac da immer wieder Geld deponierte. Es hätte auch jemand anders abholen können. Und Philippe Mollard war gierig genug nachzusehen, nachdem er Madame Bergerac wieder auf dem Friedhof angetroffen hatte. Ich hatte Madame Bergerac gesagt, sich dieses Mal unbedingt bemerkbar zu machen. Sie hat also unter einem Vorwand das Büro betreten und irgendetwas Administratives besprochen. Dann ging sie, wie schon öfters, zu dem Grab im israelitischen *Carré* und deponierte wie immer einen Umschlag. Philippe Mollard *konnte* einfach nicht widerstehen.«

»So war das?«

»Ja, so war das.«

Dasselbe erzählte Duval später auch Annie.

»Verrückt«, sagte sie. »Und wenn es nicht funktioniert hätte?«

Duval zuckte mit den Schultern. »Es *hat* aber funktioniert.«

»Der arme Monsieur Mollard. Spielsucht muss schrecklich sein.«

»Allerdings. Was ich schlimm finde ist, dass Spielen, genau wie Alkohol, gesellschaftlich anerkannt ist. An der

Supermarktkasse bekommst du ein Rubbellos, um einen Einkaufsgutschein zu gewinnen, die Lottozahlen werden zur besten Sendezeit im Fernsehen gezogen, und neulich klebte ein Rubbellos auf der Zeitung, bei dem du einen Einsatz im Casino gewinnen konntest. Natürlich gewinnt jedes Los, nämlich sagenhafte zehn Euro. ›Komm spielen‹, lockt man damit.«

»Du hast recht«, stimmte Annie zu, »aber wirklich schlimm finde ich die Werbung, die sie für Online-Poker im Fernsehen machen. Die richtet sich so zielgenau an junge Menschen, die nicht sehr hell im Kopf sind, denen aber suggeriert wird, sie könnten mit ihrer Intuition den Jackpot gewinnen und wären mit einem Schlag reich, und alle anderen sänken vor Bewunderung auf die Knie, und die schönsten Mädchen gehörten ihnen.«

»Oh ja, die ist geradezu kriminell«, ereiferte sich Duval. »Du bist schon ein großer Pokerspieler, mein Kleiner«, Duval ahmte die Sprecherstimme nach, »echt zum Kotzen. Als ich die zum ersten Mal gesehen habe, traute ich meinen Augen und Ohren nicht. Ich verstehe nicht, dass das nicht zensiert wird.«

»Für das Verbot dieser Werbung würde ich glatt eine Petition unterschreiben«, sagte Annie. »Vielleicht muss ich das selbst anleiern, wenn es sonst keiner tut.«

»Mach das«, ermunterte sie Duval. »Ich unterschreibe.«

»Das ist ein Wort!« Annie lächelte ihn anerkennend an. »Und, sag mal, Philippe Mollard hat auch Madame Bosetti getötet?«

»Davon gehen wir aus, ja. Ob sie ihn beobachtet hat oder ob sie ihm nur eine etwas zu verfängliche Frage gestellt hat, das entzieht sich leider unserer Kenntnis. Es war übrigens die Heilige Rita, die ihn verraten hat.«

»Was?« Annie sah ihn an, als hätte er den Verstand verloren. »Die Heilige Rita? Was ist denn jetzt mit dir los?«

»Die Heilige Rita war die Lieblingsheilige von Madame Bosetti. Sie hatte der Heiligen Rita geweihte Kerzen am Grab ihrer Tochter stehen, ein Heiligenbildchen von ihr über dem Bett hängen. Ein Neun-Tages-Gebet zur Heiligen Rita und einen Rosenkranz in ihrem Nachttisch. Und sie trug ein kleines, fünf Cent großes Medaillon an einem dünnen Kettchen. Als sie mit Philippe Mollard um ihr Leben rang, zerriss wohl dieses Kettchen, und Philippe Mollard hatte es plötzlich in der Hand. Leichtsinnigerweise hat er es behalten, und er trug es mitsamt dem Medaillon, mit einem schönen Fingerabdruck von Madeleine Bosetti darauf, in seinem Portemonnaie.«

»Wie dumm!«

»Menschen sind Menschen. Er war ja kein gewiefter und abgebrühter Killer.«

»Für was ist die Heilige Rita zuständig? Für die Wahrheit?«, fragte Annie nur gemäßigt spöttisch.

»Wenn ich Villiers glauben darf, dann wendet man sich an sie in verzweifelten, aussichtslosen Fällen.«

»Und du meinst, Philippe Mollard betete plötzlich zur Heiligen Rita?«

»Was weiß ich«, Duval zuckte mit den Schultern. »Verzweifelt war er sicher mit haushohen Schulden und zwei Toten auf dem Gewissen ... letzten Endes konnte ihm da auch die Heilige Rita nicht mehr helfen.«

»Und dann hat er sich umgebracht.«

»Ja, aber so enden leider die meisten pathologischen Spieler.«

»Ach je.« Annie machte ein betrübtes Gesicht.

»Von Cora Wolff soll ich dir übrigens ausrichten«, wechselte Duval das Thema, »dass sie eine Hilfsaktion für St.-Martin-Vésubie ins Leben gerufen hat. Sie arbeitet mit ihrer Familie in der Textilbranche und hat veranlasst, dass Winterjacken, Hosen und Pullover dort hingeliefert werden für die Menschen, die alles verloren haben. Sie sagte, die Menschen in dem Dorf haben meinem Vater geholfen. Jetzt will ich ihnen helfen.«

»Das ist schön. Es gibt eine unglaubliche Solidarität, ich bin ganz gerührt. Hast du das gesehen?« Sie zeigte auf die Bilder in *Nice-Matin*. Soldaten, Feuerwehr und Freiwillige, Männer und Frauen aus ganz Frankreich halfen, die verwüsteten Häuser, Plätze und Straßen der betroffenen Dörfer vom Schlamm zu säubern und überhaupt zu helfen, wo Hilfe gebraucht wurde. Die noch immer isolierten Dörfer wurden via Hubschrauber mit dem Nötigsten beliefert: Wasser, Lebensmittel, Campingkocher, denn es gab dort noch immer keinen Strom, Kleidung und warme Decken. Aber es wurde auch Hundefutter benötigt und Heu für Kühe, Pferde und Esel. Menschen, darunter eine hochschwangere junge Frau, wurden evakuiert und vorübergehend in Nizza untergebracht. Weinend lagen sich die Menschen, die sich trennen mussten, in den Armen.

Verzweifelte Suchmeldungen nach vermissten Menschen wurden in den Sozialen Medien verbreitet, und ebenso wurden die Besitzer von herrenlosen Katzen und Hunden gesucht. Zusätzlich irrten die Wölfe aus dem Wolfspark, der von den Fluten davongeschwemmt worden war, herum und sorgten hier und dort für Aufregung. Ein paar der Wölfe hatten die Freiheit im Park Mercantour gesucht, andere, die daran gewöhnt waren, dass Menschen sie fütterten, lungerten in der Gemarkung von Boréon herum, bis sie von Tierschützern eingefangen und in einen anderen Wildpark gebracht wurden.

Junge Männer hatten eine behelfsmäßige Brücke aus Baumstämmen gebaut, um ein entzweigeteiltes Dorf wieder zu verbinden, und mehrere Gruppen erfahrener Wanderer transportierten in Rucksäcken Wasser und Lebensmittel zu den Menschen in abgelegenen Höfen und Häusern, wo die Zugangswege verschüttet oder weggebrochen waren.

»Es wird Jahre dauern, bis diese Dörfer sich davon erholt haben. Und es wird nie wieder so sein wie vorher«, seufzte Annie. »Ich würde so gerne etwas tun!«

»Wir können auch später noch etwas tun, wenn die erste große Solidaritätswelle abgeebbt ist, denn es *wird* noch Jahre dauern, damit hast du recht«, stimmte Duval zu. »Dort oben wird es noch jahrelang Hilfsbedarf geben, und sei es nur, dass man dort Urlaub macht, um den Tourismus wiederzubeleben. Aber jetzt habe ich ein paar Tage frei, und ich würde mir gern den Wind um die Nase wehen lassen, irgendwo am Meer. Was meinst du?«

»Oh ja«, stimmte Annie begeistert zu, »ich packe die Kleine ein, und dann gehen wir los. Wenn du sie in den Tragerucksack setzt, könnten wir vielleicht das Cap d'Antibes auf dem Küstenpfad umrunden, was meinst du?«

»Perfekt!«

Epilog

Anlässlich des Chanukka-Festes in der zweiten Dezemberwoche hatte *Monsieur le Procureur* Charles Bergerac dem jüdischen Altersheim in Nizza einen Blüthner-Flügel geschenkt, ein Festakt, der mit einem Konzert im großen Saal des Altersheims in Cimiez in Anwesenheit des Bürgermeisters von Nizza abgehalten werden sollte. Der Bürgermeister aber war in letzter Minute verhindert und wurde von seiner jungen Gattin sowie einem Mitglied des Stadtrates vertreten.

Niemand erwähnte in Anwesenheit des Staatsanwalts die Herkunft des Flügels. Stattdessen sprach man freundlich von dessen großzügiger Geste, und die Stadträtin feierte ihn als Wohltäter und bezeichnete seine Familie als eine der »Gerechten«, denn man hatte seinerzeit den Bewohner Jakob Silberstern versteckt. »Oh« und »Ah« machten die Anwesenden, und manch einer applaudierte oder weinte ein paar Tränen. Cora Wolff drückte die Hand ihres Vaters und widersprach nicht. Der Staatsanwalt hatte nämlich ebenso der Stiftung Casip-Cojasor, einem solidarischen jüdischen Hilfsfonds, eine überraschend große Summe gespendet, von der unter anderem bedürftige Bewohner des Altenheims profitieren konnten.

Nach dem erneuten Applaus ergriff der Staatsanwalt das Wort, dankte seinen Vorrednerinnen und insistierte nicht auf der Heldenrolle, die seine Familie gespielt hatte, sondern er erzählte von dem Flügel, mit dessen einschüchternder Präsenz im Salon des Châteaus er aufgewachsen war, und er schwärmte von den Empfängen, wo sich immer jemand fand, der beschwingt oder dramatisch auf diesem Flügel gespielt habe.

»Möchten *Sie* uns nicht heute etwas spielen, *Monsieur le Procureur?*«, unterbrach die Direktorin des Altersheims, Léa Salomon, und versuchte nun wortreich, den großen Melomanen, wie sie ihn nannte, an den Flügel zu bitten.

Monsieur Bergerac lehnte ebenso wortreich ab. »Nein«, bekräftigte er noch einmal mit Entschiedenheit. »Wirklich nicht.« Er sah zu seiner Frau. »Sie müssen wissen«, begann er dann, und seine Stimme hatte einen anderen Ton, »Sie müssen wissen, dass wir alle vollkommen unmusikalisch sind in unserer Familie. Mit Ausnahme meiner Frau vielleicht.« Er sah erneut zu ihr. Und sie lächelte leicht. »Dieser Flügel«, er strich nachdenklich über den blank polierten schwarzen Lack, »er war, nun sagen wir, eine Verirrung.« Er blickte den Flügel sinnend an. »Eine Verirrung«, wiederholte er. »Ja, so kann man es vielleicht sagen.« Er blickte auf. »Nun«, setzte er an und erzählte, neben dem Flügel stehend, in heiterem Ton über die Enttäuschung, die seit drei Generationen in der Familie mit diesem Flügel verbunden sei, wie sehr er seine Eltern mit dem unrhythmischen Geklimper enttäuscht habe, und er sprach von der Härte, mit der er wiederum seine ebenso unmusikalischen Kinder zu den Piano-Stunden gequält habe, und wie erleichternd es bei aller Wehmut sei, diesen unseligen Flügel, das Zeichen ihres musikalischen Unvermögens, nicht mehr jeden Tag sehen zu müssen. Zumindest die Enkelkinder seien nun von den Klavierstunden erlöst. »Nicht wahr, meine Liebe«, wandte er sich an seine Gattin, und sie nickte leicht und lächelte ihm sanft zu. »Nun aber genug der Worte«, wechselte Monsieur Bergerac die Tonart erneut, »wir haben natürlich ein Konzert für Sie vorbereitet«, er machte eine Geste in den Raum, und eine junge Frau in einem schwarzen langen Kleid erhob sich, »lassen Sie uns einen Reigen von Melodien hören, auf diesem nun hoffentlich wohltemperierten Klavier, wenn ich das so sagen darf, und zwar von einem hochmusikalischen Menschen, der die schwarz-weißen Tasten schon von klein auf virtuos berührt. Applaus für Mademoiselle«, aber noch bevor er den Namen der jungen Pianistin aussprechen konnte, die sich der Bühne und dem Flügel näherte, hatte Jakob Silberstern sich von seinem Platz in der ersten Reihe erhoben, sich kurz verbeugt und wie selbstverständlich an den Flügel gesetzt.

»Papa«, zischte Cora Wolff, nervös und voller Scham. »Papa, was machst du da?« Aber Jakob Silberstern schien sie nicht zu hören.

Zunächst rutschte er ein bisschen auf dem Klavierhocker hin und her, massierte kurz seine steifen Finger, die Füße suchten die Pedale. Unruhe und Raunen erhob sich im Raum. Gezischel und Geflüster. Cora Wolff überlegte fieberhaft, wie sie ihren Vater, der offenbar den Verstand zu verlieren schien, aus dieser Situation erlösen könne. Hilfesuchend wandte sie ihren Blick zu Léa Salomon, die aber im Gespräch mit einer Dame war und nicht zu merken schien, was vor sich ging.

Im Saal wurde die Unruhe stärker. Das war doch der Herr Silberstern? War das so vorgesehen? Tuschelte man. Was ist los? Fragten hingegen die Zuhörer, die weiter hinten saßen und nicht sahen, was sich ganz vorne abspielte.

Die Pianistin warf einen verständnislosen Blick zu Monsieur Bergerac, der versuchte, die Fassung zu bewahren und nur leicht und hilflos die Hände hob.

Zur Überraschung aller berührte Jakob Silberstern erst sanft und vorsichtig eine Taste des Flügels und lauschte dem Ton nach, eine zweite Taste, ein zweiter Ton, dann ein Akkord, langsam, als suchte er eine vergangene Erinnerung. Cora Wolff erstarrte, und auch all die raschelnde, kruschpelnde, scharrende und hüstelnde Unruhe und Angespanntheit der überwiegend älteren Zuhörer war plötzlich verstummt, und alle lauschten sie, so schien es, mit angehaltenem Atem, den Tönen, die sich zu einer bekannten Melodie fügten. Jakob Silberstern spielte zunächst, ganz ohne Notenblatt und wie es schien, nur für sich, das kleine und so oft gehörte Klavierstück von Beethoven in a-Moll, bekannter unter dem Titel *Für Elise,* ging dann zu einem anderen Stück über, ein ebenso oft gehörtes Bach-Präludium, andere kurze Klavierstücke folgten, er spielte immer flüssiger und hingegeben gleichzeitig. »Chopin«, flüsterte eine der älteren Damen begeistert und wiegte leicht den Kopf. Die Bewohner des Altersheims und alle Anwesenden klatschten begeistert Beifall, als Jakob Silberstern den letzten Ton verklingen ließ, sich erhob, erneut kurz verbeugte und seinen Platz in der ersten Reihe wieder einnahm.

»Papa«, Cora Wolff schluchzte ergriffen und drückte ihrem Vater die Hand. »Mein Papa. Ich wusste gar nicht ...« sie brach ab. Jakob Silberstern tätschelte ihr nun seinerseits den Arm.

Das sich anschließende Konzert der jungen Pianistin, ein Reigen klassischer und unterhaltsamer Melodien aus den vergangenen hundert Jahren, virtuos und einfühlsam dargeboten, die Zuhörer und Zuhörerinnen summten und sangen manche Melodie mit, erhielt ebenso den verdienten Beifall. Aber das Gespräch des Abends war doch das spontane Konzert von Jakob Silberstern, der, niemand außer ihm wusste es, nach 77 Jahren sein Vorspiel an der Musikakademie in Nizza nachgeholt hatte, für das er sich seinerzeit perfekt vorbereitet und das man dem kleinen sechsjährigen Jakob, dem Judenkind, dann verwehrt hatte.

Nachwort und Dank

Vor ein paar Jahren wurde im Stadtarchiv von Cannes eine Ausstellung über das von den Deutschen besetzte Cannes gezeigt: *Occupation allemande 9 septembre 1943–24 août 1944.*

Die Idee, einen Kriminalroman zu schreiben, der einen Bezug zu dieser Zeit hat, war geboren. Seit Langem weiß ich, dass damals jüdische Kinder versteckt worden sind, um sie vor der Verfolgung der Nationalsozialisten und vor dem sicheren Tod in einem Konzentrationslager zu beschützen.

Auf dem Friedhof *Le Grand Jas,* bin ich in einem der sogenannten israelitischen *Carrés* zufällig auf ein Grab gestoßen, das an mehrere Personen deutschen Namens erinnert, deren gemeinsames Todesdatum mit 1942 angegeben wurde. Das Grab und das Schicksal dieser Menschen haben mich beschäftigt. Was war 1942 mit deutschen Juden in Cannes passiert? Ich begann zu recherchieren.

Bei einem privaten Stadtspaziergang mit der *Greeterin* Simone Revol konnte ich das beeindruckende Château Vallombrosa und, nicht weit davon, die Gebäude des Campus International de Cannes, eine Sprachenschule, seinerzeit ein Sanatorium für tuberkulosekranke Kinder, besichtigen. Beide Orte, die nicht öffentlich zugänglich sind, wollte ich gerne einmal in einen Kriminalroman integrieren. Als ich dann erfuhr, dass der letzte Überlebende der jüdischen Familie, denen in dem bewussten Grab auf dem Friedhof *Le Grand Jas* gedacht wurde, im Château Vallombrosa gelebt hatte, war das für mich das Zeichen, diese Geschichte zu schreiben, die natürlich fiktiv ist, aber so stattgefunden haben könnte.

St.-Martin-Vésubie ist in der Tat ein charmantes Bergdorf mit einer tragischen Geschichte. Für Recherchen zum vorliegenden Roman war ich im Sommer erstmals dort, und während ich noch an diesem Buch schrieb, wurde es von einem Unwetter stark zerstört.

Das generelle Nichtwissen der Franzosen, mit denen ich über diese Zeit sprach, und das Nichtwissen darüber, dass sie jenseits der *Résistance* auch eine weniger glorreiche Rolle gespielt haben, hat mich immer wieder überrascht.

Ich bin vielen Menschen dankbar, die mir bei größeren und kleineren Recherchen geholfen haben. Genannt seien hier nur:

Simone Revol, *Greeterin* in Cannes, durch deren Initiative ich das Château Vallombrosa besichtigen durfte.

Frédéric Vincent, *Greeter* in Cannes, für seine interessante Führung über den Friedhof *Le Grand Jas* und viele persönliche Anekdoten.

Pascale Brigola für den Hinweis und einen Spaziergang zum und rund um das Institut Don Bosco in Nizza.

Wiebke Ignatz für ihr Wissen und den kritischen Blick auf alles Tschechische.

Dem Verlag und meiner Lektorin Viola Hefer für viel Verständnis und Unterstützung in nicht ganz einfachen Zeiten.